俺の愛娘《まなむすめ》は悪役令嬢

My Darling Daughter is the Villainess

かわもり かぐら

1

ヴォルフガング
乙女ゲームの世界に
転生した公爵代理
ルイーゼ
ゲーム世界では
悪役令嬢として
登場した
ヴォルフガングの愛娘

レナ
フィッシャー家の次期侯爵令嬢
マルクス
ヴォルフガングの実弟で
次期公爵

「燃えろ」
グッと手を握り込んだ。と、同時に
目に集まっていた魔力が一気に
モンスターへと向かった感覚があった。
次の瞬間には、
モンスターの上半身が燃え上がった。

Contents

My Darling Daughter is the Villainess

illust 縞

プロローグ

その日は、憎らしいほどの快晴で穏やかな気候だった。

そよ風が開け放たれた窓から入り込んできて、俺の頬をくすぐる。

「あら、なぁにヴォル。あなたも来たの？」

仕方ないわね、といった感情の色がのった声がしたベッドに視線を落とせば、顔色悪く頬こけた俺の妻であるカサンドラ――カティが横になっていた。

程よい肉付きがあった手は今や見る影もなくほっそりとしていて、あげた指輪も抜け落ちるほどになってしまっている。

その手がゆっくりと撫《な》でているのは娘の頭だった。「おかあさまといっしょいる！」と駄々《だだ》をこねていたのだが、今は頭をベッドに預けてすぴすぴと寝息を立てて眠っている。娘専用の足が高く、ベルト付きの子ども椅子に座っているから落ちる心配はないが、暴れたりするとばったり椅子ごと倒れるから要注意だ。

娘の隣に普通の椅子を持ってきて、そこに座る。

「ちゃんと寝てる？　食べてる？」

「……あまり」

「ダメよ、ちゃんと食べて寝なくちゃ。あなた、いつも無理するから心配だわ」

「無理はしてない」

「し・て・る・の。本当に心配だわ。あなた、私がいなくなったらすぐに跡を追ってきそうで」

カティの手に触れる。かさかさの、ほっそりとした手に自然と涙腺が緩んだ。

そんな俺の様子に気づいたのか、ふふとカティが笑う。

「泣き虫ねぇ」

「君の、前だけだ」

「ねえ、ヴォル。こっちに顔を寄せて」

言われるまま、カティの方に顔を寄せればほっそりとしたその手で俺の頬を撫でた。

目尻に溜《た》まっていた涙がぽろりとこぼれ、頬を伝ってカティの手を濡《ぬ》らす。


カティは病に冒されもう長くはない。

昨年、王都で猛威をふるった流行《はや》り病にかかってしまったのだ。他者へ感染させる期間は短いということが分かっている病だったが、その分感染力が強い。そんな病にカティも感染してしまった。

特効薬はあるものの、稀《まれ》に体質によって効きが悪いことがあり、カティはその稀な方だった。

結局完治できず、カティは一年かけて緩やかに死に向かっている。そして、主治医の爺《じい》さんから「今日明日の可能性が高い。覚悟しておいてくだされ」と言われた。

どうして。どうして、かかったのが俺じゃなかったんだろう。

一度溢《あふ》れた涙は留《とど》まることを知らず、俺は肩を震わせた。嗚咽《おえつ》がこぼれる。頬に添えてくれたカティの手を震える自分の手で握り込んだ。弱々しい力でカティが握り返してくれた。

「ねぇ、ヴォル。お願いがあるの」

「う、ぅ……っ、なん、だ」

「あのね。私が死んでも、ルルを置いていかないで」

「じぬなんてッ、いわなッ」

「お願いよ。私と、あなたの大切な子でしょう？」

カティ、カティカティ。

言わないでくれ。分かってる、分かってるんだ。

でも、でも、言わないでくれ。


まだ、まだ君とやりたいことがたくさんあるんだ。

マルクスが公爵位を継いだらゾンター領へ行こうって約束したじゃないか。

春《フリューリング》になったら家族みんなでピクニックしようと約束したじゃないか。

ルルが成長する姿を見ていこう。まだルルは四歳なんだ。まだ、これから君に似て可愛《かわい》らしく成長していくんだ。

それを一緒に、見守っていこう、って。

「ヴォル」

涙で視界が歪《ゆが》んだ先。

困ったように笑うカティに、俺は頷《うなず》いた。

「ま、まも、る、絶対、絶対、ルルのこと、置いていかない……ッ、守るから、だから」

「約束よ」

ふぅ、とカティが息を吐いた。

疲れた様子に乱暴に涙を拭う。何度か深呼吸をすれば、涙は止まった。

「……疲れただろう。ルルを連れて戻るよ」

「……ええ。おやすみなさい、ヴォル。愛してるわ」

「おやすみ、カティ。愛してる」

カティの額にキスを落として、眠っているルルを抱きかかえた。

そのまま静かに、カティの部屋を出る。眠るルルは、以前抱っこしたときよりも重く感じられた。

それがひどく愛《いと》おしくて。それがどうしてか悲しくて。俺の目からまた、一筋の涙が溢れてルルの服に染み込んだ。

第一話　俺の愛娘

どうも、転生者のヴォルフガング・マレウス・ゾンターです。レーマン公爵家の当主代理をやってます。え？　ファミリーネームが違うって？　まあそこの説明は追々。

そう、転生しちゃったんだよ。乙女《おとめ》ゲームに登場する悪役令嬢、ルイーゼ・レーマン公爵令嬢の父親に。


前世、蒼乙女《あおおとめ》の幻想曲《ファンタジア》、通称蒼ファンと呼ばれた乙女ゲームがあった。

俺は結構雑食系なゲーマーで、エログロ純愛変態なんでもござれだった中でハマっていたシリーズのひとつだった。恋愛ありきだががっつりダンジョン攻略なんてのもあって、それが結構本格的。レベルを上げて物理で殴るだけじゃ攻略できない。なぜ乙女ゲームなのかと言われるほどの謎解き要素満載のダンジョンや、たくさんあるサブイベントのうち一見関係のなさそうなサブイベントが実は本編の別のイベントに繋《つな》がっていて等のシナリオ攻略の面白さ。そのお陰で俺を含めた一般男性プレイヤーの層も多かったと思う。

前作紅乙女《べにおとめ》の幻想曲《ファンタジア》、通称紅ファンと同じ世界観を持つ続編で、前作とは時間も国も異なる。舞台は前作から約百年後の、とある大陸にある国での話だった。

前作から魔法システム・魔物暴走現象《アウトオブコントロール》イベントも踏襲していたが、今作から「聖女」という新システムが追加された。前作にあった精霊の愛《いと》し子《ご》システムとは全くの別物だ。

前作では精霊の愛し子であった女主人公が、精霊の協力を得つつ授業でパラメーターを上げながら攻略対象者たちと交流して愛を育み、ラストで発生する大規模な魔物暴走現象《アウトオブコントロール》を迎え撃つストーリーだった。

ところが、今作は学園モノではない。聖女と呼ばれる令嬢が国内を巡礼しつつ修行を重ね、攻略対象者たちと交流を深めながら約三十か所あるダンジョンで魔物暴走現象《アウトオブコントロール》を発生させないようにしていくというストーリーになっている。

もちろん、ひとつでも魔物暴走現象《アウトオブコントロール》が発生すればバッドエンド《ゲームオーバー》。


我が国ベルナールト王国は、聖女・聖人と呼ばれる魔力保有量が多い一部の貴族令嬢・子息を筆頭に、貴族たちが要所に設置されている結界石に魔力を補充することになっている。結界石はモンスターたちから人々を守るための結界を作る装置のようなものだ。定期的に魔力の補充が必要になるが、その補充に必要な魔力がべらぼうに多い。

普通の貴族でも一度には賄えないぐらい。なので、聖女・聖人が定期的に巡回している。

なぜ結界石への補充が貴族限定なのかというと、この国では魔力量が多いのが貴族ぐらいしかいないからだ。庶民の一般的な魔力保有量は、貴族の一般的な魔力保有量の十分の一以下。とてもじゃないが、結界石への補充は行えない。すぐに魔力が枯渇して死に至る。

そのため、我々貴族には貴族の義務《アーデル・フェアプリヒテ》――日本語や英仏圏ではノブレス・オブリージュと言った方が分かりやすいか。なんでこの国はドイツ語が多いんだ――が課せられている。力ある者は国民、領民を守る必要があるのだ。

もちろん、中には貴族の落胤《らくいん》や庶民の中でも魔力を多く持つ者が突然出ることがある。この場合はまずは国がそうした者を保護し、所定の手続きでどこかの貴族の養子になることが我が国の法で定められている。


主人公であるベッカー伯爵家令嬢、デフォルト名モニカは元庶民。

前作ヒロインは生粋の伯爵令嬢だったが、今作ヒロインは元庶民キャラよろしく天真爛漫な一面がある。

そうして、周囲を籠絡して俺の娘を不幸のどん底に叩《たた》きつけるのだ。

そう、俺の娘ルイーゼを。可愛《かわい》い可愛い、愛しい妻の忘れ形見を。


ゲーム本編では語られなかったが、設定資料集で悪役令嬢の母親は早逝したとあった。

それはこの世界でも同様で、俺の妻であるカサンドラも、一ヶ月前に流行《はや》り病で亡くなった。娘はまだ四歳。淑女教育が始まっているとはいえ、まだまだ母親に甘えたい年頃だ。

「おとーさまいや!! みんないや!! おかーさま、おかーさまぁ!!」

わんわんと泣き喚《わめ》くルイーゼ――ルルから拒否される俺。

抱きしめようにも嫌々されて、しまいにはひっぱたかれるほどだった。子どもの力と侮るなかれ。加減せずにぶん殴ったり暴れたりするもんだから、止めようとした侍女たちや使用人、俺も青タンができるほどだ。

それが連日続き、俺との会話も拒否されっぱなしだと俺だってしんどい。

ここで大人な対応をするのであれば、そっと距離を取るんだろう。実際、ゲーム上のヴォルフガングもそうだった。

父上の代から仕えてくれている執事のクリストフも「しばらくお嬢様とは距離を置かれた方がお互いのためかと」と助言をもらっている。

無理に接触してもルルの態度が変わる可能性は低い。むしろ悪化する可能性が高い。だから俺はルルの心が落ち着くまで、ルルと当たり障りのない関係を築くのが良い。

――と、ゲームのヴォルフガングは考えたのだろう。

だが残念ながら性格まではゲームのヴォルフガングとは一致していない。と思う。

「つ、お、おとうさま？」

侍女やメイドたちにも八つ当たりしていたルルを諭そうと、膝をついて目線を合わせて話していた。それでも暴れていたルルの手がメガネに当たり、ぽとりと落ちたときにルルが目を丸くした。

ひょうしにルルの目からぽろりと涙が溢《あふ》れたが、本人は気づいていないようだった。

実はと言うと、俺はそれどころじゃない。ボロボロと自分の目から溢れる涙が止まらない。

カサンドラが、カティがいなくなってしまったのが辛《つら》いのは俺だって同じだ。

カティは、ゲーム関係なく俺が恋した、愛した大事な人だった。元は政略による婚約だったが、接しているうちに好きになったんだ。

フルネームの真ん中、前世で言えばミドルネームの位置にある真名は、神から与えられるおいそれと他人には明かさない名前だ。それは、十歳になったときに受ける真名授与の儀で創世神から神官経由で与えられる。

その真名授与の儀を受けて唐突に転生してることを理解した俺は、悪役令嬢の父親になるのか!?と怯《おび》えた。事情があって親に見限られ、流されるままに過ごしていたときもカティは俺に根気強く寄り添ってくれたし、なんなら俺の荒唐無稽な転生話も（表面上かもしれないが）信じてくれた。

ゲームのヴォルフガングと違って常に冷静沈着Ｔｈｅ貴族でもないしカッコよくもない、失敗も普通にする俺にカティは「あなたが好きよ」と根気強く伝えてくれた。

死の間際まで、俺を愛してる、と伝えてくれた彼女。

「カティ……」

俺は君と一緒なら、こんな世界でも生きていけると思ったんだ。


——ふと、頭を撫《な》でられた。

いつの間にか落ちていた視線を上げれば、ルルが俺の頭を撫でていた。

俺の視線に気づいたルルがそっと手を引っ込めて、ぎゅうと服を握りしめる。

「ルル？」

「……ごめん、なさい。おとうさま」

「何に対してのごめんなさい、かな？」

「ルル、おとうさまは、おかあさまがいなくなったこと、なんともおもってないんだとおもってたの。おわかれのとき、おとうさま泣かなかったから」

カティの葬式のときは、公爵代理としての体裁を整える必要があった。

これが前世の世界だったり、俺自身が低位貴族、もしくはただの庶民であれば泣き叫んで亡骸《なきがら》に縋《すが》り付《つ》いていたと思う。

けれど俺は代理とはいえ公爵だ。弔問客の中には公爵家を引きずり落とそうと企《たくら》む派閥の輩《やから》がいるのも気づいていたから、俺は公爵として振る舞う必要があった。

それが子どもの目から見れば、母を亡くしても涙ひとつ見せない鬼に見えたのか。

「お別れの日は、いろんなお客さんが来ただろう？　あの中には、悪い人もいたんだ」

「そうなの？」

「そう。そういう人が悪さしないように、お父様は何でもない振りをするしかなかったんだよ。ああ、そうだルル、おいで」

言葉で説明を尽くしても分からないだろう。それなら、例の部屋に連れていけばすぐに分かってくれるはずだ。俺がどれだけ、カティを愛していたか。

ルルを抱き上げて、例の部屋に連れていく。

クリストフが俺が向かっている先を察して、ルルの専属侍女に待機するように伝えているのが聞こえた。

当主の私室と夫人の私室の間に、主寝室がある。もちろん、私室側にもシングルベッド（ぶっちやけセミダブルぐらいありそう）がある。

カティが亡くなってから、主寝室のベッドを移動させて、ある物たちを持ちこんで別の目的の部屋にしようとしていた。

「わぁ……っ」

カティの思い出を、家族の思い出を目一杯詰め込んだ部屋だ。

そこかしこにカティの若い頃の肖像画、結婚した頃、生まれたばかりのルルを抱きしめる母娘《おやこ》の肖像画。

それから俺がカティに贈ったドレス、装飾品。そういったものをまるで美術館かのように、所狭しと並べている。

ルルを腕から下ろす。ルルは目を輝かせて、病にかかる前の元気な頃の様子を描いた肖像画の前に立って、食い入るように見つめていた。

「おかあさまが、いっぱい！」

「もっと早く教えれば良かったな。ちょっと、恥ずかしくて教えられなかったんだ」

「はずかしい？」

「……あー。ここにあるのは全部、お父様が描いた絵なんだよ。本当はちゃんと絵を描いて仕事をしている人にお願いするのが良かったんだけど、お母様がお父様が描いたものがいいって、言ってくれたから」

「おとうさまが？」

一番古い肖像画を手に取る。女性とようやくわかるその絵は、カティに初めてモデルを頼んだときのものだ。

ひどいもんだ。線はガタガタだし、色塗りは雑だし、そもそもカティの顔じゃねぇ。

それでもここにあるのは、廃棄しようとした俺の手を止めて「私にちょうだい。あなたが初めて描いてくれた私だもの。これも私だわ」と言ってくれたから。


前世から、俺は絵が好きだった。

もちろん前世も今の腕前もプロには及ばない。まあ、必要に追われて暇さえあれば繰り返し描いてたからか、ちょっと上手《うま》いなぐらい。

写真や映像を撮る魔道具はある。あるにはあるが、高価なもんでそうそう気軽に使えない。

公爵家としては一応買える値段ではあるが、繰り返し使えないし魔道具ごと保存するしかないから嵩張《かさば》るという問題点もあった。

ある事情から親から早々に見切りをつけられていた俺は、勉強と絵に逃げた。そのせいか視力が多少悪くなったが、まあ裸眼でもそれなりに見える。

「ブローチやネックレスは、ルルがちゃんと先生の言うことを聞いて『もう淑女になりました』と合格がもらえたら譲ろう。ルル、お父様が描いた絵でよければどれかひとつ部屋に持っていってい い。それとも、小さいものを描こうか？」

「小さいもの？」

「ここにあるのは大きいものばかりだから。小さいキャンバスに描いたものであれば、ルルも持ち歩けるだろう？　ああ、ロケットペンダントもいいな」

名案かもしれない。俺も欲しい。いや、俺の場合はカティとルルの肖像画だな。

だがロケットペンダントサイズの絵は描いたことがない。というか、無理じゃね？　描き込めないだろ。小さくするとか圧縮する？　そんな魔法はないものか。

「……おとうさま」

「うん？」

「どうして、おとうさまといっしょのがないの？」

「描いてるのがお父様だからなぁ」

「ルル、おとうさまとおかあさまがならんでるのがいい」

ぎゅ、とワンピースを握ったルル。

そんなルルを抱き上げて、俺は笑った。

「お父様は自画像が下手《へた》だぞ、文句は言わないでくれよ」

「うん！」

「ルル」

「ん？」

「お父様以外にも謝る相手がいるのは分かってるかい？」

「……はい」

「謝ってきたらお父様のお仕事の部屋においで。待ってるよ」

「はい！」

子どもとはいえ、全力で暴れられればそれは怪我《けが》をする。

痣《あざ》になっている侍女やメイドもいるだろう。特別手当は出しているが、ルルがきちんと反省して謝罪を口にすればわだかまりも小さくなるだろう。

仕える家族だからと我慢させる家もたしかにある。むしろ俺の家の教育方針が奇特だろう。日本人だった頃の人格で育っちまったからなぁ。人との関わりが多いから心労が大きい。俺ん家《ち》は核家族だったんだよ。人の目ありすぎじゃね、この世界。

まあ何にせよ、ギスギスした家より過ごしやすい家の方がいいじゃないか。

ルルを見送って、仕事のために執務室に戻った。

椅子に座って一息つくと、すっとコーヒーとメガネを差し出された。

視線を上げれば、やっぱりクリストフだった。

「お嬢様をご案内されたのですね」

「もっと早く連れていけば良かったな。喜んでいた」

「……坊っちゃんも少しは心の整理がついたようで、ようございました」

「坊っちゃん言うな」

「失礼いたしました、旦那様」

クリストフの柔らかな笑みに、俺も心配をかけていたのだなと悟る。そうだな。カティが死んでからまだ喪も明けていない。

メガネの縁をなぞる。

俺のメガネは視力矯正のほかちょっと特殊な仕様が入っている。

俺の目は所謂《いわゆる》魔眼と呼ばれる類《たぐい》のものだ。能力はなんと聞いて驚け、炎だ。

視《み》るものすべてを燃やし尽くす炎の魔法。

この能力は原作ゲームの設定資料集に書かれていたが、ヴォルフガングがもともと持っていた能力だ。いや、魔力と言った方がいいか。

ヴォルフガングは魔法が使えない。

魔力は有り余るほどあるが、普通に魔法として使おうとするとなぜか霧散してしまうのだ。

学院生時代は絶望したなぁ。だって魔法実技が実質ゼロ点なんだもんよ。


この世界には六大属性が存在する。火、水、土、風、光、闇だ。

創世神エレヴェドを筆頭に六大神と呼ばれる神々も存在し、さらに自然事象に関する神々がいる。

自然事象に関する神々についてはゲームでは登場しなかったが、設定資料集には「いる」とだけあったのを覚えている。

十六年前、十歳になった俺は真名授与の義を受けた後、神殿に設置してある魔道具で鑑定をしてもらった。魔力はあるだろうということは分かっていたものの、貴族の子どもなら扱えて当然の簡易的な結界魔法ですら使えなかったからだ。幼年期は属性魔法が使えずとも、十歳前後で開花する者もいる。

しかし鑑定の結果、俺は生来の体質で魔法が使えないということを神官から伝えられた。魔力保有量だけはバカ多くて聖人認定されたけど。

簡易的な結界魔法すら使えない上、今後も俺はろくな魔法が使えないと分かった両親は、とうとう俺を見限って励んだよ。その結果、十二歳下の弟マルクスが生まれた。そしてすぐ、両親はマルクスを嫡子とした。魔法が使えると分かるまで待てなかったらしい。

俺は父上が持っていた伯爵位を成人したと同時に引き継いだので、本来の爵位は伯爵だ。けど、現在俺は公爵代理を務めている。なぜかって？　未成年のマルクスに家を継がせるわけにはいかないから、後見人制度で一時的に俺が公爵となっている。

マルクスが十八歳になり、そしてこの国の最高学府であるクレーゲル学院を卒業できればマルクスに引き継ぐことができる。

つい先日、マルクスが十五歳の誕生日を迎えたからあと三年といったところか。

そうそう。物語上、ルルが公爵令嬢になっているのは設定資料集では俺が正式に公爵位を引き継いだからだった。

法律の穴を突いてマルクスが爵位継承を辞退するよう交渉した、らしい。まあ、現実のマルクスも公爵位の継承は乗り気じゃないからなぁ。事あるごとに「兄上が公爵でいいでしょう!?」と言われてるし。

頑張れマルクス。十年近く公爵やってるけど、内政はともかく公爵としての社交はむーりーってなってるから何が何でも継承してもらうぜ。

「しかし、旦那様もだいぶ制御が上手《じょうず》になられましたな」

「前は一定の怒りを感じると誤爆しそうになってたからなぁ」

メガネをかけ直しながら苦笑いを浮かべる。俺に魔眼がある、というのは転生していることに気づいてからは分かっていた。

前述した通り、設定資料集に載ってたからな。使い方が分からなかったから試行錯誤していたものの、予想外のところで分かった。


まだメガネがなかった学院生時代に、カティに対して嫌がらせが起きたことがあった。

まあ俺が公爵子息のくせに魔法がまともに使えない上に聖人というのもあって、多少なりとも嫌がらせがあった。よくよく考えると、結界石に魔力を一気に補充できる存在に対して嫌がらせってどうよって話なんだが、そこはまあ、若さゆえの過ちかもしれない。

父上に言ったって「事実だろう」と取り合ってくれなかったから基本スルーしてたんだけど、カティがそれに巻き込まれた。

俺は別にいい。けど、カティは関係ないだろう。

そう思った瞬間、頭が沸騰した。それが怒りだと理解したのは後々。

その沸騰した感覚が俺が魔法を行使した際の感覚らしく、傍《はた》から見れば俺のオレンジの瞳が真っ赤に染まって、嫌がらせをした令嬢令息らをどうしてくれようかと周囲を見渡したとき、彼らの周囲が突然炎に包まれた。


その後王宮魔術師の鑑定により、俺は魔眼持ちであることが正式に判明。メガネはそのとき鑑定してくれた王宮魔術師からもらったものだ。

このメガネには、万が一俺が魔眼で魔法を発動しようとしても魔力を遮断してくれる、いわばストッパーが仕込まれている。

魔力制御ができるようになってからは、このメガネはある意味スイッチのような役割を担っていた。

魔法を発動するときと、そうでないときの。

「お嬢様ならきっと、屋敷中の皆に謝罪して回るでしょう」

「うん。ジュースを用意しててもらえるか？　きっと喉がカラカラになってると思うんだ」

「承知いたしました。では、それまでは仕事に取り掛かってください」

「はいはい」

「坊ちゃま、『はい』は一回です」

「はい」

その後、ルルはきちんと屋敷で働く者たちに謝罪して回ったらしい。

泣いて疲れていただろうに。俺との約束を守って、最後に俺の執務室に来たときには目がしょぼしょぼしていた。

「おとうさま」

「ルル、おかえり」

「ルル、ちゃんと、あやまってきました」

「うん」

両手を広げれば、ルルが俺に駆け寄って抱きついてくる。

これはカティが亡くなってからはやらなかった行動だ。毎回拒否されてたしな。

「偉いな、ルル」

「ルル、これからたくさんべんきょうします。おとうさまの、おてつだいしたいです」

「ありがとう。お父様もね、ルルにたくさん教えたいことがあるんだ。でもまずは、ジュースを飲んでからにしようか」

ぱ、とルルの表情が明るくなった。可愛い。


たぶんさ。

ゲームのヴォルフガングが公爵位を引き継いだのは、現実同様ゲームのマルクスが継承に乗り気じゃないってのもあったけど、ルルを愛してたからだと思うんだよ。

公爵位はその地位の高さもあって、与えられる教養も物も一級品だ。

亡き妻との間に残った、たったひとりの愛娘《まなむすめ》を幸せにするにはより良い結婚相手を探さなきゃいけない。ルルは幼いながらも聡明《そうめい》な子だ。高度な教育にもついていけると思う。

だからルルは公爵令嬢でいるのが一番だという結論に至ったんだろう。俺もそう思う。

でも、俺はルルを悪役令嬢になんてしたくない。

王族を除いた最高位の令嬢にかかる負担は大きい。王妃《おうひ》にもなり得る彼女は社交界の華とならなければ引きずり落とされる。
ルルが、ルル本人が望めば全力でサポートしよう。でも、今はまだ幼い子どもだ。判断を任せるのは、真名授与の儀の後で良い。

なあ、カティ。
俺はルルのポテンシャルを信じてる。
けれど年齢を言い訳に彼女の選択を延ばす臆病な俺を許してくれ。

第二話　俺と娘と魔法

あれから、早いもので二年が経《た》った。

ルルは六歳になり、淑女教育が始まっている。

ルルが落ち着いた頃から、ルルには「お父様はマルクス叔父《おじ》様のために公爵家を守っているだけだから、お父様は公爵じゃないんだよ」と噛《か》み砕《くだ》いて伝えていた甲斐《かい》もあって、自分が公爵令嬢ではなく伯爵令嬢であると自覚してくれている。

家庭教師も伯爵の身として呼べる中で優秀な人材にお願いした。

俺があくまで公爵代理であり、本来は伯爵であることは社交界では有名な話だからな。

食事や一緒にお茶を飲む時間などで、ちょっとずつ教わった内容を実践しようとしている光景が微笑《ほほえ》ましい。

あ、今のカーテシーの様子いいな。初々しいって感じだから残しておきたい。あああ、カメラ、カメラが欲しい！　現像して手元に置いときたい！

よし、今夜早速キャンバスに下絵を描いて残そう。

「兄上は相変わらずルルにはデレデレですね」

呆《あき》れたようにそう告げたのは、俺の弟であるマルクスだ。

今日は弟も交えて、家族で茶を嗜《たしな》んでいたところである。

「いいだろう、可愛《かわい》いだろう」

「お父さま！」

「ええ、ルルは目に入れても良いぐらいに可愛いですが、もう少し表情をこう、引き締めて」

「身内だけだからいいじゃん〜〜」

「だめですよお父さま！　今日は叔父さまはお客さまとしていらしてるのですから！」

ぷんぷんと怒るその様子も可愛い。

ああ、あと数年も経てばこんなやり取りしてくれなくなるのかな〜。辛《つら》い。

呆れながらも俺らの様子を微笑まし気に見ていたマルクスが、不意に纏《まと》う雰囲気を変えた。

俺も姿勢を正し、表情を引き締める。たいていこういうときのマルクスの話は真面目《まじめ》な話だ。

……とはいってもまあ、内容はなんとなく察してるんだよな。ソーサーを持ち、カップを持ち上げて温かい紅茶を口にする。

「兄上にお願いがあります」

「当主交代についてなら却下だ」

「兄上！」

やっぱな。

軽くため息を吐《つ》きながら、マルクスを見やる。眉間に皺《しわ》を寄せながらもその表情は真剣だ。

実は、カティが病に倒れる前からずっとマルクスからは「兄上に公爵位を継いでほしい」と言われていた。もうマルクスは十七歳になった。あと一年もすれば学院も卒業して、爵位を継承する。

マルクスからしても、すでに実務を十年近くこなしている俺がこのまま当主として継いだ方が効率が良いだろうし、領民からしても現状維持できるならそうしたいだろう。

だが領民はまだしも、マルクスなら知ってるだろうに。

「国にはレーマン公爵家として俺は廃嫡、成人したら父上が保有していたゾンター伯爵位を継ぐと申請してあってすでに十七年前に承認されている。事実、俺はゾンター伯爵家当主のヴォルフガングとして貴族名鑑に記載されているだろう？」

ルルの正式呼称はルイーゼ・ゾンター伯爵令嬢だ。

俺はただの代理であるから、ルルが公爵令嬢になることはない。ルルがマルクスの養子になるならまた別な話だろうが、直系の血を引くマルクスはまだ結婚していないのだから養子を取るという手段は取れない。養子が取れるのは、既婚者限定という法律がある。

あくまで俺は、嫡子たる弟が成人となる十八歳まで、代理として公爵を務め上げているだけ。

「何もすぐドーンと全部任せるわけじゃない。今年から二、三年ぐらいかけて徐々に引き継ぐし、今後も補佐に入るしクリストフだっている」

「実務のことじゃない、道理のことを言ってるんだよ！」

「道理も何も、もう受理されてるから俺にはどうしようもないよ」

それこそマルクスが公爵としての役割を果たせない、愚かな男であったら。ルルのためにと最高位の教育をと俺が望んだなら。ゲームのヴォルフガングのように法律の穴を突いてマルクスから公爵位を譲渡してもらっただろう。

この国での後見人制度は、原則他家が後見人となる。

だが例外として嫡子の兄姉の中に成人済みで、他家も認める優秀な人材がいる場合は兄姉が後見人となることができる。そして、嫡子が何らかの理由で当主としての資格がないと判断された場合、後見人であった兄姉が特例として、そのまま代理を請け負っていた家の当主を引き継ぐことができるのだ。

長子継承を基本とするこの国で次子以降が嫡子とされているケースは、長子の性格や素質に問題があることが多い。嫡子よりは劣るが傍系から選ぶよりはマシ、といったパターンで、この特例が利用されるのだという。

両親が亡くなった当時、俺はギリ成人していた。学院では実技魔法以外はトップ。国としても文句はない、ということで俺が後見人として決まった。

成長したマルクスはそれがおかしい、と憤っている。

「そもそも、兄上は後見人を務められるほど優秀じゃないか！」

「俺は魔法が使えないからなぁ」

貴族ともなれば、魔法を扱うことは必然として多くなる。

普通、属性魔法の他に無属性魔法って言って、身体強化とか結界魔法とかそんなのが使える。これは魔力が少ない庶民も同じで、その魔法を使って力仕事をしたりするんだ。

ところが、俺が使えるのは魔眼で発する炎だけだ。一応魔法の分類ではあるが、そうは見えないのが難点。

もちろん、公爵家として魔術師団を保有しているから普段は表立つことはないので困らない。

けれど魔物暴走現象《アウトオブコントロール》が発生しないよう、モンスターを大々的に間引くときは公爵代理として前線に立ち、力を振るわざるを得ない。

何度かその機会があって前線に立ったが、異様なものを見る眼差《まなざ》しばかり向けられるから辟易《へきえき》としている。

やおらメガネを外し、モンスターを見たと思ったら炎に包まれるモンスターたち。実際には目に集まった魔力が放出されて魔法が発動してる状態なんだが、分かりやすく目からビームみたいなのが出てるわけじゃないから傍《はた》から見ると突然発火なんだよな。

だから領主何やってんの、みたいな雰囲気だからすごく嫌。まあ、それはゾンター伯爵領でも同じなんだけどさ。

それにもうひとつ、公爵家当主になれない、解決しようのない問題が俺にはある。

公言はしていないが、マルクスも薄々気づいているだろうに。

苦虫を嚙み潰したような表情を浮かべるマルクスにため息を吐きながら、紅茶を飲んだときだった。

「……まほうを使ってますって分かりやすくしないと、ダメなのかな」

ルルは思わず呟《つぶや》いたんだと思う。マルクスにもその呟きが聞こえたようで、また何か言いかけたその口が閉じた。

俺とマルクスが黙り込んで、じっと見ていることに気づいたんだろう。ハッとしたルルだったが

「続けて？」と優しく言えば、視線を彷徨《さまよ》わせたあと、恐る恐る考えを口にした。

「お父さまの炎も、まほうなんでしょう？　でも、まわりの人は、お父さまはまほうを使ってないって言うんでしょう？」

「そうだね、ルル。悔しいことに兄上の炎は魔法だと見做《みな》されていない」

「じゃあ、じゃあ、まほうを使ってます！　っていうフリをするのはどうかしら！　お話のまほう使いみたいに、ロッドを使うとか！」

一生懸命俺のために考えてくれるとか最高の娘じゃんか。好き。

しかし、フリ、フリねぇ。実際に魔力を込めて見るだけで発動するから、そんなの考えたこともなかったな。

いやでもなんか今更動作つけるってのもなんか恥ずかしいなぁ。

「傍から見れば無詠唱で魔法を発動できてるように見える。無詠唱の発動は高レベルな魔術師のみできるから……うん、良い考えだと思うよルル！」

「でしょう！」

マルクスとルルが盛り上がってる。

いやちょっとそれは、とかすごく言い難《にく》い雰囲気になってる。ルルの目がキラキラしててますます言い出し辛い！

「いやぁ、別に……っていうか俺が魔眼持ちだって社交界には知られてるだろうよ」

「けれどどのような魔眼なのかまでは王族や王宮魔術師たち以外には知られていません。好機ですよ兄上！　兄上を見下している奴《やつ》らを見返すことができます！」

「俺は別にどうでもいいというか」

「ルルもカッコいいお父様の方が良いよね？」

「うん！」

「よしきた頑張る」

チョロい言うな。ルルのためだったら俺は恥も外聞も捨てて何でもするってだけだ。

ああ、もしかしてゲームのヴォルフガングも、同じ気持ちだったのかな。なんて。

「見返せれば、公爵としていても」

「それは無理」


そうして、クリストフも巻き込んで議論や実践をすることに。

公爵邸にある魔法練習場でロッドやらペンやら色々持ってやってみたけど、うっかり持ち歩き忘れたときに発動したらごまかせないよねって話になって、俺の身一つでできる方法が良いというのが全員共通の見解。

前世でも読んだ、様々な超有名な漫画を思い浮かべて道具を使わない技をあれこれと試してみた。

その中のひとつである指パッチンでやって見せたらルルもマルクスも大ウケ。クリストフ、なんかお前も地味にはしゃいでない??

「わたし、お茶会でみんなに言うの！　お父さまは指ですごい炎を起こせるのよって！」

「待ってルル。それは恥ずかしいから止《や》めて」

「いえ、子どもたちから話を広めてもらうのはアリです。むしろ子どもだからこそ嬉々《きき》として親兄

弟に広めるでしょう。兄上のルックスも存分に使うべきです！」

「待ってマルクス。俺そんな立派なもんじゃ」

「いえ、旦那様は奥様しかご興味がなかったためご存知《ぞんじ》なかったでしょうが、数々のご令嬢たちから秋波を送られていましたよ」

「クリストフ!?」

みんな暴走してるんだけど。

誰か助けて。


まあ、指を弾《はじ》いて発動させるのはなんだか小《こ》っ恥《ぱ》ずかしいから、という理由で却下。最終的には腕を振ったり、指で相手を示したりと動きで発動させる方法に決まった。


そんなことがあった数日後。

ルル宛に届いた子ども同士のお茶会に同行した。招待主はフィッシャー侯爵夫人だ。

ルルとフィッシャー侯爵家の次女エマ嬢が同い年であり、フィッシャー夫人は年が離れているもののカティと友人関係だったということもあり、カティが亡くなった後も気にかけていただいていた。

しかし、男親が参加するっていうのはめったにないから周囲はご婦人ばかり。針の筵《むしろ》状態だ。大丈夫かな俺の表情筋。頬が引きつってる気がする。

参加しているのはフィッシャー夫人から招待されたミュラー侯爵夫人、ベッカー伯爵夫人、フォイヒト伯爵夫人、あと俺ことゾンター伯爵。ねえ。場違いにも程がないか？

ちなみにご当主であるフィッシャー卿《きょう》にはすでにご挨拶済み。そのままフィッシャー卿と男ふたりで会話をする予定だったのが、夫人の「あら。ルイーゼ様を見ていなくちゃ」の一言でなくなった。

卿にはちょっと同情するような眼差しを向けられたけど、卿御本人は参加していない。ええ、一緒にいてくださいよお願いしますって内心叫んだけど届くはずもなく。結局、俺は夫人方に囲まれているのである。

「もうじき弟君のマルクス様が公爵家を継がれるとか。ゾンター卿が代理を務められてから、近隣領地である我が家にもゾンター卿の評判は耳に届いております。その手腕はうちの夫に見習ってほしいほどですわ」

「はは、御冗談を」

「冗談など！　特に井戸の改革には夫も驚嘆しておりましたわ」

井戸、井戸ってあれか。

王都は魔道具を使って上下水道が作られている。そういう魔道具は王都外の庶民が金を持ち寄ったとしても足りないほど高額なものだ。

それに魔道具には魔力を補充しなきゃいけないし、魔道具の製作やメンテナンスを行う魔具士に依頼するにも金がそれなりにかかる。水道のメンテナンスも必要だ。

公爵家だから領地は広いし、集落も多い。まあだからといってそれで財政が傾くほどではないが、それなりの出費であることは確かだ。伯爵家以下ともなれば、すべて賄うのは難しいだろう。

そのため、王都外の街や村は基本、上水道にあたる部分については滑車とロープを使って水を汲《く》み上《あ》げていた。

手車を回し、なるべく負担がかからないようにしていたがそれでも力はいるし、時間もかかる。

自分の領地を見て回っていたときに大変そうな領民たちを見て、俺は手押しポンプを思い出した。


ポンプの仕組みはこうだ。

胴体部分に木製ピストンを設置し、手押しハンドルを下げてピストンを上げる。

するとポンプ内の空気が薄くなってポンプ外の大気圧に差がうまれ、その影響で水が吸い上げられる。木製ピストン部分には蓋付きの水が通る穴があり、手押しハンドルを上げてピストンを押し下げるとその穴から水が溢《あふ》れる。

もちろん、ポンプと胴体部分の結合部分に弁があるため、胴体部分の水が再び井戸に落ちることはない。また、井戸の水面に差し込んでいるポンプ入り口部分にも、ポンプ内の水が落ちないように弁を設置している。

初めてポンプを使うときとか、久々にポンプを使うときは呼び水が必要になるが、基本的に一日一回でもポンプを使えばずっと使える。

俺の拙い説明を地元の職人たちがうんうんと聞いてくれて、実際に試行錯誤を繰り返しながら作って、試用期間を経てまずはレーマン・ゾンター領内に設置した。

領民がめっちゃ喜んでる、とはクリストフから聞いてたからその評判がよその領地にも届いたらしい。

嬉《うれ》しいような恥ずかしいような。

ちなみに、下水道はさすがによっぽど人の往来がない閉鎖的な集落でなければ国家事業として整備されている。疫病の原因とかにもなり得るしな。

「カサンドラ様がお亡くなりになって、皆心配しておりましたのよ。ゾンター夫妻の仲睦《むつ》まじい様子はわたくしどもの憧れでしたから」

「はは、ありがとうございます。妻を亡くして二年ほどになりますが、ようやく落ち着きました」

枕を涙で濡《ぬ》らす回数は減った。

ルルも、和解した当初は寂しさからか一緒に寝たがって、俺と同じベッドで眠っていたが今は呼ばれることはない。

というか、周囲からはカティと俺は睦まじいって思われていたのか。嬉しいな。

「ルイーゼ様も六歳とはいえ、まだ寂しいと思われるでしょうね」

おっと、社交に疎い俺でも分かるやつが来たぞ。

これ後添えはどうするかってやつだろ。知ってる。純粋に心配されてるだけ、と思いたかったが、夫人方の目が妙にギラついてる。怖い。

「若い頃からの趣味で描いていた絵が、娘の寂寥《せきりょう》を癒やしているようです。それで安定していますので、当面は様子を見ますよ」

「絵、ですか？　ゾンター卿が？」

「素人《しろうと》ですよ」

「まあ。一度は拝見してみたいですわ」

ああ言えばこう言うであの手この手で逃げ場を失《な》くしてくる。社交怖い。

カティはよくこういうのあっさりやってのけてたな。

苦笑いを浮かべて「人様に見せられるものではありませんから」と逃げてみたものの、扇子の向こうの表情はどうなっていることやら。

目は相変わらず、獲物を狙っているような感じである。


内心ため息を吐きながら、冷めてきた紅茶に口をつけようとした、そのときだった。

「きゃあああ!!」

「わあああ!!」

子どもたちの悲鳴にハッと全員がそちらを向く。

鳥型の飛行モンスターがひとりの子女を鷲掴《わしづか》み、飛び立とうとしていたところだった。

あの特徴的なドリル髪、エマ嬢か！

「エマ!!」

フィッシャー夫人が悲鳴にも近い声で叫ぶ。

侯爵家主催のお茶会だから、当然護衛はいる。夫人方だって貴族の一員だ、魔法は使えるはずだ。

だが空からの急襲は想定していなかっただろうし、今は魔法で対応しようにもモンスターの足に掴《つか》まれているエマ嬢も巻き込みかねない。

だが、俺の魔眼なら問題ない。

魔眼は俺が凝視したもの、すなわち俺が「燃やす」と意識したものだけを燃やす。


ガシャン、と乱暴にカップをテーブルに置いて駆け出した。

なんか割ってしまった気がする。割れてたら後で弁償しよう。

「そこの黒髪の護衛騎士、モンスターの足元で待機しろ!! 令嬢を受け止めろよ!!」

「つ、え、し、承知しましたっ!!」

今かけているメガネはただの視力矯正のメガネ。俺の魔眼のスイッチは、もう変わっている。

立ち止まり、腕を伸ばして手のひらを突きつけながらモンスターを認識。体中の魔力が目に集まったから傍から見れば目の色が変わったことがわかるだろう。

今にも飛び去りそうなモンスターが、魔力の流れに気づいたのか俺を見た。


「燃えろ」


グッと手を握り込んだ。と、同時に目に集まっていた魔力が一気にモンスターへと向かった感覚があった。

次の瞬間には、モンスターの上半身が燃え上がった。

甲高いモンスターの絶叫と同時に、モンスターに掴まれていたエマ嬢が放されて落下していく。

だが無事、指名した護衛騎士が彼女をキャッチして素早くその場から退避した。

遅れて、モンスターが燃え盛りながら落下する。

俺の炎は燃やしたいものだけを燃やす、なので落下地点にある芝生や草木なんかは燃えない。

残りの護衛騎士たちが避難誘導を始める。と、フィッシャー夫人がエマ嬢を抱きしめているのが視界の端で見えた。

掴まれていた部分を怪我《けが》したようだが、そこまでひどくはなさそうで、それ以外に目立った怪我はなさそうだ。

「ルル!!」

ルル、ルルはどこだ。周囲を見渡すもいない。

モンスターが落下した地点には誰もいないことを確認していたが、エマ嬢が持ち上げられる前に怪我をした可能性もある。

ルルまで俺から離れていってしまったら、俺はどうしたらいい。

もう一度ルルの名を呼ぼうと息を吸ったそのとき、ドンと腰のあたりに衝撃を受けた。

踏みとどまって視線を下げれば、ルルがいた。カティと同じ、マロンブラウンの髪。

「ああ、ルル！　無事か、怪我はないか？」

「うん」

「大丈夫だよルル、もうあのモンスターは動かないから。怖かったな」

「うん」

ん？　なんか様子がおかしい。

「ルル、どうした？」

ルルを抱き上げる。

すると自然とルルの顔が視界に入った。

……ルルは、満面の笑みを浮かべていた。頬を紅潮させ、キラキラとした瞳で俺を見ている。

あ、これは。と思っているうちに、ルルが口を開いた。

「お父さま、カッコよかった!!」

淑女としてははしたない大声。

けれど俺にとってはとても、とても嬉しい言葉だ。

「ありがとう、ルル」

俺はお前の自慢の父親でありたいと思っているから、お前がそう言ってくれるととても嬉しいんだ。

……それにしても、ここらまで飛行型モンスターが来るのはおかしいな。

あの手は山間周辺のダンジョンを根城にしているはずなのに。

ここは王都近郊で山もない。第二騎士団の巡回範囲だし、それに、各貴族の屋敷には結界が張られているはずなのに。

「ゾンター卿」

未《いま》だ興奮しているルルを宥《なだ》めつつ考えごとをしながら、ルルを抱っこして――本来なら避難誘導に従って邸《やしき》内に入ってほしかったが、ルルが嫌がった――モンスターを討伐した立場としてあのモンスターが完全に死ぬ（燃え尽きる）まで待っていると背後から声がかかったので振り返った。

そこに立っていたのは、身なりの良い男性、フィッシャー卿だった。

「なんと御礼を申し上げれば良いか！　私の方は別のモンスターに対処しましたが、まさか庭園の方にも出ていたとは思いも寄りませんでした」

「当然のことをしたまでです。エマ嬢のご加減はいかがでしょうか」

「ええ、医師の見立てでは傷は浅く、痕も残らないとのことで」

「それは良かった」

女の子に傷痕が残ると今後に影響が出る。

どんなに優秀な子でも、どんなに美しい子でも、どんな家柄の子でも傷物として嫁としての価値が下がるそうだ。

んな価値観クソ喰《く》らえ、と思うのは前世日本の記憶があるからだろう。手術痕や事故による怪我の痕など、あの世界ではよくある話だ。

だが、エマ嬢の傷は浅く、傷痕も残らないようなら本人含め侯爵夫妻も安堵《あんど》したことだろう。

つーか、フィッシャー卿がすぐに庭園に出てこなかったのはそっちも襲われていたからか。やべえな。

「後処理は当家にお任せください。このような事態となった原因も調査せねば。ルイーゼ嬢も突然のことに驚き、お疲れでしょう」

「お言葉に甘えさせていただきます。ルル、帰ろうか」

「はい」

「後日、お礼に伺わせていただきます」

「お気になさらず」

フィッシャー卿も俺と変わらず、モンスターの間引きのときは出陣するはずだ。

俺は他家と共同で出陣したことがないから分からないが、噂《うわさ》ではフィッシャー卿は相当の手練《てだ》れだと聞く。

自邸内で起こった襲撃に、これから頭を悩ますことになるだろう。俺の家で起きたら頭禿《は》げる、確実に。

フィッシャー卿に帰宅の挨拶をして、ルルを抱えたまま待機させていた馬車を呼んで家路につく。


――あ。今日のやつ、本編前のイベントのひとつじゃん。

そう気づいたのは、ルルを寝かしつけて俺も寝ようとウトウトしたときだった。

第三話　娘を守った結果

フィッシャー侯爵邸でのモンスター襲撃事件は、国中を震撼《しんかん》させた。

なぜなら、フィッシャー侯爵邸は王都近郊だったからだ。


王宮を中心に、モンスター除《よ》けの結界は広範囲に設けられている。結界を張るのは結界石と呼ばれる魔力を帯びた石だ。国の中枢を守るような岩ほどの大きさのものは創世神エレヴェドのお膝元である中央神殿が管理している。

結界石はどんなに大きくても数人で手を繋《つな》げばぐるっと囲めるほどの岩石程度しかなく、その大きさでは国全体を守れない。そのため、街道にはそれぞれの規模に応じた結界石を国が設置している。

各町村にも無論、結界石が存在する。これは貴族の義務として、その土地を管理している領主が用意して管理するものだ。まあ管理といっても、聖女・聖人の巡業までの間、結界石に少しでも多く魔力を補充するのは領主一族の役目というだけだけど。

それもあって、貴族は比較的結界石を手に入れやすい。自邸が領民たちが住む区域から離れていることもよくあるため、自邸に結界石を設置するというのは当たり前のことだった。

そもそも、飛行型モンスターは王都周辺に飛んでくることはない。

奴《やつ》らは縄張り意識が強く、そこから動くことがないからだ。

可能性があるとすれば魔物暴走現象《アウトオブコントロール》だが、しかし、奴らの住処《すみか》を監視している山間の領地からの報告では、特にその前兆は見受けられないらしい。

そんな中、結界が張られて安全であったはずの高位貴族の邸《やしき》に、モンスターが襲撃した。

これは庶民階級の新聞でも大きな見出しで扱われたほどの衝撃だ。


――俺は、事が起きてから思い出した。これは、ゲームの本編開始前のイベントのひとつ。

過去の出来事として設定資料集に載っていた「フィッシャー侯爵家の悲劇」だ。

この事件はゲーム本編中にサラッと語られる程度なのだが、フィッシャー侯爵家にいるエマ嬢の話が出てくる。実はエマ・フィッシャーは脇役で、ヒロインの戦闘サポーターのひとりなのだ。

原作ゲームでのエマは当時の襲撃事件の被害者で、頭部に大きな傷痕が残っている。これはエマ嬢があの飛行型モンスターに連れ去られ、高所から落とされたときの怪我《けが》だ。幸いにも木に引っかかって命に別状はなかったものの、落下時の衝撃で木の枝が額を引き裂き、横一文字に額に傷痕が残ってしまったという設定。

原作ゲームでは、そんな傷を抱える彼女が密《ひそ》かに想《おも》いを寄せるサブキャラへの告白をサポートするサブイベントがあった。

目立つ場所に傷痕がある令嬢は引き取り手がいないに等しい。そんな中、同じくヒロイン一行をサポートするサブキャラのひとりに想いを寄せるエマを勇気づけ、ふたりの仲を近づけるイベント。

実はそのサブキャラもエマに想いを寄せていて両片想い状態なのに、エマは「自分は傷物だし」

と勇気が出ず、そのサブキャラは「俺は身分が」とか言ってモダモダする。ヒロインを操作するプレイヤーたちは皆「はよくっつけよ!!」ってなりながらドキドキハラハラしてサポートするのだ。

意外とそのサブイベントは好評で、エマとそのサブキャラのスピンオフ小説も出た。すでにゲームにハマっていた俺は、買って読んで泣いた。ゲーム上では語られなかったお互いの心の中の葛藤が！　お互いを思いやるがゆえにすれ違っててあああ！　ってなったもんだ。


閑話休題。

つまり、そのエマというキャラクターがこの前のエマ嬢で。

彼女は大怪我を負うはずだったけど、今は唯一あった腹部の傷痕もほぼ残ることなく元気だという。


……あれ、これシナリオ変えてないか？　大丈夫か？


さて、なんでこんな話をつらつらと思い返しているのかというと。

「この度は、誠に有り難く」

「いやいやいや、そこまでせずとも！」

俺の邸の応接室で、先触れを通して訪問してきたフィッシャー侯爵夫妻が頭を下げているのだ。

つむじが見えるほどに。

貴族にとって相手に頭を下げるという行為は弱味《よわみ》を握られるに等しい。特に頭のてっぺんなんざ見せようものなら、相手に恭順すると言っても過言じゃない。そこまで頭を下げるのは、通常は国王・王妃《おうひ》両陛下に対してのみだ。

慌てて頭を上げさせ、座らせる。そう、この人たち立って頭下げたの。そんなの通常は以下同文。

そもそも俺は公爵代理であって、本来は伯爵。上位の立場である侯爵に軽くであっても頭を下げられるような立場じゃない。

「私は有事での行動を取っただけ。これは代理とはいえ、レーマン公爵家当主として当然の行動です。そこまで感謝されるほどでは」

「いいえ。あなたがあの場にいてくださらなかったら、あのモンスターを撃ち落としてくださらなかったら、次女のエマは連れ去られていました。実は、あのとき長女のレナも別の場所で襲われていたのです」

レナ嬢ってたしかマルクスと同い年だったか。彼女自身も優秀で、マルクスから「学年一の才女だ」と聞いている。

「あなたがあの場にいなければ、私は判断に迷ったでしょう。あなたがあの場にいてくださったからこそ、エマがほぼ無傷で助かったのです」

――原作ゲームで、なんでエマというキャラクターが大怪我を負ったのか。

それは端的に言えばゲームのフィッシャー侯爵の到着が遅れたからだ。そして、原作ゲームのヴォルフガングはルルに付き添っていなかった。ルルはもちろん参加していた。ただ、親戚の女性に頼んで連れていってもらっていたんだ。

まず、襲撃してきたモンスターは二体いた。一体はあの庭園に現れエマに怪我をさせた鳥型のモンスター。もう一体は、厩舎《きゅうしゃ》で愛馬の手入れをしていたレナに襲いかかった狼《おおかみ》型のモンスター。

たまたま、レナの様子を見に来たフィッシャー侯爵が、モンスターに襲われ必死に抵抗するレナを見つけて助けようとする。が、そのとき後方からエマもモンスターに襲われたと聞いて、フィッシャー侯爵は狼型モンスターを倒した後すぐにエマを助けに向かった。

原作ゲームの世界では、その判断が最適であったが、悲劇を生んだ。

実は狼型モンスターは倒しきれていなかったんだ。護衛がレナに駆け寄り、その場から退避しようとした瞬間、死にかけの狼型モンスターが襲いかかってきた。護衛を目の前で食い殺され、レナ自身も魔法での抵抗虚《むな》しく片足を失うという大怪我を負うのである。

エマは飛行型モンスターによって空高く連れ去られ、フィッシャー侯爵が到着した頃にはすでにエマは落とされて大怪我を負っていた。

ゲーム本編では姉であるレナ・フィッシャーについて何も語られていなかったが、スピンオフ小説でエマが少し触れている。エマいわく「お姉さまは心を壊されてしまった、本物の人形のようになってしまわれた」とだけ。

だが現実は、俺がルルの付き添いとして侯爵邸に訪れたこと、フィッシャー夫人に引き止められ庭園のお茶会に参加していたことでフィッシャー姉妹の悲劇は防げたのである。

庭園でエマ嬢が襲われたと報告を受けたフィッシャー侯爵は、俺が庭園にいることをすぐに思い出し、俺であれば対処できるだろうと信頼してくれてレナ嬢を襲っていた狼型モンスターの対処に専念した。

そのため、狼型モンスターが完全に死んだことを確認してから、フィッシャー侯爵はその場を離れている。

「それならば私ではなくフィッシャー夫人に申し上げるべきです。あのとき、夫人に引き止められなければ私は庭園から離れ、あなたと話をするつもりだったのですから」

「ああ、そうですね。妻の判断には感謝せざるを得ません」

「わたくしは、付添人であるゾンター卿《きょう》があの場から離れ、ルイーゼ様をおひとりにするのはどうかと思っただけで」

「だが、その判断でエマは救われたのだ。ありがとう、アンジェリカ」

ぽ、と夫人の頬が赤く染まる。

このふたり、政略結婚だと小耳に挟んでたが仲が良いな。

「……それで、当家をモンスター共がなぜ襲撃できたのか、ですが。どうも結界石のひとつが壊れていたようなのです」

「なるほど」

「ですが問題なのはその壊れ方でして——誰かに、破壊されたような痕跡がありました。施錠されていたにもかかわらず」

——なんだって。

思わず眉間に皺《しわ》が寄る。侯爵も俺と似たような表情で、小さくため息を吐《つ》いた。

「至急、陛下に奏上しました。そのため、各家へ緊急の点検要請が送られました。結果は明日の予定で緊急招集がかかった評議会で発表されます」

「当家にも要請があったため点検しました。問題ありませんでしたが、そのようなことが」

結界石は人為的に壊すことが可能だ。

これは万が一、結界石が暴走したときなどの対処のためにあえて作られているバックドアのようなものといっていい。

そこを悪用されぬよう、結界石を設置してある周囲にはさらに施錠魔道具《エリアロック》の設置が義務付けられている。

これはあらかじめ設定した手順でないと、困ったエリアを解錠できない代物だ。施錠されているエリア内ではいかなる攻撃も行えない。魔法も、物理も。

そして設定した手順というのは設置者によって千差万別なので、決まった手順は一切ない。各家によって「風の魔法で右右左上下左と葉っぱを飛ばせたら」といったようなものから「当家の人間が国歌を正確無比に歌ったら」とかまである、らしい。これは例えで教わったやつだから実際にそれが設定されているかは知らん。

ただ、一手でも手順を誤れば設定者の当主に警告が飛ぶ仕組みになってる。

ちなみに、我が家のエリアロックの解除方法は「レーマン家の血筋を持つ人間が、当家にある最も大切にされているものに刻まれている言葉を詠唱すること」となってる。

この『当家にある最も大切にされているもの』は、当主によって変わる。父上が死んだときは幸いにもマルクスに口伝で対象のものがなんなのか伝えられていたため、問題なく解錠して再設定できた。

できなきゃ王宮魔術師に頼んで解錠魔法を組んでもらわなきゃいけないところだった。あれ高いんだよ。

「仔細《しさい》は、明日の評議会の場で確認することにします」

「ええ。奏上した私にも伝えられていない内容が含まれていると思われますから」

はー。しかし、急に陛下から「明日会議やっから集合な（超意訳）」って招集状が来てなんのことやらと思ったら、思った以上に事態がデカいな。

設定資料集の話はそこまでデカくなかった気がするが……ゲームの都合上端折《はしょ》られた設定か、それともフィッシャー姉妹が無事だったことによる、シナリオ改変による影響か。

まあいずれにしても俺がやることはただひとつ。

ルルを幸せにすることだ。


翌日。正装して馬車に乗る。

ルルはお見送りする、と言って玄関から馬車が見えなくなるまで手を振ってくれた。は〜〜。俺の娘可愛《かわい》すぎんか。

門番に召集状を見せ、登城する。

馬車止めエリアには召集された貴族当主たちがわんさかいる、わけでもなく、数台の馬車があるだけ。

本来なら俺は伯爵位なのでもうちょい早く登城しなければならんのだが、公爵代理の名での召集である。なので、公爵と同等の扱いを受けている。

低位貴族が先に来て待って、高位貴族は時間ギリギリに来るのが暗黙の了解となっていた。

馬車のドアが開いたので、颯爽《さっそう》と降りて会場へ向かう。高位貴族用の座席に最も近いドアの衛兵に召喚状を見せ、ドアを開けてもらった。


案内されるまま進んでいくと、円形状の会議場が視界いっぱいに広がる。さすが、国中の貴族当主を集めただけあって壮観だ。

場内は低位から中位、高位と爵位に応じて座る階層の高さが変わる。無論、場内の一番高い席は王族。続いて高位、中位、低位となっている。

すでに場内はざわめきに満ちており、情報交換が進められているようだった。

「これはこれは、レーマン公爵代理じゃないか」

ここではゾンターではなくレーマン公爵代理として出席しているので、この呼び方は正しい。正しいが、こんな話し方をする人物を思い出して内心ウゲッとなった。ゆっくりと、声がかかった方に振り返る。

「あー、お久しぶりです、ベルント卿」

「前回の夜会はいつ頃だったかな？　君はめったに出てこないからねぇ」

うっせぇ。社交の場は嫌いなんだから仕方ないだろ。

ニヤニヤと笑みを浮かべる、黒髪に糸目の男に内心ぼやくが表面上はにこやかに返した。

この国には、五大公侯と呼ばれる家門がある。内訳は三大公爵、二大侯爵だ。

その三大公爵の一角は言わずもがな、レーマン公爵家。そしてベルント公爵家とシュルツ公爵家。

二大侯爵はフィッシャー侯爵家とブラウン侯爵家。

目の前のこの厭味《いやみ》ったらしい男は、ペーター・ベルント。内心俺はペベルと呼んでる。

この男は、俺が公爵代理の地位にいるのがとても嫌らしい。いや、俺が嫌いなのか。学院生時代から絡んできたからな、こいつ。

「もうじき優秀な弟君が後を継がれるとか！　いやあ、残念だねぇ。レーマン公爵代理とお会いできる機会が減ってしまうのは寂しいものだよ」

「さようですか」

「おや。レーマン公爵代理は寂しくないと？　なんて悲しいことを！」

んなこと一言も言ってないんだが？

相手するのが面倒になって、まだペラペラと喋《しゃべ》ってるペベルを放ってシュルツ閣下らのところに足を運ぶ。

シュルツ閣下は俺の親父《おやじ》世代で、白髪《しらが》交じりのお方だ。男の俺から見てもイケオジだと思う。俺より少し年上の現シュルツ家当主であるシュルツ卿は、閣下によく似ている。

俺に気づいた閣下がにこやかに微笑《ほほえ》んで「やぁ」と声をかけてくれた。

「久しいな、代理卿」

「おや、レーマン代理卿」

「お久しぶりでございます、閣下、シュルツ卿」

「先日のフィッシャー侯爵邸での活躍、耳にしている」

「あの場にいた者として当然の行動です」

「なんでも、モンスターに対して手を振るっただけで炎を出したとか。面白いことを考えましたね」

面白そうに笑みを浮かべたシュルツ卿と閣下に俺は苦笑いするしかない。このおふたりは俺がどんな風に魔眼を発動させているのか知っているからな。

扱い方に悩んでいた俺に、閣下は魔眼の発動からどのように対象に影響を与えているのかを教えてくれ、シュルツ卿は扱いに悪戦苦闘する俺を鍛えてくれたいわば師匠のような存在だ。

そして、おふたりはレーマン公爵家の恩人でもある。


公爵代理である俺に対して様々な妨害をしかけ、名誉を落とそうとする輩《やから》は多かった。三大公爵家の一角を崩そうとした者共や、俺の親族。

そんな妨害をシュルツ卿や閣下が色々と手助けしてくださったお陰でなんとか回避できてここまで来ている。

……それにそもそも、俺の目が魔眼であることを看破し、あのメガネをくれた王宮魔術師は当時の王宮魔術師長だった閣下御本人だ。

「娘から『道具を使用して魔法を行使していると分かるようにすれば良い』と提案されまして。試行錯誤の上でああなりました」

「良い考えだと思いますよ。道具がキーとなると、その道具を万が一紛失・破損した場合に代わりがききませんから」

「弟君と御息女《ごそくじょ》は息災か？」

「はい。ふたりとも元気に過ごしております」

そこまで話したところで、ラッパが鳴り響いた。俺はふたりに一礼してから自席に戻る。

隣の席に座ったペベルからは恨みがましい視線を受けたが、無視だ無視。


ざわついていた場内がさっと静かになり、動きがなくなった辺りで高らかに声が響く。

「国王陛下、ご入場！」

ガコン、とこの会場で一番大きな、装飾が施された扉が開いた。

それと同時に場内にいる貴族が一斉に立ち上がり、頭を下げた。ボウ・アンド・スクレープではない。普通のお辞儀である。

コツ、コツ、とゆったり歩く足音が響き、やがて椅子に腰掛ける衣擦《きぬず》れの音が聞こえた。

「顔を上げよ」

陛下の一言でザッと、まるで軍隊のように一斉に顔を上げ陛下を見上げる。

陛下は場内を見渡すと片手を上げる。それを合図に、場内は皆席に座った。

この場にいる者は誰も一言も発しない。今はその時間ではないから。

「急な召集に苦労をかけた。だが、そうせざるを得ない事態が発生している。先日、フィッシャー侯爵家にモンスターが襲来した件を皆耳にしているな。フィッシャー侯爵、報告せよ」

「はっ」

フィッシャー卿が立ち上がり、モンスターが襲撃してきた当時の状況、それから俺に話した結界石が人為的に破壊されていたことが報告される。

特に、結界石が破壊されていたことについてはざわめきが漏れた。

ひととおり報告が終わり、陛下に頭を下げて席についたフィッシャー卿に陛下が言葉を続ける。

「各家に結界石の調査を命じたのは記憶に新しいだろう。調査の結果、フィッシャー侯爵家以外にも数家、結界石が人為的に破壊された形跡があることが分かった。いずれもエリアロックにより保護されていた範囲内にあり、魔道具自体は正常に機能していた。中に破壊された結界石があっただけだ。また、被害にあった家は特定の派閥には所属しておらず、家門にも統一性がない。現状では無差別であると言わざるを得ない」

ざわめきが大きくなる。

魔道具には問題がなかった。つまり、犯人はエリアロックを素通りできるような存在で、結界石を破壊したってことだ。

――ええ。予想以上にヤバい。

今まで厳重に金庫にしまってたのに実は知らない奴が合鍵持ってました！　みたいな感じだろこれ。

原因が分からないだけに怖い。

「現在、魔塔に問い合わせている。魔塔側もこのような事例は聞いたことがないと、調査のため我が国に訪問してくることになった。皆、協力要請があった場合は応じるように。また、気になったことがあれば報告せよ」

魔塔といえば、魔道具・魔法薬に携わる者であれば一度は憧れる国際研究機関だ。

俺がかけているメガネを開発した、二代目雷神ライゼルドの母君（人族）が所属していたと言われている。あ、ちなみに二代目雷神ライゼルドは、史上初の神交代&人族出身らしい。

そしてこのメガネ、開発当初の百年近く前はレンズもリムも分厚く、野暮《やぼ》ったかったそうだ。良かった現代に生まれ変わって。


ざわめきの中、おずおずとひとりの青年が手を上げる。遠いこともあって誰だか分からん。

気づいた宰相殿が陛下に耳打ちし、陛下が「どうした、ホフマン男爵」と声をかけた瞬間、場内が静まり返った。

ホフマン男爵だったか。たしか先代が早くに亡くなり、後見人制度を利用してたが今年成人・学院卒業をしたため当主になったたばかりだと聞く。

「お、恐れ入ります。ひとつ、ご報告したいことが」

「うむ」

「本件と関係があるかは分からない、些細《ささい》なことではあります。ですが念《ねん》の為《ため》、ご報告いたします。我が家もエリアロックが正常作動していたにもかかわらず、結界石が破壊されていました。そして本日、この場で情報交換していたときに気づいたのですが、被害にあった家々で利用していたエリアロックに共通点があるように思えまして」

「共通点とな」

「購入先も値段もバラバラです。ですが、購入先の商人に皆こう言われたそうで……『あなたにとってとても良いことが起きますように』と」

場内が大きくざわめいた。あちこちから「私も言われたぞ」「そんな宣伝文句あったか？」と会話が飛び交う。

レーマン公爵家とゾンター伯爵家も最近エリアロックを新調したが、そんな言葉は購入先から聞いていない。

ちら、とフィッシャー卿に目をやれば、大きく目を見開いていた。つまり、心当たりがあるということだろう。

「静粛に！」

ざわめく場内に響く、宰相殿の声。陛下は一度場内を見渡すと、立ち上がった。

「心当たりがある者はこの場に残れ。心当たりがない者は一度戻り、念の為購入先に確認を取り報告するように。なにか分かり次第、報告書を各家に送付しよう。本日は解散とする」

一斉に場内の人間が立ち上がり、頭を下げた。

陛下が退出し、扉がガコンと閉まる音が響いたと同時に場内にざわめきが戻る。

フィッシャー卿がどすん、と椅子に座り込んだ。それから頭を抱えて深いため息を吐く。

「フィッシャー卿」

「……ああ、レーマン代理卿。ホフマン卿の話に心当たりがあります。たしかに、言われました」

正直、あんなセリフは胡散臭《うさんくさ》いから言われたら購入しないが、購入契約をしたあと、もしくは納品時に言われたなら、よくある「次回もよろしくお願いします」的な定型文句だと思うだろう。

しかし、購入先の商人や商団も、時期もバラバラ。問題が見つかった家々に統一性はない。あとは商人や商団の仕入先は恐らく魔具士ギルドだ。そこを調査するんだろうが――

「ああ！　レーマン公爵代理！　我が家もあの文句を聞いたんだ、君のところはどうなんだい!?」

ペベルの声に思考が中断されてイラッとする。

俺の感情が表情に出たらしくフィッシャー卿は目を丸くして、それからふと笑った。

それがなんだか気恥ずかしくて、ペベルの方に振り返る。

「耳にしていませんね」

「なんと！」

「早く戻らねばならぬので、これで」

「では次の夜会で会おう、レーマン公爵代理！」

ふははは、と高笑いしながら別の誰かに話しかけに、颯爽と去っていくペベルを黙って見送る。

……まあ、会って話すのはもうほとんどないだろう。

次回の夜会から、マルクスが次期公爵として単身出席することになっている。

もともと次期当主を引き連れていける夜会にしか参加していないが、率先してマルクスが当主たちの会話に交じる様子にもう大丈夫だろうと踏んだ。

俺はもうお役御免になるというわけである。まあ、ゾンター伯爵として出なきゃならんこともあるだろうが、そのどうしてものケースがない限り極力引きこもる予定だ。任せたぜ、弟よ。

フィッシャー卿に振り返り、胸に手をあて軽く一礼する。

「では、私めもこの辺りで」

「ええ。また」

踵《きびす》を返し、この場から退出する。

すでにシュルツ閣下や卿はこの場にいない。彼らは俺と同じ聞いてない組だったか。

内心、盛大にため息を吐きながら俺はこの後のことを頭の中で組み立てながら、帰路についた。

第四話　俺が公爵代理の理由と自称〃親友〃

王都にあるタウンハウスに帰宅後、改めてクリストフ経由で本邸、レーマン公爵領邸、ゾンター伯爵領邸の使用人たちに確認を取ったが、やはりあの文句を聞いた者はいないらしい。

ということは一応、我が家は安全であると仮定できそうだ。

ただ、念《ねん》の為《ため》結界石周辺は当面護衛をつけることにした。人件費も馬鹿にならんが、仕方がない。

「学院でも先生たちが慌ててましたね。漏れ聞いたところによれば、新調したエリアロックを受け取ったときに聞いたそうですよ。例の文句」

「やばいな」

学院は優秀な庶民も通うが、当然貴族子女も通う。ぶっちゃけ王宮の次に治安が良い場所であるべきなのだが、エリアロックに問題があると分かれば急いで取り替える必要がある。しかし今まで取引のあった商人・商団を使うわけにはいかなくなった。

問題のエリアロックは商人・商団たちも知らぬうちに掴《つか》まされていたものだ。

自身の過失ではないところであるが故に責任を負わされないと分かってはいても、取引が中断されるのは相当な痛手になるだろう。

「新しい被害が出ていないのは幸いなことだが、遠方の小さな村とかだと我々が把握していないだけで発生してる可能性もあるな」

「我が領内の関係各所に取り急ぎ確認は入れてますが、結果が届くまでは問題ないことを祈るしかありませんね」

うーん。しかし、こんな大事件、ゲーム本編中にフレーバーとして語られるかもしくは設定資料集にがっつり載ってるべきでは？　サブイベントのフレーバーレベルじゃないぞ。

まあ、そう思ってはいても仕事が減るわけじゃない。

執務室で互いに書類を広げながら、マルクスに適宜やり方を教えながら進めていく。

今はまだサインは俺じゃないといかんが、書類の見方や気をつける点などは今のうちに覚えておいた方がいい。

「あの、兄上」

こいつは差し戻し、と俺が告げた書類の内容を眺めながら、マルクスは呟《つぶや》く。

「兄上は……僕の顔が、分かりますか」

書類から目線を上げる。

今にも泣きそうな表情でこちらをじっと見るマルクスに、俺は「覚えたから分かるよ」と苦笑いを浮かべて返した。

俺は人の顔が分からない。

いや、表情は分かる。だが、人の顔全体を把握しようとするとぼやけたものに置き換わり、思い返すことが難しい。だから俺は人の顔と名前を紐《ひも》づけることが不得手だった。

恐らくだが、俺は相貌失認のようなものを発症していた。

貴族名鑑は肖像画付きでズラッと並んでいるが、見た瞬間は理解できる。この顔と、この名前が紐づいているのだと。だが一旦閉じて、時間を置いてしまうともう無理だ。

物心ついた頃からその症状に悩まされ、両親は俺を嫡子にするのを躊躇《ためら》った。その上、魔法もまともに使えないと分かって両親は俺を見限ったのだ。

だがこんな俺でもゾンター伯爵を継がせてもらえたのだから、両親なりに俺に対する情はあったのだろう。伯爵位であれば、参加する夜会や晩餐会《ばんさんかい》などはぐっと減る。残念ながら両親の事故死によってその目論見《もくろみ》は外れ、俺は地獄に叩《たた》き落《おと》された。

けれどシュルツ公爵家が手助けしてくれたのと、カティがこの時点で俺の妻だったことが幸いした。シュルツ公爵家が本来父から教わるべき公爵家教育を短期間で叩き込んでくれ、社交場ではカティがシュルツ夫人と共にサポートしてくれたお陰で、なんとか乗り切っていた。俺とは異なり、カティはそういったのが得意だったのが幸いした。

カティがいないと俺は社交場では役立たずになるので、俺はカティが亡くなってからは夜会にひとりで出ていない。出るとしても、次期公爵のマルクスと一緒だ。

この症状の原因が魔眼である、というのは当時俺の目を魔眼と見抜いてくれた前シュルツ公爵――シュルツ閣下が突き止めてくれた。

俺の魔力は目に集まる。そしてその魔力は認識したものに炎を纏《まと》わせる。俺は無意識に人を認識しないようにしているのだろう、と。

——人を、燃やさぬように。

ただ、顔は努力すれば覚えられることは分かっていた。

俺が趣味で描いていた絵のお陰で、家族と、接する機会の多いクリストフを認識できていたんだ。覚えたい相手の姿絵を繰り返し、繰り返し描くことで認識できるようになることが分かったので、俺は覚えなければならない人物は人物画を繰り返し描くようにしている。

まあ、ルルは前世ゲームで散々見たから覚えてるんだよな。だからルルだけは、絵を描かなくても幼い容姿であっても認識できている。まだ今生では会ったことがないが、恐らくルル以外のゲームの主要人物も認識できると思う。サブキャラともなるとちょっと怪しいけど。

「誰から聞いた？」

「クリストフから聞きました。僕が何度も兄上に当主を、と願い出るのに耐えられなかったそうで」

「そうか」

「……申し訳ありませんでした。そのような、苦労があったとは、僕は」

「気にすんな。はっきり言わなかった俺も悪い」

今は代理なため必要最低限しかやり取りはしないが、代理じゃなくて当主ともなれば人との関わりはグッと増える。

公爵ともあろう者が相手の名前を間違えるなんざ致命的に等しい。一方、俺の本来の爵位である伯爵であれば、まあまあ魔眼《このめ》のせいにして逃げることもできる。

家のことを考えたら、俺は当主になっちゃいけないんだよ。人が認識できない上に俺が社交嫌いってのもあるけど。

「今はペーペーのお前でも、場数を踏めばいけるさ。シュルツ卿《きょう》もサポートしてくれるっていうし、甘えとけ」

「兄上の人脈に感謝します」

「おうおう存分に感謝しろ」

こんな俺でも弟を助けられる人脈があるのは嬉《うれ》しい。

「ところで兄上。今年度、領地の神殿に奉納する穀物の件なんですが、この運送ルートにある橋ってたしか先日の大雨で壊れて復旧中でしたよね？　この日程ではまだ通れないのでは」

「ん？　ああ、そうだな。となるとルートを変更――」

「……兄上？」


――今回、狙われた家に規則性はない。

その狙われた家々がエリアロックを購入した商人・商団も統一性がない。もちろん、別々の家がひとりの商人やひとつの商団に頼んだケースもある。だがそれは例の文句を言われなかった家も利用している。

当然、彼らの仕入先にも調査が入ったが問題はなかった。仕入先は魔具士ギルドだ。納品されたエリアロックの製作者である魔具士は十数人いたが、ギルドの在庫にあった彼らの作製したエリアロックに問題はなかった。

となると、あと怪しいのはひとつしかない。

「運送業者」

「え？」

「魔具士ギルドから商人・商団に持っていくには運送業者が絡んでる。そいつらに統一性はないのか？」

「それは」

「マルクス。お前、明日学院に戻るな？　ちょっと学院で探りを入れてくれるか」

机から書類を取り出し、スラスラと公爵による要請書を記入する。見当違いかもしれんが、まあ、可能性を潰すに越したことはない。

あと一応、シュルツ卿にも一報入れて、フィッシャー卿、ペベルにも聞いてみるか。あの議場で発言したホフマン男爵とは付き合いがないいし、まずは我が家も含めて五例ぐらいあれば多少見えてくるだろう。

「……分かりました。学院長経由で確認します」

「まあ、我が家の仕事じゃないから。無理って言われたらいいよ」

もし運送業者が犯人だったらヤバいな。

組織絡みか、業者に紛れ込んだ犯罪者の仕業か。

……ん？　犯罪者？

おいおい。あるじゃん、思いっきり怪しい組織。

攻略対象者のひとり、カールが所属してる暗殺者ギルド!!

暗殺者ギルドは表立っては情報ギルドと名乗っている。

この国にもいくつか情報ギルドがある。王都にある三つの情報ギルドのうちのひとつ、プフィッツナー情報ギルドは裏では暗殺などの後ろ暗いことも請け負うギルドだ。

表立っては情報ギルドなので、暗殺者ギルドでもあることはごく一部の連中しか知らない。


人間って、モンスターという共通の敵がいても欲が強い。

より強く、より上に。そんな思想を持つ連中がいるのは事実で、そういったのが敵対派閥の息がかかっている商団に関する情報を手に入れ、領地の流通に反映する。といった情報戦で優位に立とうとする。

そんなときに利用するのが、情報ギルド。もちろん、これは純粋な情報ギルドの使い方で、一般的な争いだ。だが一部の者は、そんなものじゃ足りないと足掻《あが》く。そこで行き着くのが暗殺者ギルドだ。

暗殺者ギルド自体は違法じゃないのかって？　表立っては違法は違法だが、情報を得るために潜入する上でやむを得ず殺す必要があるとかそんなんで見逃されてる、限りなく黒に近いグレーな組織なんだよ。

こうやって公爵家当主の仕事をやってると、法で裁けない方法で悪どいことをやってる奴《やつ》の対処をしようとするとこの暗殺者ギルドって必要悪なんだな、と思う。

暗殺者ギルドに依頼する場合に支払う報酬は馬鹿にならないが、腕は一流。そんなギルドに所属する庶民カールが、攻略対象者のひとり。

攻略対象者でキラキラの王子様、カッコいい獣人族の貴族などがいる中、仄暗《ほのぐら》い過去を持つ庶民の人族の男としてなかなかの人気を誇っていたと思う。

闇に溶け込むような黒髪黒目の持ち主で、面立ちもイケメン。

ヒロインよりも五歳年上の青年で、表向きは朗らかな好青年だが、本性は血を見るのが大好きなサイコパス。


ヒロインと娘のルルは同い年だ。つまり、彼は今十一歳のはず。

カールがギルドに所属し始めたのは十五ぐらいからだって設定資料集にあったから、もしこの世界があのゲームと同じであればまだ暗部にいない、もしくは触りの部分だろう。

「聞いてるのかね、レーマン公爵代理！」

キーンと聞こえた声に、俺は思考の海から上がった。

ぼんやりと紅茶を眺めていたが、視線を上げる。

「聞いてませんね。まどろっこしすぎて」

「まったく！　君が情報を求めているから、この私が！　わざわざ！　君の家にまで出向いたというのに！」

やっぱペベルに手紙出すんじゃなかったな。

淹《い》れ直してもらった紅茶に口をつけながら、内心ため息を吐《つ》いた。

フィッシャー卿やシュルツ卿なんかは書面で返してくれたというのに、この目の前の男はなぜか先触れを送ってきた。

柔らかく「いや忙しいだろうから書面でいい」って返したのに、また先触れ。

それを三度繰り返して、俺は諦めて受け入れた。そして今後悔してる。

まったく、俺が望んでいる情報を喋《しゃべ》らないから。

「その情報を喋る気配がないあなたに言われても」

「喋る気はあるとも！　なければ君の家に訪問することはない！」

「じゃあとっとと要件を話して帰ってくれませんかね。私も暇じゃないんですが」

「はぁ。君は些細《ささい》な情報戦を楽しもうという気はないのかね」

「一応耳に入れましたが、どれもマルクス《次期公爵》のためにはならなそうでしたので」

マルクスのためになるなら俺だって聞くさ。

だがペベルの話はどう捏《こ》ね回《まわ》しても重要な情報はなかった。会話のネタにはなるだろう、という程度の情報ばかり。

すると、ペベルの顔が苦り切った表情になった。なんだ。気分でも悪くしたのか？

「……君は」

なにかを言いかけたペベルだったが、コンコンという小さなノック音に遮られた。

茶も先ほど淹れてもらったばかりだし、来客中だから誰か来るはずはないんだが。

「何だ」

「ごめんなさいお父さま、少しだけよろしいですか？」

「ルル？」

カップを置いて、立ち上がってドアに向かう。少しドアを開ければ、ルルが緊張した面持ちで俺を見上げていた。

来客中だと分かっていてルルを通すなんてクリストフも珍しいな。

「あの、お客さまにごあいさつしたくて」

ちら、と俺を見上げるルル。

俺は何度か目を瞬かせ、それからルルの傍《そば》に控えていたクリストフを見た。にこりと彼は微笑《ほほえ》んで「及第点をもらえたそうです」とだけ。

ああ。まあ、それならいいか。

「ベルント卿。私の娘が、挨拶をしたいと。よろしいか？」

「もちろんだとも！」

ぱぁっと表情を明るくしたペベルを見て、俺はルルをエスコートする。

ルルは緊張した面持ちでペベルの前に立つと、ドレスの裾を持ってカーテシーをした。

「お初にお目にかかります。ヴォルフガング・ゾンターが娘、ルイーゼ・ゾンターです」

「ああ、ご丁寧にありがとうルイーゼ嬢。私はペーター・ベルント。爵位は公爵を賜っている。君の父君の友人さ！」

「お父さまの？」

「え？」

ああ、これはたしかに及第点だルル。カーテシーなんて難しいものを六歳でなんとか形にできて

るのはすごいよ、って感動してたときに聞こえてきた「友人」という単語に思わず、驚いてペベルを見る。

しかしペベルはいつも通り自信たっぷり、といった態度で胸を張っている。

ルルは目をパチパチとさせた後、にっこりと微笑んだ。

「お父さまのご友人ということは、学院のときの？」

「そう！　君のお父さまの唯一の友人、親友さ！」

脳内が宇宙で支配された。

え。俺いつの間にペベルと友人とか親友になったわけ？


ペベルはルルをエスコートして、空いていた席にルルを座らせる。

俺はクリストフに合図してルルの分のハーブティーを持ってこさせた。紅茶はまだ早い。カフェインが含まれてるからな。

一応、客人ということもあって茶請けとしてのクッキーが用意されている。それをキラキラとした眼差《まなざ》しで見ていたルルに、ペベルはにっこりと笑って数枚皿に取り分けて差し出した。

「一緒にお茶をしよう、小さなレディ。お父君とお母君の学院時代の話を聞きたいかい？」

ぱっとルルの表情が明るくなった。ああ、こいつ。まだ居座るためにルルを利用したな。

俺は内心ため息を吐きながら、席についた。ついでに給仕メイドに紅茶の入れ替えを頼んだ。

話が長くなりそうだ。

――結論からいえば、ペベルは夕方まで居座った。

だがそれはペベルから語られる学院生時代の俺やカティの話にルルが興味を持ってあれこれと聞いていたから、ペベルはその時々の逸話を交えながら答えていたから。

尽きない話題に、こいつよく俺やカティのことを見ていたんだなと思わされた。

そんな一緒にいた記憶はない。恐らく。

そろそろ夕飯の準備に入らねばならず、ペベルの分をどうするかとクリストフが聞いてきた辺りでペベルは過ぎた時間に気づいたようだった。

「ああ、ルイーゼ嬢と話しているとあっという間だな。寂しいが、私はこれでお暇《いとま》させてもらおう」

「あの、またお父さまとお母さまのお話を聞かせていただいてもいいですか？」

「もちろんだとも！」

ルルが、花が咲いたような眩《まぶ》しい笑顔を見せる。

俺から聞いた話と同じ内容でも、客観的にペベルから見たやり取りではまた違った印象だったから面白いのだろう。俺も実際、そんな風に見られていたのかと驚いた部分もある。

ルルが専属侍女を伴って、ペベルに挨拶をしてから退出する。

それを見送ってから、俺も席を立った。ペベルが帰るなら一応見送らないといけない。

しかし、ペベルは立ち上がらなかった。

不思議に思ってペベルを見れば、真剣な眼差しと表情を見せているペベルに呆気《あっけ》に取られる。

「ベルント卿？」

「君は、私の名は覚えているけれど顔は覚えていない。違うかね」

――ああ、こいつはそういえば腐っても公爵だった。

「学院生時代からおかしいと思っていたんだよ。まあ、君は聖人としての仕事があったから普段から不在がちだということを鑑みても、周囲と自ら関わろうとしない。相手から来れば来るもの拒まずで話はすれど、君から話しかけることはない。私ともそうだった」

「……」

「それが君の性格なのだと決めつけるのは簡単だった。だが、そう。当初は没交渉だった当時君の婚約者だったカサンドラ夫人が、積極的に君と関わり始めてから君は変わった。君は彼女と幾度かの関わりの後、カサンドラ夫人を見て、名を呼んだ。それまで君は誰の名も呼びかけなかったのに」

「何を仰《おっしゃ》りたいんですか」

ニィ、とペベルは口元に笑みを浮かべた。

細い目がますます細められ、まるで狐《きつね》面を見ているようだ。

「私の顔を覚えてくれ」

「はぁ？」

「ひどいなぁ。私がこんなに君を友人として愛しているというのに！」

「自分の顔を覚えてないと分かってる相手を友人だと思うのはおかしくありませんか」

「おかしくはないさ！　……私は、君に救われたのだからね」

ん？　俺はペベルを救った覚えはないんだが。

だがペベルは懐かしむような、穏やかな表情を浮かべている。

「――さ。そろそろ本当にお暇しよう」

席を立ち、身なりを整えるペベル。本当にこいつ、何をしに来たんだか。

その後玄関まで見送り、馬車に乗り込もうとしたペベルがふと思い出したように振り返った。

「そうだ、忘れていたよ。我が家がエリアロックを仕入れた商団だが、運送業者はジシャーハイト。なにか変わったことはないか確認したら、当日は臨時でふたり組が入っていたそうだよ。名前までは分からなかったが、とても親子には見えない強面《こわもて》の男性と黒髪黒目の少年だったそうだ」

「！　あなたは」

「ははは！　ではまた。ルイーゼ嬢にもよろしく伝えてくれたまえ」

今度こそ馬車に乗って、ペベルは帰っていった。

なんなんだあいつ、本当に。先にそれを話せばよかったのに。


ペベルが最後にもたらした情報は、最後のピースのようなものだった。

問題がなかったシュルツ公爵家、レーマン公爵家と問題があったベルント公爵家、フィッシャー侯爵家、学院が利用していたそれぞれの商人・商団の運送業者は統一性がなかった。

だが、問題があった家が使っていた商人・商団の運送業者の唯一の共通点が、エリアロックを魔道士ギルドから商人・商団に運送するときに「親子に見えない男と黒髪黒目の少年が臨時で入っていた」ことだ。

結構カラフルな髪や目の色が多いこの国で、同色でしかも黒髪黒目は珍しい方だ。だからこそ、記憶に残りやすかったのだと思う。

確定じゃないが、恐らく黒髪黒目の少年はカールだ。

カールが暗殺者ギルドに所属し始めたのは十五歳の頃。養護院を出ざるを得なくなったタイミングだったはずだ。つまり、まだ彼は真っ黒な犯罪に手を染めていないはず。

となると同行者だった男が怪しい。なんで男は少年と一緒に行動しているのか。十一歳の子どもはまだ戦力にもならないはずだ。

もしかして、カールを連れ歩いているのは捜査の目を攪乱《かくらん》するため？　万が一のときに、カールひとりに罪を着せるためだとしたら？

幸いにも、前世の記憶のお陰でカールの顔は分かる。

大怪我《おおけが》を負って顔がミイラ状態にでもなってなけりゃ判別はつくだろう。可能であればカールを保護したい。

ああ。保護することでシナリオを変えることになるだろうことは分かっている。シナリオを変えることによってルルにどんな影響が出るかは分からない。原作ゲームではカールとルイーゼの直接的な接点はない。あるとすれば、ルイーゼがカールが所属していた暗殺者ギルドにヒロインの暗殺依頼を出したことぐらいだ。

カールは原作ゲームでは暗殺者としてとても良い腕を持っていた。その力をルルを守る方向にシフトさせてやろう。俺はルルの幸せのためならどんなことだってやる。ルルが一般的な貴族令嬢として幸せな人生を送れるのなら、本来カールが辿《たど》るべきだった道筋すら捻《ね》じ曲《ま》げてしまおう。

――ああ。こういうところは、ゲームのヴォルフガングと同じ考えを持っているんだろうな。

ゲーム上でカールに出会えるのは、王都ハイネ地区の小神殿併設の養護院だ。

我が国も他国同様、創世神エレヴェドを崇《あが》めているが、他にもう一柱崇めている神がいる。

自然神が一柱、山の神ヴノールド。

我が国の南東にそびえ立つ、この大陸随一の高さを誇る山に本神殿を構える神だ。

大地の神アスガルドの兄弟神となっており、主に山の恵みや火山活動について司《つかさど》っている。

本神殿は国内随一の高さを誇る山の山頂付近にあり、一般人がおいそれと近づける場所ではないので拝殿として通いやすい国内各所に小神殿が配置されている。

その小神殿へ我が家と付き合いがあまり良くない派閥が寄付を行っていないことを確認した上で、俺は寄付を名目に足を踏み入れた。

ルルも社会勉強、ということで一緒に連れてきている。

こういう神殿や養護院への寄付行為は美徳とされているから、突然付き合いのない神殿や養護院に寄付するということはよくあることだ。

「まあ、まあ。ゾンター様。ようこそお越しくださいました」

世間一般で言えばあまり身なりが良いとは言えない女性神官が出迎えてくれた。

三十代前半に見える、が、特徴的な頭上にある角。この神官は竜人だ。竜人族は平均寿命が人族の俺たちの二、三倍長い。俺の倍は生きてる人だろう。

身なりが良くないのは、ここの神殿は貧民街に近いことから、あまり治安が良くないため貴族が寄付してくれることが少ないのかもしれない。

「都合をつけてくれて感謝する。寄付金は神殿の方に預けたので、後で確認してほしい。それから食料と毛布を持ってきたから、運び込んでも良いだろうか？」

「ええ、ええ、ありがとうございます。こちらからお手伝いできる人員がいなくて、お手を煩わせてしまい大変申し訳ないのですが」

「問題ない。それから、娘が見繕ったものも持ってきた。ルル」

俺の斜め後ろに立っていたルルが、侍女から数冊本を受け取って神官に手渡す。

「絵本を持ってきました。これは文章もとてもかんたんなので、文字をおぼえるきっかけになればと」

「まあ、まあ。ありがとうございます。文字であれば私めが読めますので、読み聞かせができます」

ルルにはもう読まない絵本をピックアップしてもらった。

幼子に与える絵本のレベルは、どの階層の子どもも同じだろう。その紙の質が良いか、そうでないか。それと印刷技術の良さの違いぐらいしかない。

ルルが選んで持ってきた絵本は主に物の名前を学ぶ、単純な単語と絵が並んでいるようなものだ。だが識字率が極端に低いここらのレベルにはちょうどよい。

残りの数冊は、ルルの専属侍女が抱えていたのでそれも神官に見せた。神官は目を丸くし、それから嬉しそうに笑う。

「子どもたちは？」

「ええ、こちらになります。ただ、お嬢様にはショックを与えてしまうやもしれません」

「私からもフォローする予定であるし、事前にある程度説明はしてきたので大丈夫だ。ルル、いいね」

「はい！」

それではこちらへ、と神官の先導に従って歩き出す。

歩きながらさり気なく周囲を見渡せば、最低限の掃除はされているもののそれでもひどく汚れている。

物陰に隠されていた掃除道具はもう古くなっており、ボロボロになっていた。それをなんとか修理しながら使っている状況のようだ。モップの毛先なんか、もうほつれて黒ずんでいる。

鼻につく臭いもある。ルルの顔色が悪いのは、こういう臭いに慣れていないからだろう。


養護院の庭先に、子どもたちは集められていた。種族は主に獣人族と人族。もしかしたら、精霊族もいるかもしれないが、我が国はとある理由から精霊を避けている傾向があるため主に獣人と人しかいないから可能性は低そうだ。ちなみに竜人族はもっと可能性が低い。国内で見かけるのは旅行者や神官ぐらいなほどだ。

皆身なりは小綺麗《こぎれい》になっている。世話役の神官や神殿の努力の賜物《たまもの》だろう。それでも肌や髪の状態から栄養状態はあまりよろしくないだろうし、痩せぎすな子が多い。

背丈の大きい子ほどその傾向が強いのは、小さい子に優先的に食料を分け与えているからか。

衣服は同じものが繰り返し使われているからか修繕されているのがあちこち見て取れた。

ルルはこの光景に、表情を強張《こわば》らせた。それでも事前に俺やマルクスから聞いていたからか、すぐに表情を柔らかくする。

「皆さん、本日はゾンター伯爵様とその御息女《ごそくじょ》であるルイーゼ様から食料などをご寄付いただきました。御礼を」

ありがとうございます、と子どもたちの元気な声に思わず頰が緩む。

ふとその中に黒髪黒目の子どもが――カールが、いるのが見えた。間違いない。記憶にあるゲームの登場人物である青年のカールを幼く、そして痩せたようにした感じだ。

「あの、今日は皆さんの分のお菓子を持ってきました。ぜひ食べてください」

ルルの一声にわっと歓声が沸く。

このレベルの養護院で甘いものが食べられるのはこうやって貴族が寄付してくれるときぐらいだ。しかも、貴族によっては準備していない場合もある。

砂糖は一般家庭に流通するほど価格が安いとはいえ、嗜好品《しこうひん》だからな。

普段の食事すら事欠くこともあるかもしれない経営状況では、甘い菓子を食べることは難しいだろう。

カールも、嬉しそうに周囲の子と話している。

――彼は血を見て歓喜するサイコパスじゃない。至って普通の男の子のように見えた。

菓子も配り、食べ終わった後にルルは自分より幼い子に強請《ねだ》られて、早速持ってきた本を読み聞かせることになった。傍には専属侍女もいるし、大丈夫だろう。

わんぱくな男の子たちは俺の護衛騎士のひとりを巻き込んで庭で遊んでいる。

俺はそんな光景を微笑ましく眺め、それから神官に向き直った。

「他になにか困っていることなどはないだろうか。新参者ではあるが、なにか力になれると良いのだが」

「何から何までありがとうございます。十分いただいております」

そう、神官は苦笑いを浮かべた。

まあそう言わざるを得ないのだろう。そこは俺も理解できるので、同じような笑みを浮かべた。

貧民街近くのここは、子どもたちは保護できるが大人は保護できない。

上層部で様々な施策を講じてはいるものの、貧民街はなかなか解体できないほどには王都に広く、浅く食い込んでいる。

あまり子どもたちばかり手厚くすると、貧民街の大人たちから反感を買って被害にあう可能性がある。

それを防ぐためには、ほどほどに寄付して、神殿からもほどほどに貧民街の人々の手助けをしてもらう必要がある。だから俺は神殿に金を寄付したのだ。

神殿は貴族の介入を受けない。神殿は神のもの、という意識が強いからだ。

前世であれば神や仏は一生涯でも姿を見ることがほぼない存在だが、この世界では神々は実在する。

約二十五年前に、ある国が海洋の女神セレンディアから見放されて滅んだのは記憶に新しい。なんでも、もともと女神セレンディアから数百年にわたって呪われていたとか。もうちょっとで呪いが解けるところで、当時の王がやらかしたそうだ。その内容は、まあ、割愛しよう。

まあ、なので神殿からの施しであれば貧民街の住民は比較的素直に受け取る。貴族の影響を受けないと分かっているからな。

道中、俺らを襲わなかったのも神殿に寄付をしにやってきたと分かったから。そうすれば、当面は飢えに苦しむことはないと分かっているから。

「娘が望めば、また来ても？」

「ええ、もちろん」

「お父さま！」

向こうでみんなと一緒に遊んでいたルルが、パタパタとこちらにやってきた。

その手は、カールの手を摑んでいて俺は瞬《まばた》きする。カール自身は困惑している様子だった。

「どうした？　ルル」

「この方のまほう、すごいの！」

「うん？」

「これを見てくださいませ！」

ルルが反対の手で差し出したのは、小さな、小さな花だった。

人差し指の腹に載せても落ちないぐらいのサイズだが、こんな小さな花は見たことがない。雑草か？

……いやちょっと待てよ？　これ、バラじゃね？

いやいやこんな小さいバラはない。だが感触は本物っぽいし、慎重に匂いを嗅ぐとバラの香りが少しする。

「これをこの方がまほうで作ってくださったの！　元はふつうのバラだったのよ！」

ルルが興奮気味に、カールの手を引っ張った。

カールは困惑した様子ではあったが、恐る恐る俺を見上げてくる。

「これを君が？」

「あ、は、はい。庭の、あそこに生えている野バラです。おじょうさまがきれいだとおっしゃったので、ひとつだけですがおわたししようと思って。あの、でも、本当は押し花にしやすいサイズにするはずだったのに、失敗しました」

「押し花にしやすいサイズにする、は、ず、だった？」

「ゾンター様、カールは一般的な魔法は使えませんが、物を小さくする魔法が使えるのですえ。待ってそれ。

ルルに持っていた小さい花を渡す。

それからくるりとカールに向き直った。よし、まずはちゃんと名前を聞こう。

「君、名前は？」

「カール、です。家名はありません」

「よしカール。私の名前はヴォルフガング・ゾンターだ。ここら辺一帯巻き込んで商売始めるぞ」

「え」

「ゾンター様!?」

ギョッとした神官の悲鳴に、俺は満面の笑みを浮かべた。

「よく彼を保護してくれた！」

「しょ、商売とは!?」

「彼の魔法は素晴らしい。方法がなく諦めていた私の夢を実現できる力を持っている。だがしかし、そのためだけに彼を引き取るのはいらぬ軋轢《あつれき》を生むだろう。だから私はここら一帯に住む皆と協力し、皆が働ける地盤を作ろうと思う」

もともと、カールが暗殺者ギルドに所属していたのも困窮している養護院や周辺の皆をどうにかしたい、と思ったから。暗殺者ギルドや情報ギルドはその仕事の難関さから高収入だが、危険も多いハイリスク・ハイリターンな仕事だ。

なら、カールが心配していることを潰せばいい。カールが暗殺者ギルドに足を突っ込むようなことをなくせばいい。

偽善者だなんだと言われるだろうが、俺の手が届く範囲なら俺はなんでもやるさ。

幸いにも、例の井戸ポンプの開発で金はあるからな。

「みんなのはたらける場所が、できるってことですか？」

「もちろん。恒久的に働けるようにしたいが、そのためにはこの辺りに住んでいる住人のスキルを把握する必要がある。もしかしたら、カールのように一見役に立たない魔法が使える人がいるかもしれない。そこから何か商売に繋《つな》がることを実現できるかもしれないからな」

ははは、クリストフに叱られるな。まあいいか。

もういくらかマルクスに業務の引き継ぎを始めている。少し余裕が出てるから、手を出しても問題ないだろう。

何のことか分かっていないルルを抱き上げる。目を瞬かせたルルは、すぐに嬉しそうに笑った。

「ルル、よく彼を見つけてくれた！　俺が考えていたペンダントが作れそうだ！」

「あのペンダント？　うれしい！」

カティの肖像画を小さく、ペンダントに格納する。

前世で言うロケットペンダントは写真が主だったが、この世界には写す魔道具はあるが、紙ベースで出力することができない。カールの魔法で実現の見込みが立ったのは僥倖《ぎょうこう》だ。

よし、まずはここらで商売するために地主や役所に話をつけなきゃならないな。忙しくなるぞ。

「カール、早速だが君に仕事を頼みたい」

「え」

「そのために今から我が家に来てくれないだろうか。もちろん、働きに応じて給金は出す。契約書も作って、神官に確認してもらおう」

「……お金が、もらえるんですか？」

「もちろんだ。君の力を利用させてもらうんだから、それ相応の対価を出すよ。それからここの神殿への寄付も定期的にしよう。万が一私の構想が成り立たなくても、将来有望な君を引き抜きたいと思うことには変わりないからね」

カールの頬が染まる。

それから、涙を浮かべながら「ありがとう、ございます」と笑った。

カールを連れて帰宅してから、早速取り掛かった。

案の定、クリストフからは「なんてことをしたんですか！　ますます引退できないじゃないですか！」と嬉しい悲鳴を上げられた。貧民街付近の改革なんて、他の家門ではやらないだろうからなぁ。

マルクスは驚いたものの「面白そうですね」と一枚噛《か》んでくれることになった。もうじき爵位継承するってのに、余計なもんを背負《しょ》い込ませてしまったが、本人が楽しそうなら、いいか。

あの小神殿周辺の領地を管轄していたハイネ男爵には話を通して、レーマン公爵家とゾンター伯爵家が関わることは了承してもらえた。先々代から悪化していく治安に頭を悩ませていたらしい。協力してもらえることになったので、より動きやすくなった。

カールを自邸に連れてきた理由はふたつある。

カール自身の保護と、あの運送業者の手伝いについて証言させるためだ。

あの後、自邸に来る途中で改めて聞いたんだが、やはり目撃されていた男と少年のうち、少年の方はカールだった。

この時点でクリストフやハイネ男爵に依頼して、あの周辺をこっそり警備させている。カール以外を連れていかれて人質にされても困るしな。

カールと一緒にいたという男は本当に他人で、ある日カールの魔法を知って「ちょっといいアルバイトがあるんだ」と誘ってきたらしい。

いや、その文句は詐欺師の常套《じょうとう》文句だよ！

「その人はヘルマンって言ってたんですけど、仕事自体は、物を運ぶ業者さんのお手伝いや見張り、と、あとヘルマンからお願いされたものを小さくするだけでした」

「その小さくしたものってどんなものだったか分かるか？　説明しづらかったらこれに描いてくれ」

「ええと、こんな感じのでした。これを、このぐらいのサイズに」

カールが描いた絵は、何かの部品のようだった。元は手のひらサイズのそれを小指の爪サイズまで小さくしたらしい。

俺は魔道具はさっぱりなのでよく分からなかったが、同席してもらった魔塔所属の魔具士は困惑した表情を浮かべた。

彼の表情の変化に、これまた同席していた王家から派遣された調査官や第一騎士団の副団長も首を傾《かし》げる。

「こ、これは」

「いかがされた」

「これは、恐らく通信魔道具です。しかも最新式の。これは対になる魔道具があって、もうひとつの魔道具が映したものを離れたところからも見聞きできるものでして。公開されたばかりなのでさほど数は出回っていないんですが」

「そんなものが出ているのか。最近の魔道具はすごいな」

思わず、といった様子で副団長が感嘆の声を上げるが、ちょっと待て。

つまりその魔道具は受信機と送信機がある、ってことだな？

スッと手を上げて「ちょっといいか」と声をかける。

この場にいる全員の視線が向けられてウッとなったが、これだけは言っておかねばなるまい。

「その通信魔道具は、受信機と送信機がある、という理解でいいか？」

「はい、そうです」

「カールのこの魔法を使って小さくした送信機が動く前提だが、販売したエリアロックに送信機をくっつけて、設定時の様子を受信機で盗み見していたのであれば……血縁によるロックコードでなければ、打ち込めて解除できる状態じゃないか？」

ひゅ、と誰かの喉が鳴った。

エリアロックは両手ほどの大きさの魔道具だ。小指の爪ほどのサイズになった子機がついていても気づかないかもしれない。

カールの魔法が物を小さくする。つまり、機能そのままに小さくできたのであれば、恐らく送信機は機能する。それがどのぐらいの範囲の送信機の信号か何かを拾えるかは不明だが、少なくとも数日かけてあちこち行けばいくらかは拾えるはずだ。

エリアロックの新調時期は、家門によって異なるから。

思わず頭を抱えた俺をよそに、調査官と副団長がバタバタと指示を出し始めた。もう魔具士は事態を把握して顔を真っ青にして魔塔に慌てて連絡を入れ始めた。

不安そうに見上げてきたカールに気づいて、頭をぽんと撫《な》でてやる。

「だ、だんな様、ぼ、僕……」

「たぶんこれから同じことをたくさん聞かれるだろう。だが、正直に話しなさい」

こくこくと頷《うなず》いたカール。

カールは悪くない。なんの魔道具か理解していなかったし、話を聞けば男はやや脅す形でカールに協力を強いていたみたいだから。

カールの証言により、事態は急展開を迎えた。

王家から全貴族、全行政長宛に一斉に送られた書状。それにより、例の文句を述べた商人・商団が利用した運送業者ほぼすべてにあの男が関わっていたことが判明した。それから、例の文句を言われたときに購入したエリアロックを調査したところ、小指の爪サイズほどの通信魔道具の送信機が見つかった。

例の文句を述べた商人・商団は「ヘルマンはとても気さくでいい奴だとなぜか思ったので言われるままに伝えていた」との証言もあったので、あの男は恐らく市販流通している魅了魔道具を使っているだろうことも判明した。

また、被害にあった家や街々のロックコードの設定は、コードさえ知っていれば他人でも解除できるものだったらしい。

エリアロック自体に問題はない。それは当然だ。ロックコード自体、設定者以外は知らないことが前提で作られたものだから。王宮魔術師でも解錠魔法で把握できるが、再設定時は解錠した魔術師は関与しない。

だから、コード自体の漏洩《ろうえい》なんて想定していなかったんだろう。

魔塔側もこの抜け穴に衝撃を受けたようで、魔塔から全世界に向けて「エリアロックのロックコードは他人がコードを使用しようとしてもできない、設定者限定となりうるものとすること」と通達がされた。

現在、魔塔はこの問題の対策に大わらわになっているらしい。

そりゃそうだ。

本人以外知り得ない情報を知られる手段だもんな。前世で言うスキミングみたいなもんか、これ。

ちなみに、今回の騒動のきっかけとなった男――ヘルマンだが。

確保に向かった騎士団いわく、すでに根城としていたあばら家で殺されていたそうだ。

まあ、こういう大々的なことは個人ではやれないだろうからなぁ。今、前世の警察に相当する第一騎士団がヘルマンの交流関係の調査にあたってるが、元は辿れない気がする。


それから、二ヶ月後。

「旦那様」

事件の続報が掲載された新聞を眺めながらコーヒーを飲んでいると、クリストフから声がかかった。

紙面から顔を上げると、その手には書類の束がある。

新聞紙を畳んでそれを受け取ってパラパラとめくれば、口角が上がった。

「順調そうだな」

「はい」

あの養護院一帯の貧困層を調査したが、もう、人材の宝庫だった。

文字や数字が読めないものの、工夫してなんとか過ごしていた者は頭がいい。

それに精霊族も数人いた。彼ら経由での精霊たちの助力もあってあそこは他の貧民街に比べて治安が良かったようだ。

手先が器用な者も多く、文字や数字を率先して学ぶ者はどんどん吸収していった。

中にはガタイが良い奴もいて、そういうのは力仕事向きだ。剣などを教えれば騎士になれそうな者もいたし、中にはカールと同様にちょっとした魔法が使える者もいた。

体格的には力仕事に向いていてそうな者でも、性格上、文官向きだったりすることもある。そういう場合はそちらに進んでみるのはどうかと勧めたりもした。もちろん費用は我が家が九割、ハイネ男爵で一割出してもらっている。

もちろん、どうしてもどの仕事にも向かず、あぶれる者もいる。そういった者は自分の力量を納得してもらった上で、簡単な雑用や清掃の仕事を任せることにした。

はっはっは。ゾンター伯爵家の資金がだいぶ目減りしたな！

「短期的には赤字ですが、この調子であれば数年で投資分は回収できましょう」

「それで良い。今のところ、ゾンターとして派手な催しをする予定はないし。もちろん、災害用資金等は確保しているよな？」

「当然でございます」

「ルルには悪いが、当面はドレスや装飾品は必要最低限とする。せめて十歳の真名授与の儀までには黒字に片足突っ込みたいな」

「問題ないでしょう。ハイネ男爵も、マルクス様も可能な限り支援してくださるとのことでしたから」

主体が俺なので、ゾンター伯爵家として動くことにした。後援がレーマン公爵家、ハイネ男爵家だ。

マルクスからはだいぶ渋られたが、レーマン公爵家として必須の行動かというとそうでもない。俺個人が勝手にやってるものだから、俺の家の資産でやりくりすることにしたのだ。

もちろん、ルルにも目的と、その過程で金がこれだけかかるということを噛み砕いて説明した。まだ六歳なのに頑張って理解しようと努力する。とってもいい子だ。

「カールはどうだ？」

「こちらは少々手間取っておりますな。どちらかというと、教師との相性があまりよろしくないのかもしれません」

カールには、あの物を小さくする魔法を極めてもらうためにルルと同じ魔法学教師をつけた。

カールの力があれば、前世であったロケットペンダントをこの世界でも作り出せる。

この世界ではカメラはあるが、手元に残るような現像ができない。写真が作り出せないのだ。

ロケットペンダント自体はピルケースの役割も果たしていたほど小さなもの。そこに合うようなサイズで手書きの肖像画を入れるなんてのはどんなプロでも無理だろう。

そこで役立つのがカールの魔法だ。望むサイズまで小さくできればロケットペンダントに入れられるサイズの肖像画ができる。

応用してさらにもっと細かい部品も作り出せるようになるはずだ。魔道具を構成する部品は人の手で作れるサイズしかできない。より小さいものは魔力操作が緻密な高レベルの魔具士しか作り出せず、量産も難しい。

だがここで、カールの魔法を解析し、人の手サイズで作った部品を小さくできれば。それを魔道具で代替できるようになれば、量産が可能だ。

その設計書さえできればもっとより良い、便利な魔道具ができるだろう。

もしかしたら魔力が不要な、前世で言う機械ができるかもしれない。

ただまあ、カールは特殊だ。恐らくカールは水と土属性の魔力が混じり合っている、混じり属性《コンピテュープル》だ。それであのような魔法が使えているのだろう。

普通の魔法学教師じゃ単一属性、あるいは属性ごとに魔法を操ることしかできないから、基本的な部分しか学べないいか。

「うーん。ちょっと別な魔法学教師がいないか探してみるわ」

「……楽しそうですね、旦那様」

「ああ、これからどうなるか。楽しみで仕方ない」

「そんな旦那様にこちらを」

「ん？」

スッと差し出された手紙の、封蠟《ふうろう》を見て思考が一瞬真っ白になった。


……ちょっ、待て。

え、この封蠟、俺、生で見るの初なんだけど？　学院で習ったときぐらいしか見覚えないんだけど??

今まで王宮から来た手紙の封蠟は、王家を表す印が押されていた。だが、目の前にあるこれは個、人の印だ。

「国王陛下からのお手紙になります」

誰か嘘《うそ》だと言ってくれ。


「失礼いたします！　レーマン公爵代理、ヴォルフガング・ゾンター伯爵が参られました！」

「通せ」

目の前の扉が開かれて、改めて背筋を伸ばす。

広がった空間は華美すぎず、質素すぎず。それでいてかつ荘厳と思える空間を作り上げた職人には万雷の拍手を送るべきだと思う。

若干そんな現実逃避を行いながらレッドカーペットの上を進み、ある程度の位置につくと俺は玉座に座るその方に向かって跪礼《きれい》した。

「王国の太陽たる国王陛下にお目見え叶《かな》い、万感たる思いでございます。レーマン公爵家代理当主、ヴォルフガング・ゾンター、召喚に応じ御前に参上いたしました」

「よく来た、レーマン公爵代理」

玉座に座っているのはベルナールト王国第三十二代国王、アンドレアス・ベルナールト陛下。

この方の顔は必死で人物画を描きまくって覚えた。だってさすがに陛下の顔を知らない、とかなったら不敬だろう。

そして、その近くに控えているのは宰相のニコラス・グラーマン侯爵、のはず。最近宰相が代替わりしたから、今必死こいて貴族名鑑の肖像画を描き写してるためまだ覚えられてないが、なんとなくそれっぽい。

宰相が五大公侯出身じゃないのは、この国の登用制度がある程度実力主義なのと、五大公侯は権力監視の役目を負っているからというのもある。余談だが、グラーマン侯爵の子息もゲームの攻略対象者のひとりだ。

その他、謁見の間にずらりと並ぶ貴族家当主一同と随所に配置されている近衛騎士たち。

はい。俺、あとから入場させられて、ずらっと並んだ当主一同から見られています。

帰りたい。切実に、許されるならこの場で回れ右して帰りたい。ルルに癒やされたい。

「フィッシャー侯爵邸を皮切りに見つかったエリアロックに仕掛けられた犯罪を明らかにし、第二の被害を防いだこと。また、ハイネ男爵が管轄していた貧民街の地区において、ハイネ男爵と共に改革に臨み民へ職業斡旋《あっせん》、教育を施したこと。また、王都近郊の手の回らぬ地区へ使用できる井戸ポンプを開発したこと。いずれも、称賛に値すべき行いである」

「陛下より直《じか》にお言葉を賜り、恐悦至極にございます」

「よって、報奨として貴公に侯爵位を授ける。レーマン次期公爵への引き継ぎが完了後はゾンター侯爵と名乗るが良い」

——ひゅ、と一瞬息が止まった。

まて。待て待て、待ってくれ。

侯爵位だと？

たしかに侯爵位は三年ほど前に後継者がなく王家に返上された宮廷貴族の空きがある。だが待ってくれ。俺は陞爵《しょうしゃく》には興味がない！

「お、恐れながら申し上げます」

「うむ？」

「非常に名誉なことではありますが、我が身には過ぎたる褒美かと存じます」

周囲がざわめいた。

そりゃそうだ。普通、陛下からの恩賞を断る奴なんていない。

だが俺にとっては身に余る、高位貴族は無理!!　っていうか陛下も俺が人の顔を覚えられないって知ってるはずだ!!

え？　もしかして忘れられてる!?

「レーマン公爵代理！　貴様、陛下からの恩賞を断るなど!!」

「良い。では、レーマン公爵代理。何を望む？」

「はっ。それでは魔術師として将来を期待する混じり属性《コンビテュープル》の子どもへの師を派遣いただくことを望みます」

貴族家レベルで依頼できる魔術教師は、俺のように単一属性、あるいは属性ごとに魔法を操れる者であれば良い師にめぐり逢《あ》いやすい。

だが、カールのような混じり属性《コンビテュープル》には教えることができない。属性が混じり合った状態を持って生まれてくる人はマイナーだからだ。

属性ごとに操れる者には分からない感覚があるらしい。

「はっはっは、たしかに私が与えようとしたものと比べるとずいぶんとささやかな願いだな。期待できそうな子どもなのか？」

「面白い魔法を習得しております。その力を伸ばすため、より良い師のお力添えをいただければ幸いです」

「成長した暁にはなにか見せてもらえる、と考えて良いな？」

「我が娘の次に、お見せしましょう」

「はっはっは、娘が一番か。良かろう！　楽しみに待っておる！　では侯爵位への陞爵は保留とし、混じり属性《コンピテュープル》を扱える魔術師を探して家庭教師として送ることを報奨とす」

だってもうルルに一番に見せるって伝えてたし。それに俺の目的はルルにロケットペンダントを作るってことだから。陛下でもそれは譲れない。

そんな俺の発言に周囲はさらにざわついたが、陛下は寛大にも許してくださった。

下がって良し、という宰相の一言に俺はスッといつもの五大公侯の立ち位置につく。

それを見た宰相が次の報奨を与える貴族当主を呼び出した。魔物暴走現象《アウトオブコントロール》を事前察知して、対処した家らしい。

朗々と読み上げられる実績を聞き流しながら、内心盛大なため息を吐く。

……あ〜〜、緊張した。

謁見の間から退出し、ざわめく廊下を歩いて馬車止めに向かう。

魔術師に関してはこれから調査もあるだろうし、今日明日に派遣されるなんてことはないだろう。

「まさか陞爵を断るとは！　さすがレーマン公爵代理！」

そう、ぼんやり考えながら廊下を歩いていると聞き覚えのある声とトーンが耳に入り、足を止めて振り返った。

ニヤニヤと笑みを浮かべるペベルに、俺はため息を吐いてみせた。

「陛下に申し上げた通り、過ぎたる褒美でしたので」

「いやいや、ルイーゼ嬢のことを考えれば受けた方が良かったと私は思うがね」

「厭味《いやみ》ですか？」

「ふはは、そうでもない。本心さ。しかし可哀想《かわいそう》に。君が辞退したから、あとから恩賞を受けた者は皆受け取りづらそうだったじゃないか」

それはちょっと悪かったと思ってる。

特に、えーと、何男爵だっけ。まあいいや、俺のふたつ後に陛下から陞爵の恩賞を賜った何とか男爵は傍《はた》から見て分かるほどに狼狽《ろうばい》していた。

公爵代理とはいえ、伯爵位だった俺が辞退したからな。倣って辞退した方が良いのか、判断に迷ったらしい。

宰相からさり気なく「気にせず素直に受けなさい」みたいな感じでやんわり勧められて、ようやく受けた感じだ。

「私には伯爵位がちょうど良いのです。ただでさえ代理の立場でも力及ばずだというのに、侯爵という地位は身を滅ぼすだけですから」

「……君、自分の能力を過小評価してないかい？」

「そんなつもりはありませんよ」

「いやー。過小評価だと思うがね」

「ところで、ご用はそれだけですか？　娘が待っているので帰りたいのですが」

「本当、ブレないなぁ。まあ、馬車まで道は一緒だ。ともに行こうじゃないか」

まあ、立ち話して止まっていると中位以下の貴族家が帰りづらいだろうしな。

馬車止めエリアまではさほど距離はないし、断る理由もないと俺は頷いて歩き出した。


――しかしまあ、しばらく接点はないと思っていてもこうやってできるものだな。

「……なんか、騒がしくないかい？」

ペベルの疑問の声に、俺もようやく気づいた。遠くから誰かが叫んでいる声が聞こえる。

ここは王宮内でも門に近いエリアだ。何かトラブルでもあったのか。

思わずペベルと顔を見合わせるも、まあ、騒ぎを解消するのは王宮内に勤務している近衛兵《このえへい》や侍従、侍女たちの役目だ。

そう思って「なんでしょうね」と言いながら馬車止めに再び向かい始めた、そのときだった。

俺たちが通ろうとした十字路の右手陰から誰かが飛び出してきた。

ドンとペベルに思い切りぶつかったものの、ペベル自身は鍛えているようで少しぐらついただけで済んだ。しかし、ぶつかってきた相手は反動でふっとばされたような形になり、通路に転がった。

いやこれ少年じゃね？　ルルと同じぐらいか？　ん？　なんで王宮内に子ども??

——ちょっと待て。

子どもにしては身なりが良すぎる。王宮内をうろつくには比較的ラフな格好ではあるが、身につけている衣服の質は高級だ。

いや、しかし、考えられる人物はこんな場所にはいないはずだろう。

思わずペベルを見れば、ペベルも苦い薬を飲んだような表情を浮かべていた。ああ、俺と同じ結論出してる。

時間にして五秒も満たない間。

痛みに震えて俯《うつむ》いていた少年がギッとこちらを睨《にら》み上げたと同時に、一瞬にして外向きの表情に切り替えたペベルと俺。

「なにをする！」

「なにをする、とはこちらのセリフですよ。人にぶつかっておいて文句ですか、ハインリヒ王子殿下」

そう。

乙女《おとめ》ゲームのパッケージセンターを飾る主要攻略対象者のひとり、ハインリヒ・ベルナールト第一王子。

パッケージよりも幼いその容姿は麗しい、まさしく天使と呼ぶに相応《ふさわ》しい金髪碧眼《へきがん》の少年だ。

だが、我々家臣界隈《かいわい》ではこの王子が天使ではないことを知られている。

「ふん！　きさまなどにあやまる必要などあるわけなかろう！　よけぬきさまがあっとうてきに悪い！」

――頭に超がつくほどのワガママ王子様なのだ。このクソガキは。

国王陛下は朗らかで良いお人柄が滲《にじ》み出《で》ており、貴族庶民にかかわらず人気が高い。

王妃《おうひ》陛下は凛《りん》としたお方で一見近づき難い印象を醸し出しているが、国を想《おも》う施策の発案や立ち振る舞いは国母としてまさに相応しく、国王陛下ともとても仲が睦《むつ》まじい。

しかし、国王陛下と王妃陛下はご婚姻してから五年経過しても子に恵まれなかった。

国の安寧を考え、また、法律に従い王家はヤスミン第二妃殿下を娶《めと》った。その結果生まれたのがこのハインリヒ第一王子だ。

その後、続けて王妃陛下も御子《みこ》に恵まれマリア第一王女殿下がお生まれに、さらにヤスミン第二妃殿下との間にマティアス第二王子殿下、レベッカ第二王女殿下という双子もお生まれになった。

いやさ。本当は殿下って敬称つけなきゃいかんのは分かってるんだよ。

でも、このガキに関しては無理。敬称なんかは表面上は取り繕ってるから許してくれ。誰に向かって言ってるのか自分でも分からんけど。

ゲームでのハインリヒ・ベルナールト王子は一見爽やかな青年で、王太子としての評価も高い王子となっている。

表面上は皆に公平に接する王子だが、その実は俺様王子。猫かぶってるだけだ。いや貴族なんて猫かぶりしてなんぼだとは思うよ。国王陛下だって猫かぶってるかもしれんし。

ただ、本人に一度でも接したことがある身としては現時点では敬いたいと思える少年ではない。

御年五歳のマリア王女殿下の方がまだ、いや、まあ、男は総じて精神年齢の成長は遅いと言われるけれども。それでも、これはないと周囲の貴族家が口に出さずとも考えているほどの性格なのだ。

王宮メイドやフットマンに難癖をつけ、物を投げつけるのは当たり前。

授業は真面目《まじめ》に受けているようではあるものの、機嫌が悪ければ側近候補の貴族家の子息子女に無理難題を言い出し、彼らができなければ詰《なじ》る。

王宮メイド・フットマンたちや側近候補の貴族家から苦情が上がり、両陛下も実母である第二妃殿下も専属教師もハインリヒ王子の性格を是正し始めたところだ。

そう、ぼやっと考えていると隣から盛大なため息が聞こえた。

「そのようなお考えをお持ちとは。ああ、両陛下や第二妃殿下のご苦労が偲《しの》ばれますね」

「しの？　なにを言っている！」

「なぜこのような場所におられるのですか、殿下。ここは多くの貴族家が出入りする場所。あなたのような王族が近づくようなところではありません」

「なぜ王子であるぼくが近づいてはいけないばしょがある！　この城は、この国はぼくが王になったらぼくのものになるのだから、どこを歩いてももんだいはない！」

……これ、矯正できんのかな。っていうか誰かの影響受けてないか、その言動。

内心ドン引きしてる俺とは異なり、ペベルは淡々と言葉を返した。

「さようですか。それであれば、殿下はいつの間にか消えても問題ない、ということですね」

「え？」

「皆が皆、国のために動いています。国のためにならぬと皆に思われれば、殿下は消えるしかないでしょう」

「おい、ペベル。言いすぎだ」

それ言っちゃいかんやつだろ。言いたくなるのは分かるけど。

思わず声が出てしまったが、ペベルはハインリヒ王子に視線を向けたまま僅かに驚いたように目を見開いたものの、すぐに淡々とした表情に戻った。

「おどす気か!?」

「ええ、脅しています。そうでなければあなたがここが危険だと理解できないでしょうから。まあ、たっぷり叱られてきてください。そして二度とこのような場所でお目にかかることがないよう祈っております」

「ハインリヒ殿下!!」

「げっ！」

バタバタとやってきたいかつい男——身につけている軍服の装飾からして近衛騎士か。

ハインリヒ王子は逃げようとしたが、それを予測していたのか待ち伏せていた近衛騎士に捕まった。

放せと叫ぶハインリヒ王子を複数人がかりで抱えて連れていく。

近衛騎士を複数人動員しないと連れていけないって、どんだけあの王子の力が強いのか。もしくは、近衛騎士の質が落ちているのか。

もはや奇声を上げるばかりになったハインリヒ王子と近衛兵たちを見送る俺たちに、いかつい近衛騎士は深々と一礼した。

「ベルント公爵閣下、レーマン公爵代理閣下。お騒がせいたしました」

「あれでは皆も苦労するね」

ペベルの呆《あき》れたような言葉に近衛騎士は答えられない。

ここで是と答えれば王族に対して不敬だし、否と答えればあの言動を許容しているとペベルと俺に認識されるからだ。板挟みになって可哀想に。

顔を上げなさい、とペベルが言えば近衛騎士はゆっくりと顔を上げた。

その顔には若干疲れの色が浮かんでいる。

「まあ、ぶつかったのが私で良かったよ。他の貴族家、特にハウプトマン卿であればもっと容赦ないだろうから」

「むしろハウプトマン卿に根性叩き直してもらった方が良いのでは」

俺がそう言えば、近衛騎士も同感のようで苦笑いを浮かべていた。


ハウプトマン辺境伯家はこの国最大のダンジョンを管理している猛者《もさ》の一族だ。

魔物暴走現象《アウトオブコントロール》が発生しやすく、聖女・聖人がよく派遣される地域でもある。

当代のハウプトマン卿と何度か話したことがあるが、武人気質で竹を割ったようなサッパリとした性格の方だったと思う。

だがハウプトマン卿、というかハウプトマン辺境伯家は王家に忠誠を誓う武門で有名。

王家に仇《あだ》なす敵には容赦しない。それは、子どもであっても適用されるという。

ま、根性叩き直してもらうのは、ダンジョンや野良モンスターから民を守るのに忙しいハウプトマン卿に押し付けることになるから絶対ないだろうけど。

「では、我々は今度こそ帰らせてもらうよ」

「はい。お引き止めしてしまい申し訳ありませんでした。お気をつけてお帰りください」

近衛騎士に軽く手を振って、俺とペベルは歩き出す。

あの近衛騎士も忙しいのだろう、ちらりと振り向いてみれば急ぎ足でハインリヒ王子たちが去っていった方へ向かっていた。

ほとんど黙っていた俺は、ぽつりと呟く。

「災難でしたね」

「まったくだよ。だがしかし、良いこともあった」

と、とんとペベルが俺の前に飛び出てくるりと俺に向き直る。

突然の行動に驚いたが、ペベルは後ろ向きに歩きながら嬉しそうに、両手を広げて笑った。

「君から特別な呼び名で呼んでもらえるだなんて！　なんて良い日だろう！」

「……あ」

やっべ。さっき素でこいつのこと「ペベル」って呼んでた。

一瞬謝らなきゃ、と思ったがひょいと——それこそ、親しい者や家族の範囲内の距離に——顔が近づいたのでビビる。

「公式の場ではそうともいかないだろうが、ぜひ！　私的な場ではペベルと呼んでくれ！　あと話し方もだ！」

え？　は？　何言ってんだ、こいつ。

思わず唖然《あぜん》とした俺だったが、辛《かろ》うじて言葉を絞り出す。

「嫌じゃないのか？」

「嫌なものか！　愛称でもない不思議な呼び方だが、もしかして私の名前と家名を組み合わせたものかい？」

「そうだけど」

ああ。そういえばこの世界、というかこの国、基本誰かを親しく呼ぶ場合は「愛称」なんだよな。「あだ名」じゃない。家族間や夫婦間のみであれば真名で呼ぶこともある。

というか、こいつなんでこんな。

俺の微妙な表情を読み取ったのか、そうでないのか。ペベルはニコニコと嬉しそうに笑ってるだけだ。その細い目をさらに細くして、本当に嬉しそうに。

ああ。なんか、そんな表情を見るとどうでも良くなってきた。

「じゃあ、俺のことも適当に呼べよ」

「なに！　私が親友たる君の呼び名を決めていいのかい!?　何にしよう！」

「親友どころか友人でもないと思うが」

「えっ」

えってなんだよ。

嘘だろお前本当に友人だと思ってたのかよ。

「だって君、夜会では私としか会話しないじゃないか」

「お前が話しかけてきてずっと離れないからだろうが」

「だって私は君と話したかったんだ。だから、私が私と分かるようにしたかったんだよ」

ふ、とペベルが柔く笑う。本当にこいつはどうして、俺なんかと友人になりたいと思ったのか。

助けられたというが、俺はペベルを助けた覚えはない。

「……ほんと、変な奴だなお前」

「ふふふ、なんとでも言いたまえ！　君の親友の座は誰にも譲る気はないからね！」

「いや誰が好き好んで俺の親友の座を狙うってんだよ」

ぴた、とペベルが止まった。

それから残念な子を見るような目で俺を見る。おい。

「君は本当に、自己評価が低いねぇ」

「は？」

「君は今社交界で話題のレーマン公爵代理、ゾンター伯爵だよ？　まあ、社交界に顔を出していないから分からないのだろうけど、自覚を持ちたまえ。君は、君が考えている以上に周囲からその懐に入らんと虎視眈々《こしたんたん》と狙われているのだよ」

んなこと言われても、というのが俺の素直な感想だ。

代理とはいえレーマン公爵当主だからそれなりの色眼鏡《いろめがね》で見られていることは自覚してる。

だが俺は当主代理を近年中に引退し、ただの伯爵に戻る。ゾンター領はレーマン公爵家傘下の領の中でも特に特産品はないし、観光名所もない何の面白みもない領地だ。

そんな領はこの国に腐るほどあるし、あるといえば次期レーマン公爵の兄が領主だという程度でしかない。

「あと、未婚のご令嬢方に狙われているのも自覚したまえ。男やもめでルイーゼ嬢というレディがいるのは周知されているが、それを考慮しても君自身の価値は大きい」

「……それ、マルクスたちにも言われたんだが本当なのか？」

「ああ、嘆かわしい。弟君の苦労が偲ばれるよ」

「どう考えたってマルクスの方がツラもいいし、頭もいいし、魔法の扱いも上手《うま》くて地位もある。三十になる俺なんかよりそっち狙った方が断然いいだろう」

そう。俺は現在二十九歳。ルルは二十二歳のときに生まれた娘だ。

結婚適齢期は女性で十六から二十五歳、男性で十六から三十歳とこの世界では言われている。

女性の年齢幅が少ないのは出産の危険性も考えられるからだろう。

医療技術が発達した前世ですら出産は命がけだった。この世界の医療技術は前世日本の医療技術より低い。その分、魔法でカバーしているが万能じゃない。

まあ、でも再婚するにしても夫と死別した女性とかそこらは可能性ある、か？

けど未婚なら若くて有能で、兄の俺から見てもイケメンなマルクスが良いと思うんだけど。

俺の答えは違ったらしく、ペベルからは盛大にため息を吐かれた。なんだよ。

思わずムッとすると、ペベルはふふ、と笑った。

「そういう表情が見られて、私は嬉しいよ」

……こいつといると調子が狂う。

話しながら歩いているうちに、馬車止めに着いたようだった。

すでに俺らの馬車が待機しており、その後ろにはずらずらと俺たちのあとに来る貴族家の馬車が並んでいる。

「では、また会おう！　小さなレディにもよろしく言っておいてくれ！」

「ああ」

ペベルは颯爽《さっそう》と馬車に乗って、去っていった。

俺はそれを見送りつつ馬車に乗り込み、ドアが閉められたタイミングで深く息を吐く。

あいつ、俺があいつの顔を認識してないって理解したときから、あの独特な話し方をしてたのか。

たしかにあの喋り方と声じゃないと、俺はあいつがペベルだって認識できていない。

「帰ったら、描いてみるか」

次に会うであろう日までに顔覚えて、こちらから声をかけてやればペベルも喜びそうだな。

ふ、と思わず笑みが溢《あふ》れて、車窓の流れていく景色を眺めながら俺は貴族名鑑をどこにしまったかなと考え込んだ。

第五話　俺の弟は可愛い

それから、時は過ぎて。

ルルは七歳になり、マルクスは無事学院を卒業し、成人を迎えた。

――とうとう、正式に俺はお役御免になった。なれたのだ。


両親が死んでから十二年。ようやく。ようやく、だ。

もちろん公爵代理でないと積めない経験もあった。ただ苦労するだけではなくそれに伴う人脈も得られたし、地盤も固められた。

風属性と水属性の二重属性《ドゥオテュープル》を持つマルクスは、実戦でも役に立つ。実際、何度かモンスターの討伐戦に立ち会ったが問題なかったしな。

クリストフはそのままマルクスにつくことになる。もともと、公爵家執事だし。

もちろん、マルクスの助けとなる引継書を作って手渡してある。クリストフからはギョッとされたが、多少でも情報があるのとないのとじゃ今後が違うだろう。

五大公侯の一角の代替わりともなれば、お披露目《ひろめ》も大々的なものになる。

俺が公爵代理として引き継いだときは、書面だけで済ませた。いやだって代理だもん。本来は別にいるし。

　そこでやっかみを受けるより、引きこもって粛々と代理業を行ってますよ〜っていうアピールをするのが一番波風が立たない。

　実際、書面だけで済ませたお陰か周囲からのやっかみや妨害などもそこまで多くなく、シュルツ閣下からも「あれは良い判断だった」と褒められた。普通にお披露目してたらもっと多かったらしい。怖い。

　俺が当主代理として手腕を振るえるのは、我が家で行うお披露目の夜会まで。終わったら色々片付けをして、俺とルルはゾンター伯爵領にある領邸に引っ越す予定だ。

　ゾンター伯爵家としては王都にタウンハウスは持ってないんだよ。つーか今絶賛赤字だからな。維持できるかってんだ。

　レーマン公爵本邸も比較的王都へのアクセスが良い立地にあったが、ここはあくまでレーマン公爵家のもの。ゾンター伯爵家は親戚関係になるが、そこに居座るのもおかしな話だ。

　ルルには不便を強いるかもしれないが、本人にはしっかり話をしてある。まだ七歳だというのにちゃんと理解してくれる。いい子すぎて弊害が出ないだろうか。これが終わったらしっかり甘やかさないと。

　招待客リストを作成し、会場となる広間の飾り付け方針の指示。

　それから、マルクスのお披露目用の衣装と伯爵として参列する俺とルルの衣装の採寸・縫製依頼を王都で懇意にしてるブティックに出す。

邸内《やしき》の警備計画に目を通し、クリストフと料理長を交えて招待客に振る舞う料理の決定。合間にルルとお茶会をし、ルルとカールの家庭教師からの進捗状況を聞く。

当然、領政や管轄する地区の治安に関する仕事も山のようにある。代理管理官を領地に派遣しているものの、最終チェックは俺だ。レーマン公爵領と、ゾンター伯爵領の両方。父上は他にいくつかの小さな領地がある爵位を保持していたが、父上が亡くなったときに王家に返上してよかった。さらに俺は例の貧民街の地区の件も抱えてるからこれ以上あると死ぬ。

本来なら、半分くらいは女主人の仕事。だが俺のカティは流行《はや》り病で亡くなってしまい、俺ひとり。

マルクスもこの前まではちょくちょく帰ってきていたが、卒業した学院の寮からの引っ越しと学友たちと人脈を確保するのに必死で、まだ戻ってきていない。


やることが……やることが多い……！

頭を掻《か》きむしり、ぎし、と執務椅子に思いっきり寄りかかって天を仰いだ。

は～～～、と盛大にため息が出る。すると、そのタイミングでノック音が聞こえた。

「お父さま、よろしいですか？　カールも一緒なのですが」

「……あぁ、ルル。じゃあ隣の応接室においで」

さすがにルルにカッコ悪いところは見せたくないから、何でもないように装う。直前まで頭を掻きむしってたから頭がボサボサだったけどすぐに直して立ち上がった。

この執務室には、隣の部屋に続くドアがある。

このドアの先は応接室だ。執務室の中に入れるのは家族ですら憚《はばか》られる。なんせ、重要書類だらけなので。

そちらのドアを開けて、鍵を閉める。するとほぼ同時に廊下からひょっこりとルルが顔を覗《のぞ》かせた。可愛《かわい》い。癒やし。

ルルの後ろから次に、専属侍女とカールが入ってきた。

カールは我が家の使用人の衣服を身に纏《まと》っていて、ガラガラとカートを押している。

実はロケットペンダントの件は早々に実現してしまった。

王家から派遣されてきた混じり属性《コンビテューブル》の王宮魔術師は、カールの師匠としては十分すぎるほどだった。いやまさか王宮魔術師が来るとは思わなかったんだよ。

王宮魔術師は普通、貴族家に派遣されることはない。権力に屈せず、王家にのみ忠誠を誓うという組織体質だからどんなに金を積まれようが頷《うなず》かない。

王宮魔術師が頷くのは、領地などで国民が困窮していると貴族家からの嘆願が王家に届いてからだ。

つまり、貴族でもなんでもない一庶民に対して王宮魔術師が教えるということ自体があり得ない状況だった。

理由は分からないが、派遣されてきた混じり属性《コンビテューブル》の王宮魔術師――モーリッツは喜々としてカールを導き、結果、カールを引き取ってから一年も経《た》たずにカールの魔法は安定した。

今は次なるステージへ進めようとカールに熱心に教え込んでいる。

しかし、カールは「もっと仕事がしたい」と願った。

二番目に作った王妃《おうひ》陛下の肖像画（画《え》はもちろんプロにお任せだ）を縮小し、入れたロケットペンダントを陛下に献上した影響で貴族家界隈《かいわい》から色々と注文が来ており、カールには縮小する魔法をかけてもらうという仕事をしてもらっているが、まだ数は少ない。どちらかというとロケットペンダントの方が売れている。これは貧民街の地区にいた大人たちの努力の賜物《たまもの》だと思う。

デザインするのが好きだという者にロケットペンダントの装飾案を出してもらい、我慢強く体力がある者が鋳金し、装飾案を元に手先が器用な者が行うという分業制で動いている。

前世の記憶にあった「ピルケースにも使えます」っていうのが案外需要があったらしい。

他、ロケットペンダント以外にもネックレスやペンダント、指輪などのアクセサリーも徐々に作り始めている。これは、庶民向けに販売するものだがウケがいいようだ。


話が逸《そ》れたな。

その魔法の回数が少ないため本人はあまり働いている気がしないらしく、もらっている金額にも見合わないと感じているらしかった。

そこで本人や保護者の立場である神官、クリストフと相談した結果、我が家の使用人として雇うことにした。現在はルルの専属侍女であるドロテーアの補佐についている。やっと最近ドロテーアの顔と名前が覚えられた。

「どうしたんだい、ルル」

「一緒にお茶をしたくて。クリストフに相談したら、お父さまに聞く前に行動した方が良いと」

事前に伺いに来られてたら、だいぶ先になっていたことだろう。

今も落ち着いていないが、休憩としてお茶をする時間ぐらいはあった。

やっぱりクリストフは優秀だなぁ。引退後にご意見番ぐらいの立ち位置でゾンター領に来てくれないだろうか。

いやまあ、ゾンター伯爵当主となる俺の右腕になる後任はいるけどね。今はちょっと別件で動いてもらってるからいないけど。

ドロテーアがお茶の準備を進める間、カールが手早く茶菓子の準備をする。

うんうん。所作もお客が来てもある程度は見られるほどにはなったな。でもまだもうちょっと修業が必要かな。

「お父さま、わたしにも何かお手伝いできることはありませんか？　マルクス叔父《おじ》さまのお祝いの席ですし、わたしもお手伝いしたくて」

「んー。そうだなぁ、ちょっと今回は難しいかな。ゾンター伯爵家として開催する夜会、晩餐会《ばんさんかい》、お茶会ならルルに手伝ってもらう余地はあるけれど、マルクスのお披露目だから」

「そう、ですか……」

しょんぼりする姿にグッと心が締め付けられる。

うん、実は猫の手も借りたいほどに忙しい。けど、ルルに任せられる部分があるほど余裕のある会じゃない。

あらゆるところでレーマン公爵家としての格が求められる。稚拙な部分がひとつでも見つかればマルクスが嘲笑の的になる。

姪《めい》っ子《こ》が手伝ってくれるなんて微笑《ほほえ》ましいじゃないかと俺は思うが、世間一般では「姪に手伝ってもらわねばならぬほどに困窮している」と見られてしまうのだ。

それはマルクスにも、ルルにもとてもよろしくない評価となってしまう。それは避けたい。

目の前の紅茶を一口。一息ついて、思考を巡らせる。

「ルルは当日に向けて今よりももっと上手《じょうず》にご挨拶ができるようにマナーの先生に学びなさい。それが今ルルにお願いできる唯一のことだ」

「学ぶこと、ですか」

「そう。お披露目会にはルルも出る。ルイーゼ・ゾンターとして出るからには、多くの人に一挙一動、つまり、ルルの姿勢や所作、発言に注目が集まる。伯爵令嬢としての振る舞いが求められるんだ」

ルルは息を呑《の》んだような表情で俺を見つめる。

「ルルが頑張っているのは知っている。けれど、周囲はもっともっとと望むんだ。相応《ふさわ》しくないと判断されれば、後々苦労することになるだろう。俺は分からないけど特に女性には女性なりの社交があると聞くから」

「……フィッシャー夫人から教えていただいたことがあるんです。社交界は、ぱっと見たときはきらびやかだけど、本当はいっぱい苦労するところだって」

エマ嬢と仲が良いルルに、フィッシャー侯爵夫人は何かと気にかけてくださっているのでついでに教えてくれたのだろう。

御息女《ごそくじょ》のレナ嬢はマルクスと同い年だから、今年成人のはずだ。

この国のデビュタント、といえば嫡子ではない女性のみの特権のようなものだ。男女限らず爵位を継承できるこの国では、嫡子は幼い頃から親に連れられて夜会に顔を出すようになっている。

嫡子以外は結婚が可能になる年齢である十六歳頃に社交界に顔を出し始め、様々な進路に合わせて経験を積んでいったり人脈を作っていく。ただ、まだこの段階では見習いのようなものだ。法令上は結婚できる年齢ではあるが、成人扱いはされない。

成人年齢である十八歳を迎えた少年少女は、嫡子非嫡子問わず王家主催の成人祝い夜会に招待され正式に大人として扱われることになる。対外的にも「次期当主」として周囲から扱われるようになるのだ。

そこからさらに人脈を作ったり仕事の話をしたり、婚約者がいない未婚の紳士淑女は交流をし、恋愛をしたり家のために政略結婚をしたりとか。

……ゲームでは一切記述がなかったけれど、設定資料集の内容からしてレナ嬢はデビュタントできなかったんだろう。なんか、感慨深いな。

「そうだな。自分の家の爵位に応じた振る舞いをする必要があるほか、相手の爵位に応じては態度を変える必要がある。我が家は伯爵家だ。公の場で侯爵家、公爵家を相手に馴《な》れ馴れしくするのは望ましくない」

「エマ様ともですか？」

「エマ嬢からならいいんだ。挨拶もエマ嬢から声をかけられるまでは目礼やお辞儀程度で、自分から話しかけちゃいけない」

「そう、なんですね」

「今はまだ七歳だから目こぼしされているが、学院入学前にはできるようにしないとな」

「はい」

エマ嬢なら気にしないだろう。だが、周りがどう思うかだ。

本当なら周りを気にせず過ごせばいいと言えれば良いが、ここは日本じゃない。階級社会だ。

ふと、気になった。ルルは今の身分についてどう思ってるんだろうか。

「ルルは、公爵令嬢になりたいかい？　公爵令嬢ともなれば、今よりももっと質の良い宝石やドレス、教師などを揃《そろ》えられる」

それに公爵家の令嬢ともなれば、王家以外には身分を気にせず過ごすことができる。

求められる教養も今よりぐんとレベルは上がるが、ルルならこなせるだろうという予感もある。

ルルは、何度か目を瞬かせたあと――静かに首を横に振った。

「いいえ」

「そう？」

「はい。お勉強はとても楽しいです。でも、わたしはゾンター伯爵家の娘としていたいです」

「綺麗《きれい》な宝石やドレスがあって、王子様と結婚できるかもしれなくても？」

「うーん、宝石やドレスはキレイなのであると嬉《うれ》しいな、ぐらいです。王子様は、その、あの方だったら嫌です」

むす、と口を尖《とが》らせたルルを微笑ましく思う。

本当は不敬な発言だが、まあ、邸内だけのことだしみんな思ってることだし、何より個人名出してないし問題ない。

ふ、と笑いながら再び紅茶を飲もうとカップを口に近づけた。

「そうか。分かったよ」

「あの……お父さまは、あたらしいお母さまを迎えたりしないんですか？」


――え？


思考も動作も止まった。

思わずルルを見る。ルルは意外にも真剣な表情で俺を見ていた。

持ち上げていたカップを静かに、ソーサーに戻す。

「あー、えー、っと。どうして、そう思ったのか聞いても？」

「お父さまがいつもされているお仕事について、授業として聞いたのです。そうしたらお父さまは、今は当主と女主人の仕事を両立していると。先生から、世の中には我が家みたいにお母さまが亡くなって当主ひとりになったときは、ございい？　という立場で、新しい女主人を迎えると」

どんな授業してんだあの教師。

いや、ルルの授業の進捗具合からして話す可能性はあるか。跡取りの話だな。

「カールからも聞いたんです。庶民でも、両親どちらかが亡くなった場合に、新しい父母を迎えることがあると。だから、お父さまは、どうするのかなって」

少し俯《うつむ》きがちに、最後の方は呟《つぶや》くように話したルルに俺の胸がぎゅっと締め付けられた。

そうだよな。カティが亡くなってからまだ三年ぐらいだ。

四歳児の記憶がどこまで残ってるのか分からないが、それでも母親との記憶はあるはずだ。

俺はソーサーをテーブルに置くと、腰掛けていたソファの空いているところをぽんぽんと叩《たた》いた。

「おいで、ルル」

ぱっと顔を上げたルルは静かに立ち上がると、俺の隣に座る。

ルルの頭は俺の肩より少し下程度。ああ、こんなに大きくなったんだな。

そう思いながら、ルルの頭を撫《な》でる。ルルは少し照れたように頬を染めた。

視界の端で、そっとドロテアとカールが部屋から出ていくのが見えた。カールは心配そうな表情を浮かべていたが、ドロテアがその背を押す。

それを見送ってから、俺はルルと視線を合わせた。

「そうだな。正直に言えば、俺はパンク寸前だ。これ以上仕事が増えたら倒れるかもしれない」

「えっ」

「でもそれは一時的なことで、今だけだ。マルクスが成人し、レーマン公爵として表立つことができる。そうすれば俺の仕事はグッと減るんだ。もちろん、女主人を迎えることもひとつの手だ。今後も今回みたいなことがないとも限らない」

そっとルルの手を握る。ルルは不安げに俺を見上げているものの、真剣に受け止めようとしていた。

この子はまだ、七歳なんだ。七歳の子どもなんだよ。

なのにこの子は、俺のことを、家のことを心配してくれている。

「けどな、ルル。俺は、お父様はルルの気持ちを大事にしたい」

「わ、たしの？」

「そう。俺にとってルルは大事な、大事な娘だ。ルルの幸せが第一だ。ルルが嫌なことはできればしたくない。ルルは、どうしたい？　新しいお母様は必要かい？」

俺と同じオレンジの瞳が揺れる。

やがてルルは俯くと、ぎゅ、と手を握り返してきた。

「……まだ」

「ん？」

「まだ、お父さまだけがいい。せめて、わたしが十歳になるまで」

ルルは顔を上げた。

はっきりと、俺を見つめて。その瞳は揺らいでおらず、決意が込められていた。

「十歳を過ぎたら少しずつ大人になる準備をしなきゃいけないでしょ？　お父さまは男の人だから、女の人のことが分からないと思うの。フィッシャー夫人にも先生にも聞けるし、たぶん教えてくれると思うけど、外の人だから。だから、わたしが十歳になったら、お父さまは、あたらしいお母さまのことについて、考えてほしいの」

言葉を失った。

ルルの言う通り十歳を過ぎたらデビュタントへ向けた準備を本格的にしなければいけない。

今まで以上に知識を蓄え、健康的な体を作り、外見を磨き、社交界を渡れる淑女にならなければならない。そのためには、母親が必要だった。

祖母がいればよかったが、あいにく俺の両親は十二年前に亡くなっているし、カティの方は事情があって絶縁状態。

フィッシャー夫人に依頼すれば快く引き受けてくれるだろう。だが、次女のエマ嬢がいる。実子であるエマ嬢ならまだしも、ルルは縁戚でもなんでもない。

ああ、カティ。俺は、俺はルルを幸せにしたいだけだったんだ。

賢く気が利く娘に育ったことは喜ぶべきだろう。

でも、でも。こんな風に気持ちをぐっと我慢して、家のために身を犠牲にする貴族的な考えを持ってほしくなかった。

エゴだと思う。ルールにそぐわない、前世からの俺の感覚だ。でも、だけど。

そっとルルを抱き寄せた。

「お父さま？」と困惑した声を出したルルだったが、やがて恐る恐る俺の背に腕を回してくれた。

「ごめん、ごめんなぁ、ルル」

「……泣かないで、お父さま。わたしは無理してないの。だからお父さま、十歳まではわたしの、ルルだけのお父さまでいて」

「俺はずっとルルのお父さまだよ。俺は、ルルの味方だよ」

たとえ、断罪がシナリオの強制力かなにかで引き寄せられて、ゲームのようにルルがたったひとりで舞台に立って国中から蔑まれるようになっても。

誰も彼もがルルを信用しなくなっても。

俺は、俺だけは、ルルの味方でいるから。お前の助けとなるから。

俺の持てるすべての魔力を使ってでも、それこそ国を燃やしてでも、お前を守るから。

俺は、国全体を敵に回してでも守るから。お前の笑顔を守るから。


──それから数日後の今日、開催されたお披露目の夜会は、なんとか無事に終わった。

ルルも無事にルイーゼ・ゾンター伯爵令嬢としてお披露目できたし、ルル自身の振る舞いは及第点どころか合格点。

様々な方からお褒めの言葉をいただいたぐらいだ。

ルルに合わせて夕方から夜にかけての立食パーティーのような形式となったため、夕方頃はルルとお友だちになろうとした子どもたちがいた。

きちんとルルが伯爵令嬢であることを理解して近寄ってきた子もいれば、公爵令嬢として近寄ってきた子もいる。無論、後者の子の家名は控えさせてもらった。

ルルは俺の娘だ。マルクスの子じゃねぇぞ。


で。五大公侯の一角のお披露目ともあって、王族も形式上招待していたわけ。

名代として来ることが多い王弟殿下が来るかと思ったら、まさかの国王陛下、とハインリヒ王子。

嘘《うそ》だろ。

ただ、両陛下、第二妃殿下の教育の賜物か、表面上は取り繕うことは覚えたらしい。

一年前のあのクソ生意気な言動は鳴りを潜め、王子として振る舞っていた。まあ、尊大な態度は変わらずだったが一年前と比べたらだいぶ成長したと思う。

国王陛下が来たのは俺も目的だったからららしい。やめて。ただでさえ大勢の人がいるところが苦手な俺のライフはもうゼロだ。

なんとか挨拶等を乗り越えた俺、偉い。

そうそう。ペベルも招待していたんだが、あいつが声をかける前に気づいて手を振ってやったら普段のアルカイックスマイルが崩れるほどに大きく驚いていた。

ペベルと一緒にいたシュルツ卿《きょう》から挨拶を受けたとき、ついでにペベルが名乗る前に「ベルント卿」って呼んでやった。

はは、あの細い目が見開かれたのは見ものだったな。絵を描く時間があまりなかったから一年もかかってしまったが、まあ、及第点だろう。

もう俺はレーマン公爵代理じゃない。ああ、晴れやかだ。ようやく肩の荷が下りた。


夜会が終わった夜半過ぎ、今寝床にしてる客間でワインを開けて、ふたつのグラスに注ぐ。

ひとつは俺。ひとつは、テーブルに置いたカティの小さな肖像画の前に。

チン、と軽くグラス同士を合わせて乾杯して、一口ワインを飲んだ。あー。ビールが欲しいな。

この世界にもビールがある。だが貴族向けへの出荷はなく、飲むには市井《しせい》の酒場なんかじゃないと飲めない。

貴族にも需要あると思うんだよなあ、ビール。庶民の飲み物だからって忌避してる貴族家が多いが、絶対一口飲んだらその価値観が変わると思う。

「はぁ。後妻なぁ。どうしたらいいと思う、カティ」

このお披露目の夜会で、俺は散々ペベルやマルクスたちが言っていた「俺は狙われてる」っていうのがやっと身にしみて分かった。

公爵家当主として紹介されたマルクスにはそれはもう、すぐに人だかりができた。ご令嬢の輪が二重、三重となった状況にマルクスの頬が引きつったのは当然だろう。

本来ならマルクスは在学中に婚約者を決める予定だったが、本人の勉学が忙しいこと、斡旋《あっせん》する俺も多忙でそこまで手が回らなかったということもあって、事前に関係各所に「マルクス・レーマン公爵令息の婚約者は成人後、爵位継承後に」と連絡してもらったんだよ。その反動が今夜の夜会だ。

そして、なぜか俺の周りにもご令嬢方がわさっと来て囲まれた。

マルクスよりは数が少ないが、俺と同い年ほどの未亡人や俗に言う「行き遅れ」の女性、適齢期の女性から、果ては成人前の学生のお嬢さんまで。

わらわらと自己紹介されたが分かるか。ドレスも顔もみんな一緒に見えて辟易《へきえき》としてしまった。名前を言われても顔が覚えられないので、極力名は呼ばず、ご令嬢の特徴で呼んでたら頬を染めてうっとりとされるしどういうことだ。

途中、ペベルが「やあやあゾンター伯爵！」と割り込んでくれなかったら、俺は女性たちの勢いに呑み込まれてたと思う。

女性陣から解放されてホッとしたのも束《つか》の間《ま》、今度は中位貴族家当主から次々に声をかけられ、娘はどうだとか井戸ポンプについてぜひ話を！　とか色々あって疲れた。

井戸ポンプの話もきっかけに過ぎず、最終的には娘を売り込みたいだけだったみたいだし。

俺はまだ考えてないっつってんのに勧めんな。やんわりと断っても断っても次から次に来て辟易とした。

ペベルがさり気なく助け舟を出してくれてたからなんとか乗り切った感がある。あいつには今度、何か礼をしなければ。


夜会の様子を思い返しながら飲んでいると、コンコンとドアがノックされた。

誰何《すいか》すれば、返ってきたのはマルクスの声だった。

「兄上。少しよろしいでしょうか」

「おお、ちょっと待て」

立ち上がって、鍵を開けてドアを引く。

廊下には疲れた様子のマルクスが立っていた。

まあ立ち話はなんだし、とマルクスを部屋に招き入れ、さっきまで俺が座ってたソファに座るよう勧める。マルクスの視線がテーブルの上にあったグラスに向けられ一瞬怪訝《けげん》な表情を浮かべていたが、グラスのすぐ傍《そば》にあったカティの小さな肖像画に気づいて納得したような表情に変わった。

「あ、義姉《あね》上と飲んでたんですね」

「まーな。で、どうした？」

ずるずると簡易デスクに備え付けられていた椅子を引っ張ってきて、マルクスの向かいに置いて座りながら尋ねる。

するとマルクスは口を閉ざし、俯いたあとゆっくりと口を開いた。

「あの、引っ越しを、されると」

「ん？　そうだな。前から話してたが」

「それ、中止にできませんか」

「え」

目を瞬かせる。引っ越すこと自体はだいぶ前から話していたことだ。

兄とはいえ、ゾンター伯爵である俺が同じ邸にいるのはおかしい。嫡子が当主を継げば未婚の弟妹を除いて家を出るのが通例だ。

まあ俺は妻と死別してるが、娘のルルがいる。だから出ていくのが当然なんだが。

「別に、引き継ぎの件は問題ないだろう？」

「嫌です」

「ん？」

「嫌なんです。寂しいんです」

「おい、マルクス」

ぐ、と膝の上で拳を握って告げられた内容に困惑する。

今までこんなことを言われたことはなかった。

意見されることは間々あったが、お互い納得した上で決めたことを覆すようなことは初めてだ。

今日の夜会で何かあったのか？

そう、心配になってもう一度声をかけようとしたらバッとマルクスの顔が上がった。

――え、泣いてる!?


「いや、ですにいさま、いかないで」

「お、おいどうした!?」

ガタンと立ち上がって、慌ててマルクスに駆け寄る。

ひっくひっくとしゃくり上げながら泣くその様子は幼い頃のマルクスを見ているようだった。

隣に座って背を撫でる、と、ふわりと、俺が飲んでいたワインじゃないアルコールの香りがした。

なるほど。顔には出てないが酔ってるのかこいつ。

「にいざまぁあ〜〜〜」

「あ〜、はいはい」

ポンポンと頭を撫でてやるとマルクスはわんわんと泣き始めた。こいつ泣き上戸で退行するんだな。夜会のときは気をつけさせないとだめだ。

ちなみに、この国の酒は成人（十八歳）になってから。

つまりマルクスは今日が初めての酒だった、のかもしれない。

「い、いっちゃ、やだ」

「やだっつってももう日程も決まってるし」

「ルルばっかり、ずるい、ぼく、ぼくもっ、にいさまと一緒がいい〜〜!」

きゅっ、と唇を結んだ。だめだ顔がニヤける。俺の弟可愛い。

十八歳でガタイが良くイケメンな弟のギャップがすごすぎる。

普段は貴公子っぽく王子様より王子様してるマルクスがだぞ？　こんな子どもみたいに喚《わめ》いて昔みたいに「にいさま」って呼んでくれるなんて嬉しいんだが。

あああ、なんでも叶《かな》えてやりたい！　でも引っ越しの中止はさすがにちょっと。それにこの言動は酔っ払ってるだけだし、明日の朝にはマルクスが死にたくなるだろうし、うん。

ここは心を鬼にしなければ。

「だがなぁマルクス。俺とルルがいることで迷惑に」

「迷惑じゃない！」

「もちろんマルクスも家族だ、だが」

そこまで言ってぎゅっと裾を摑《つか》まれた。

泣きはらした、うるうるとした瞳で俺を見上げて。

「にいさま」

誰か教えてほしい。この可愛い可愛い弟のお願いを却下できる方法を。

「……わ、かった」

身内だけどイケメンの上目遣いって男にも効くのな。不覚にもきゅんとしたわ、可愛い。

俺の返答にぱぁっと顔を明るくさせて、ふにゃりと笑ったマルクスの頭をぐしゃぐしゃと撫でてやった。

翌朝、準備を進めてくれているクリストフになんて伝えようか悩みながら食堂に向かったところ、ばったりとマルクスに会った。

途端、かーっと顔を真っ赤にしたマルクスは挨拶もせずに脱兎《だっと》のごとく逃げ出した。

覚えてんのな。可哀想《かわいそう》に。可愛かったけど。

ちなみに、予定の変更を伝えたらクリストフには静かにキレられた。ただマルクスの昨夜の様子を伝えたところ、頭を抱えて「まさか本当に実行されるとは」と呟いたのが聞こえた。

え？　もしかしてわざとなの？　あれ。それならめっちゃ演技派だな、マルクス。

「演技ではなく本心ですよ、旦那様」

「もう俺旦那様じゃないいんだが」

「失礼いたしました、坊ちゃま」

「それもうわざとだろ？」

「せっかく順調に進んでいた引越作業が中断となったのです。そのくらいは良いでしょう？」

うん、まあ、それは悪かったって。

昔からクリストフは怒ると怖いんだよなぁ。兄弟して怒られたときは身を寄せ合ってその日は寝たっけ。懐かしい。

懐かしんでる俺に気づいたのか、クリストフはあからさまにため息を吐《つ》いた。

「まったく、坊ちゃまは昔からマルクス様を甘やかしすぎです。一体いつになったらこの老体を引退させてくれるのやら」

「はは、しばらくは頼りにするぜ」

「マルクス叔父さま、どうしたの？　おなかいたいの？」

「……穴があったら入りたい」

「え!?　じゃあルルのクローゼットに入る？」

「いや、うん。ありがとう、大丈夫」

そんな、可愛いやり取りがあったとメイドから報告があって、思わずニヤついた俺は悪くないと思う。

第六話　夜会にて

引っ越しは、ルルの真名授与の儀まで、つまり三年延期することになった。

ただゾンター領での仕事もあるので、俺は三ヶ月に一度の頻度でゾンター領に出張することに
——いや、出張って変だな。本来ならゾンター領に住んでるはずだったから。

ルルはまだエマ嬢と頻繁に会える距離でいられることになったのが嬉《うれ》しいようだ。

そうだよな。ゾンター領に引っ越したら会えなくなるもんな。


今日はフィッシャー夫人に誘われてのお茶会。

朗らかな陽気の中、庭園の東屋《あずまや》で俺は夫人とテーブルを挟んで座りながらお茶してる。

一応、夫人からの招待だし、訪問時にフィッシャー卿《きょう》に挨拶したから大丈夫なはず。あとフィッシャー家の侍女と俺の護衛もいるし。ふたりきりじゃない。

エマ嬢とルルは、少し離れた庭の開けたところにいる。

草原みたいに花が自生していて、エマ嬢とルルはそこに座って花冠を作っていた。あーだこーだ言いながら、一生懸命作ってる姿が微笑《ほほえ》ましくて可愛《かわい》い。癒やし空間。

そうほっこりしていると、ふと夫人から「ゾンター卿」と声をかけられた。

視線を向けると、夫人は朗らかに笑っている。

「御礼を。娘のレナに成人祝のお花をお贈りくださりありがとうございます」

「いえ。こちらも弟と我々のお披露目《ひろめ》の際に過分な祝福をいただきましたから」

「直接、レナからゾンター卿に御礼を申し上げたいと言われていますの。呼んでも？」

「もちろん」

夫人が侍女に声をかけると、侍女は軽く頭を下げてからスッといなくなった。

それから時を置かずに本邸の方から人が歩いてくるのが見えたので、立ち上がる。

椅子は夫人と俺の二脚しかなかったが、いつの間にか一脚増やされていた。さすが侯爵家の使用人。


金糸の髪に、アメジストの瞳。

原作ゲームのエマ嬢も美人だったたって資料に書いてたからなんとなくレナ嬢もそうだろうと思っていたが、うん、美人だ。

「娘のレナですわ」

「お初にお目にかかりますゾンター卿。ユルゲン・フィッシャーが娘、レナ・フィッシャーと申します」

デイドレスの裾をつまみ、綺麗《きれい》なカーテシーを見せたレナ嬢。

マルクスと同い年なので成人したばかりではあるが、さすがと称賛せざるを得ない。ここまで美しくできるご令嬢はそうそういないからな。

俺も胸に手をあて、微笑んで挨拶を返す。

「ヴォルフガング・ゾンターです。いつも娘が世話になっています」

それからレナ嬢の手を引いてエスコートして、椅子に座ってもらう。

白い肌にほんのりと赤みがさしているのは緊張しているのだろうか。

まあ家族以外でエスコートされる機会なんてデビュタントまでほぼないだろうしなぁ。こんなおっさん相手で悪いな、レナ嬢。

夫人は俺の護衛騎士にエスコートされたようだ。彼女が椅子に座ったのを見てから俺も元の席に座った。

「成人祝いにお花をお贈りいただきありがとうございました。とても、嬉しかったです」

「それは良かった。苦手な花だったらどうしようかと思っていましたよ」

つい先日、王家主催でのデビュタントの夜会があった。それに合わせてその日の朝、レナ嬢に花を贈ったんだ。

普段からフィッシャー侯爵夫人には世話になってるし、それに、スピンオフ小説で成人祝いの夜会に出られなかったと判明したレナ嬢が思い浮かんでしまって。

原作ゲームのエマの姉であるレナと目の前にいる現実のレナ嬢は違うことは分かっているが、それでも、無事成人できたことを祝ってあげたくて贈った。

ルルと一緒に選んだから間違いはないと思っていたが、本人から嬉しかったと聞けて良かったと思う。

「うふふ。レナがあまりに喜んで、その花を加工して髪飾りにして夜会につけていったほどですのよ」

「お、お母様！」

へぇ。生花を髪飾りにしたのか。それは華やかそうだ。

俺が贈ったのはラナンキュラスと呼ばれる、前世にもあった華やかな花だ。色はピンクと緑を選んだ。そこにかすみ草が追加されてる、シンプルなもの。

あ、一応女性に贈るからな。花言葉や花の本数には気をつけてるぞ。

「それは、見てみたかったですね。とてもお似合いでしたでしょう」

「そうなのよ！　わたくし付き添いで久々に成人祝いの場に出ましたけど、我が子可愛さがあってもレナが一番目を引きましたわ！　白いドレスの中で思い思いにアクセサリーを付けていたご令嬢方の中で、生花の髪飾りにシンプルなアクセサリーのレナはとても美しかったわ」

「……言いすぎですわ、お母様」

もうレナ嬢の顔は頬だけじゃなく首まで真っ赤だ。

普段お淑《しと》やかな夫人がこんだけ興奮するってことはよっぽど綺麗だったんだろう。

成人祝いかぁ。懐かしいな、カティのエスコートで入ったとき以来か。

成人祝いの夜会は父親か婚約者のエスコートだからな。

「レナ嬢、夜会はいかがでしたか？」

「はい。両陛下に初めてお会いして、直々にお言葉まで頂戴できてとても感激しました。父からも聞いていましたがとても優しい方々だという印象で、学院時代の友人とも語らえて、とても素敵な時間でした」

うっかり俺が相貌失認だってのを忘れてるお茶目《ちゃめ》な陛下でもあるがな。

実はあのあとしばらくしてから、個人的に王妃《おうひ》陛下からも手紙が来て「王はそなた自身の問題をうっかり忘れていたそうだ。王が申し訳ない」と書いてあって意識が遠のきかけたことがあったな。

そこで、パチンと思い出したように夫人が手を叩《たた》いた。

「そうだわ。レナのお礼の件もありましたけど、実はお聞きしたいことがありましたの」

「はい？」

「ゾンター卿は明後日開かれる王家の夜会には参加されますか？」

出たくないけど、欠席できるほどの理由がないから出席で返事をした記憶がある。

頷《うなず》けば夫人は安堵《あんど》の表情を浮かべた。

「実はゾンター卿にお願いがありまして。わたくし共はその夜会中、どうしても国外からの来賓の方の相手で手が離せない時間帯があるのです。その間、レナのサポートをしていただけないでしょうか？」

「あー。私は、社交に疎いのですが」

「本当はわたくしの従兄弟《いとこ》に頼んでいたのですが、足を挫《くじ》いてしまったようで出席できないと昨日連絡がありまして、隣にいていただくだけで良いのです。どうか、娘をお願いできないでしょうか」

うーん。弱ったな。

俺、本当に社交できないんだが。しかし、世話になっている夫人からの依頼だしなぁ。

マルクスに、とも思ったが、ちょうど釣り合いのとれる年齢のお嬢さんと一緒にいるといらぬ噂《うわさ》を立てられるか。

まあ、エスコートするわけじゃないし。ずっとフィッシャー侯爵夫妻が席を外してるってわけでもなさそうだし。

ペベルに精霊の手紙で俺のサポートを頼んどけば良いか。

「――分かりました。他ならぬ夫人からの頼みです、お引き受けしましょう。ただ、私は本当に社交が不得手ですのでただの壁代わりになってしまいますが、その点はご了承ください」

「まあ、ありがとうございます、ゾンター卿」

「ありがとうございます、ありがとうございます！」

ふわりと微笑んだレナ嬢に俺も微笑み返す。

まあ、男除《よ》け程度になればいいって話だよな。それならお安いご用だ。

「お父さまー！」

ルルの声に振り返る。少し駆け足でやってきたルルの手には花冠が出来上がっていた。

エマ嬢の花冠は作り慣れているからか豪勢だが、ルルの花冠は明らかに四苦八苦したようなあとが残っている。

失礼、と夫人らに断ってルルの前で膝をついた。

「あのね、エマ様みたいに、きれいにはできなかったけど」

「何言ってるの！　とっても上手《じょうず》だわ！　私なんて、最初はもっとひどかったもの」

「そ、そうかな」

花冠を口元近くまで持ち上げもじもじとするルルが微笑ましい。

俺にとってはルルからもらったものは全部宝物だ。

「……お父さま、もらってくれますか？」

「もちろん」

そっと頭を下げれば、花冠が頭に載せられた。

顔を上げると、嬉しそうに笑うルルがいて俺もつられて笑う。

ああ。幸せだ。こんな幸せが、ずっと続けばいい。

そう、願うことは愚かだろうか。


「レナ嬢のこと、ですか？」

ガタゴトと王宮に向かう馬車の中、暇だったのでマルクスに話を振ってみた。

話題はこれから向かう夜会、で落ち合う予定のレナ嬢のことだ。

「さすがに、おふたりを待っている間に会話がないっていうのも辛《つら》いからな。彼女について何か知らないか？」

「うーん……同窓生ではありますが、直接交流はなかったので伝聞になります。それでもよろしいですか？」

「ああ」

頷けば、マルクスは顎に手を添えて思い出すように馬車の天井を見上げる。

さりげない仕草だが、身内びいきであることを差し引いてもマルクスはカッコいいと思う。

ブラウンの髪に、すらっとした鼻筋に切れ長のオレンジの瞳。俺とは比べものにならないほどの体格の良さ。

同じ親から生まれたとは思えないほどのイケメンって言ってもいいと思う。うん。

ちっちゃい頃はまさしく天使だったけど、今でも名残りはある。

「レナ嬢は首席で卒業したほどの秀才です。魔法技術はどちらかというと不得手なようでしたが、それを補うほどの努力家でした。あと、人気がすごかったですね」

「人気」

「兄上の時代にもありませんでした？　学院のミス・ミスターコンテスト」

「ああ、あったなぁそんなおふざけ」

「彼女、三年連続のミス優勝者ですよ」

マジかよ。まあ、顔を覚えられない俺でもレナ嬢は美人だって印象が残ってるぐらいだもんなぁ。っていうか容姿に優れ、賢いときた。となると、フィッシャー卿も娘の縁談をさばくのに嬉しい悲鳴を上げてるんだろうな。

ちなみに俺の時代のミス・ミスターコンテストでの優勝者で連続優勝者はいなかった。

だが、毎年選ばれてもおかしくないレベルの才色兼備が揃《そろ》っていたように思う。

あとなんでか毎年俺もエントリーされてたんだよなぁ。面倒だったし、担当委員が誰だか分かんなかったからすっぽかしてたけど。

「ミスターの方は？」

「……僕ですね。なぜ選ばれたのか分かりませんが」

だよな～～！　マルクスだよな～～～!!

いや他に顔も性格も成績も良い奴《やつ》いたかもしんないけど！　俺の弟が優勝だよな!!

「兄上。また変なこと考えてませんか」

「いや？　さすが俺の弟って思ってただけ」

「さすがに、その。身内から諸手《もろて》を挙げて称賛されるのは恥ずかしいんですが」

少し口を尖《とが》らせたその様子ですら様になってる。

さすが俺の弟。鼻が高いぜ。


そんな、他愛《たわい》もない会話を続けていると目的地に到着した。

王家主催の夜会。成人したばかりの者たちにとっては初の社交界だ。

ダンスもあるし腹の探り合いや情報交換の場にもなる。特に今夜は他国からの来賓を受け入れてるっていうから、活発に話が飛び交うだろう。

そんな夜会だが、俺はのんびりとさせてもらうつもりだ。

公爵になったマルクスの王宮デビューだ。壁になって堪能させてもらうぜ。

「じゃあな、マルクス」

「はい。また後ほど」

マルクスは公爵、俺は伯爵。

入場は伯爵が先だ。というか、低位貴族から、って感じだな。

なので騎士爵、男爵、子爵あたりは早く来て結構待たされる。高位貴族は時間ギリギリに来るからなあ。ここらへん、召集されたときと同じだ。

前世日本人としてはちょっと早めに来たかったから、公爵代理として時間ギリギリに行くのは胃がキリキリしていたので今伯爵になって助かってる。ほんとに。

ちなみに何でマルクスと一緒に来たのかというと、王宮で爵位継承完了後に行う手続きがまだ残っていたため、その手続きをするために早めに行く俺と一緒だったってわけ。


会場の入り口まで向かえば、会場の大きな、開放された扉の前に衛兵が立っている。

でもその扉の向かいにある、広めの部屋にもわらわらと人、人、人。正装した男女が入り乱れ、ざわめいている。会場入りの順番待ちをしている待合所だ。

……まあ、これでも少なくなった方だろうな。男爵、子爵レベルになるとかなりの数の家があるから。

ちなみに、侯爵家と辺境伯家、公爵家には専用の待機部屋がある。ま、ここら辺は差別化しないといけないだろうしな。

軽く身なりを直しながら、その集団の手前にいた衛兵に招待状を見せながら「ヴォルフガング・ゾンターだ」と告げた。彼らの近くで何か書き物をしているのは、受付だろうか。大変だな。

「お待ちしておりました、ゾンター伯爵様。ただいま前の入場者の準備を進めております。順にご案内いたしますので、今しばらくお待ちくださいませ」

「分かった」

——一瞬、俺の近くのざわめきが消えたのはなんだ。怖い。

けれど素知らぬ風に待合所に入り、壁際に寄る。

腕を組んでぼんやりと遠くを見ていれば声をかけてくる奴はあまりいない。らしい。

あんまりにもげんなりする俺にペベルが教えてくれた方法だ。実践するのは初めてだが、はてさて効果のほどは。

ざわめきが徐々に戻っていく。

時折「ゾンター伯爵が」「――――よね。ため息が出てしまうわ」「若造が」とか微《かす》かに聞こえるが全部右から左へ聞き流す。あ、脳内にあの某芸人が歌ってたメロディが流れてきた。懐かしすぎて思わず笑ってしまいそうになって、口元が緩みかけたのを引き締め直す。

危ない危ない。ニヤニヤしてる変な奴と思われるところだった。

ペベルが教えてくれた方法は、効果てきめんだった。誰にも話しかけられなかった。よし。

気づけば俺が呼ばれたので、開放された扉の前に立った。夜会会場はすでに多くの人が集まり、ここからでは話も聞き取れないほどにざわめいている。


ベルの音が鳴り響いた。と次の瞬間にざわめきが薄れ、衛兵の声が高らかに響く。

「ヴォルフガング・ゾンター伯爵のご入場!!」

声に続いて足を踏み出す。

背筋を伸ばしカツカツと場内に足を踏み入れれば、多くの好奇な視線が俺に向けられているのがひしひしと感じられた。

あ〜〜、帰りたい。ルルに癒やされたい。

人の興味はさほど続かないのは分かってるから、適当にそこら辺歩いている給仕を捕まえてシャンパンのグラスを持った。

現に、次のベルの音で皆の視線が離れている。

さて、陛下の挨拶が始まる前に食い物でも見に行くかな。軽食コーナーにある料理は王宮料理人が作ってるってだけあって美味《うま》いんだよなぁ。乾杯の音頭の後に何食うか見繕っとこう。

シャンパン片手に機嫌よく料理を眺めていると、とうとう五大公侯の入場になったらしい。

ブラウン侯爵家の名前が呼ばれ、少し間をおいてフィッシャー侯爵家の名が呼ばれた。

「ユルゲン・フィッシャー侯爵、並びにアンジェリカ・フィッシャー夫人、レナ・フィッシャー令嬢のご入場!!」

お。来た。料理から、会場入り口に視線を向ける。

堂々と入場してきたフィッシャー卿、エスコートされてきた夫人。そして、その斜め後ろにレナ嬢。

俺はドレスに関しては門外漢なのでよく分からないが、夫人もレナ嬢も装いは場に相応《ふさわ》しい。

夫人は、フィッシャー卿の目の色であるアメジストに近い紫のドレスを身に纏《まと》っている。あー、なんだっけ、あのああいうドレスの形の名前。カティに散々覚えろって怒られた……ああ、そうだ。Aラインドレスだ。

けどフリルなどは極力少なく、どちらかというとレースが多めで上品な感じ。ドレスの裾には細かい刺繍《ししゅう》がしてあって、うん、夫人によく似合ってる。

フィッシャー侯爵夫妻は俺らよりもだいぶ年上なんだが、若々しいなほんと。

レナ嬢もスッキリとしたデザインで、瞳の色に合わせたのであろうパステルパープルの淡い色から裾にかけて紫紺に変わっていくドレスは、よく分からない俺でも綺麗だと思う。アクセサリーはトパーズかな、髪の色と同じ色合いになっていた。

レナ嬢自身も整った面立ちをしているから、入場した途端男どもの視線が一気にレナ嬢に集中して、婚約者や奥方と思われる女性陣から男は睨《にら》まれてるな。まあ、目を奪われるのは分かるけど。

次に、三大公爵家のうち一番若手であるマルクスの入場が知らされた。

あ、今度は一気に女性陣の視線が。うわ、なんかギラついてる方もいらっしゃるんだが？

そんな中、ブラウン卿やフィッシャー卿たちに挨拶に行ったのを遠くから眺めつつ、成長したなあとじんと感動する。

「ペーター・ベルント公爵、並びにベアトリス・ベルント公爵令嬢のご入場!!」

あれ。ベアトリス・ベルントって、誰だっけ？

ペベルにエスコートされて入場してきたのは、ペベルそっくりなご令嬢だった。

黒髪に細い目、真っ赤でタイトなドレス。裾を優雅にさばいて歩く姿はさすが公爵家ご令嬢。ヒール履いてるとペベルと同じぐらいの身長だな？　結構デカい。あんだけ顔つきが似てるってことは、兄妹《きょうだい》だろうか。

いやしかし、妹の話は一度も聞いたことがないような。

「やあやあゾンター伯爵！」

二大侯爵とマルクスに清々《すがすが》しいほど短時間でさっさと挨拶したペベルが、ぱっと表情を明るくして俺の方に近寄ってきた。

結構離れてるしこんな人混みの中、よく俺を見つけるな。

ペベルからやや遅れて、ベルント嬢？　もこちらに来る。

「ベルント卿。エスコートをしてきた女性を置いてこちらに来るのはいささか失礼では？」

「むっ。それもそうだ。すまないベアトリス」

「別に構いやしませんわ。お兄様のゾンター卿の話は耳がタコになるぐらい聞かされていますもの」

呆《あき》れたように告げられた内容に、俺の脳裏に一瞬宇宙が広がった。

耳にタコ？　こいつどんだけ俺のこと話してんだ？

にこり、とベルント嬢が微笑んだのを見てはっと我に返る。

「初めまして、兄がいつもお世話になっております。ベルント公爵家長女、ベアトリスと申します」

「こちらこそ、いつも兄君にはお世話になっております。お初にお目にかかります、ヴォルフガング・ゾンターと申します」

お互い礼をして微笑み合う。

と、その間にひょっこりペベルが割り込んできた。

「惚《ほ》れないでくれたまえよ？」

「少なくともあなたに惚れることは万に一つもありませんが」

「いや惚れないでほしいのはベアトリスであって、私には親友として惚れてくれても構わないんだが!?」

「いや何言ってんだお前」

「ふふ、お兄様、本当にゾンター卿のことが好きね」

「当然だとも！」

いやドヤ顔で言うことじゃなくないか。

思わず呆れた表情を浮かべていれば、クスクスとベルント嬢が笑う。

ペベルからの怒濤《どとう》のような紹介によれば、ベルント嬢はペベルや俺の四歳下で、隣国のチェンドル王国に婚約者がいるとのことだった。

まだ結婚していないのは、婚約者の都合だという。なんとお相手、九歳年下の十七歳。

「失礼ですが、どういうきっかけで？」

「わたくし、学生時代はチェンドルに留学しておりましたの。学友から実家に遊びに来ないかと誘われまして、そのときですわ」

ぽっ、と頬を染めるその様子から惚れ込んでるんだなと思う。

ベルント嬢が十五から十八歳のどっかで、っていうとその当時相手は十歳未満。あれ、これ合法か？

表情に出していないつもりだったが、何かを察したペベルはにやりと笑う。

「ちなみにベアトリスのお相手は、竜人族さ」

それなら納得だわ。

竜人族は人族の倍以上の寿命なためか、成長は人族など他の種族のそれとは違う。

この世界で年を表す「歳《とし》」は生きている年数ではなく、その種族ごとの「体がどの程度成長しているのか」を表すものだ。

人族や獣人族は大体一年で成長する。精霊族もまあ、多少長生きするが一・二倍とかそんなもんなので誤差の範囲だとして人族や獣人族と同じ数え方をしている。唯一、竜人族だけが二年に一度、歳を取るという数え方だ。

しかし、十歳（人族だと二十年に相当）までは、体は他の種族と同じペースで成長して、徐々に成長や老いは鈍化するらしい。竜人族の十歳の見た目は青年。

つまり、ベルント嬢の婚約者の青年の外見は、ベルント嬢と出会った当時はすでに人族の二十歳相当の見た目だったというわけで。

「あー、申し訳ありません、ベルント嬢」

「お気になさらず。皆様、同じ反応をされますもの」

「しかも、ベアトリスは彼の運命の番《つがい》だったのさ。ああ、ロマンチックだね！」

「そういうベルント卿は婚約者の話は聞きませんが」

五大公侯の一角だ、ひっきりなしに縁談も来ているだろうに。

この世界の男の結婚適齢期は三十歳までと言われてるぐらいだ。そろそろ婚約しなきゃいけない時期じゃないのか。

そんな、当然の疑問に珍しくペベルは眉根を寄せて嫌そうな表情を浮かべた。

「ああ、しなきゃいけないのは分かっている。分かっているとも」

「……ベルント卿？」

「ま、この話はこの場にはそぐわない。また今度、我が家に招待したときにでも話そうじゃないか」

そう、肩をすくめてあからさまに話を避けたペベルに、俺は追及することはしなかった。

いつになるか分からないが、話してくれる機会があるならそのときに聞くさ。


そこまで話したところで、ラッパ音が鳴り響く。

王族入場の合図に会場にいたすべての紳士淑女が、王族が立つ予定の壇上へと体を向けて、一礼した。

「国王陛下、王妃陛下、並びに第二妃殿下のご入場!!」

靴音とヒール音が、この広い場内に響いていく。

皆頭を下げたまま陛下たちが壇上の椅子に座り、頭を上げるのを許されるのを待つ。

やがて音が静かになり「顔を上げよ」という一声で皆一斉に姿勢を正した。

壇上には国王陛下、王妃陛下、そして王妃陛下の隣に第二妃殿下が座られていた。

「皆、集まってくれたことを嬉しく思う。今宵《こよい》は成人したばかりの紳士淑女の初舞台だ。先達の者たちは、若い彼らの導きとなるよう今一度引き締めよ。今宵、初めてこの場に立つ若き者たちは先達の忠告をしかと胸に刻み、民を守る力となってくれ。また、本日は友好国チェンドル王国大使のフェルーベ公爵、およびリンドバルム侯爵を招いておる。有意義な時間を共に過ごそうではないか」

壇上近くに控えていた男性ふたりが軽く礼をした。フィッシャー夫人が言っていた来賓とはこのふたりのことか。

両陛下、第二妃殿下が立ち上がり、侍従たちからグラスを受け取る。

この場にいる貴族は皆、あらかじめグラスを持っている。話しながら給仕が適宜変えていたから、温《ぬる》くなっているものとかはないだろう。

「創世神エレヴェドと山の神ヴノールドに感謝を。そしてこの国の平和に祈りを。乾杯《Prost》」

わあ、と一斉にあちこちで乾杯が始まる。

俺も隣に立っていたペベルとベルント嬢とグラスを軽く合わせた。


そこからは、至って普通の夜会だ。

酒を飲みながら情報交換しつつ談笑し、エスコートしてきた相手とダンスを踊る。

相手がいない紳士は淑女に声をかけ、ダンスを誘って会話を楽しんだり。

俺はというと、別にエスコート相手がいるわけでもなく、女性に声をかけるつもりもなかったので酒をちびちび飲みながら食ってた。

いや〜、さすが王宮料理人！　めっちゃうめぇ！

ベルント嬢は友人に会いに行って、傍《そば》にはペベルひとりだ。ちなみにペベルも俺と同じように酒を飲みながら食ってる。

時々、ペベルがふらっと離れて誰かと談笑していることもあるが、あまり長く離れることなく毎回俺の隣に戻ってくる。

それも、俺が誰かに話しかけられたタイミングという絶妙さで。相手の名を呼びながら。

……ああ、馬鹿だな、俺。今気づいたよ。

こいつ、俺が相手の顔が分からないからサポートしてくれてる。

昔、カティがやってくれていたことをペベルが代わりにやってくれている。

本当。なんで、俺なんかのためにここまでやってくれるんだ、こいつは。


さて。そろそろ頼まれていたレナ嬢の付き添いの頃合いか、と思っていたところ、フィッシャー卿夫妻が慌てた様子でやってきた。

「ゾ、ゾンター卿っ、レナを見ませんでしたか!?」

ん？　ふたり？

「え？」

「ゾンター卿はほぼ私と一緒にいたが、私もフィッシャー嬢は見かけていないねぇ。どうしたんだい？」

「レナが、レナがいないのです。ずっと傍にいたのですが、夫とわたくしに挨拶に来られた方の応対中にレストルームへ、とのことだったので、先に行ってもらってすぐにわたくしも跡を追ったのですが、レストルームにも休憩所にもいなくて……！」

小声で話しているから周囲にはバレていないが、これはマズいな。

ペベルの細い目がさらに細くなって、近くを歩いていた給仕を呼び寄せた。小声で何かを伝え、頷いた給仕がその場から離れていく。

「……フィッシャー卿が私の下に来られたということは、ご来賓のお相手の時間が来ているということですね」

「え、ええ、しかし」

「近衛騎士に伝え、内密に捜してもらいます。私も捜しましょう」

「先ほど、我が妹のベアトリスにもレストルームに様子を見に行ってもらうよう頼みました。私も微力ながら手伝わせてください」

「ベルント閣下、ゾンター卿、どうか、どうか娘をお願いいたします。アンジェリカ、君は彼らと協力して捜してくれ。先方には上手《うま》く言っておく」

「分かりました」

傍《はた》から見れば和やかな会話をしていたであろう。俺とペベル、夫人は分かれて捜索を開始した。

ペベルは場内を、夫人は女性陣が行きやすい場所を。

俺が場内を警備していた近衛騎士にこっそりと事態を伝えたところ、彼らも僅かに表情を変えた。さり気なく見張りの交代を装って、急ぎ上長に報告が上がるだろう。


その間に俺は、開放されている庭園に出た。夜会に疲れた者たちが涼みに出ることが多いが、良からぬことを考える奴もいる。

もちろん、そうならないように巡回している騎士はいるが、悲しいことに、せっかく近衛兵《このえへい》になれたのにこんな地味な仕事と不貞腐《ふてくさ》れて真面目《まじめ》にやらない奴もいるというのは小耳に挟んでいる。

王宮の庭園は夜間でも魔道具でほんのりとライトアップされて幻想的な美しさを見せていた。

そんな中、俺はあくびをするふりをしながら、いちゃついているカップルたちの横をすり抜けるようにしてぐるりと歩き回った。

「〜〜ぅっ」

ふと小さい声が聞こえた。

周囲に人気《ひとけ》はない。俺は気配を遮断するような魔法も使えないから、そっと音を立てないように近づく。

くぐもった声は女性のようだった。猿轡《さるぐつわ》かなにかされてるのか、悲愴《ひそう》感がある。と。

「静かにしろ、見られたいのか」

「う、ぅッ」

「ははっ、だが、見られてもいいかもしれないな。そうすれば君は僕の手に落ちてくれる」

気色悪い声色の男が、興奮気味に話している。話してる内容からしてどう考えたって合意じゃねえな。

くっそ、レナ嬢を捜さなきゃならんっつーのに！　見捨てるわけにもいかない。

そっと声のした方を高い生け垣から覗《のぞ》き込めば、そこは古い東屋《あずまや》だった。

小さな石造りのテーブルが屋根の下に備え付けられていたが、その上に男女ふたりが伸《の》し掛《か》かっている。

いや、正確には女性が押し倒されていた。ドレスの裾がめくりあげられているのか、艶《なま》めかしい足をバタつかせて抵抗している。顔は東屋の柱に隠れている上、暗くてよく見えない。

誰か呼びに、いや、呼びに行ってる暇はないな。

本当なら魔法でもぶっ放せればいいんだが、ここは魔法禁止区域。下手《へた》に魔法を使えば周囲にバレて今襲われてるご令嬢の将来が危うい。

それに将来ルルは美しい淑女に育つ。絶対。そうしたら今回みたいな野郎に襲われるかもしれない。無理。

さっさと止めに入って——


「はぁ、ああ、綺麗だよ、レナ嬢」


反射的に地面を蹴り上げて飛び出した。男が俺に気づく。だが、もう遅い。

駆け出した勢いのまま、体当たりした。その拍子で転びそうになったのをなんとか堪《こら》える。

当然男は「ウグッ」とうめき声を上げて、東屋の柱に激突した。衝撃が強かったらしく動かない。

本当なら蹴り飛ばすとか殴りつけるとかの方がカッコいいんだろうが、俺はそこまで強くないんだよ。


そして先ほどまで男が体を倒していた方向を見て、絶句した。

そこには両手を縛られ、ハンカチを口に突っ込まれ、胸元を露《あら》わにされ、腹までドレスをめくりあげられたあられもない姿となっていたレナ嬢だった。

大きく見開かれたそのアメジストの瞳からボロボロと涙がこぼれ、震えている。

彼女のドレスの裾を直し、口の中にあったハンカチを取ってやる。両手を拘束していた野郎のタイを解《ほど》いて捨てるとゆっくりと体を起こさせた。

それから、ジャケットを脱いで彼女の肩に羽織らせる。

「う、ぅ……っ」

「もう大丈夫だ。怖かったな」

「ふぇ、うわぁあぁあっ」

ボサボサになってしまった頭を撫《な》でてやれば、レナ嬢は泣き出した。

そうだよな、怖かったよな。怖い思いするなんて辛いよな。

胸元はコルセットごと壊されたからか、白い柔肌が見える。

綺麗だったせっかくのドレスの裾はもうしわくちゃで、外にあるテーブルだからか土埃《つちぼこり》がついて汚れてしまっていた。


——乾杯の後すぐに夫妻から彼女を引き取りエスコートすればよかった。

事前に「連れていくから」と言われていたとはいえ、おふたりがレナ嬢を俺に預けに来るまで待っていたのは悪手だった。

ああ、いや。反省会は後にしよう。今はレナ嬢をここからこっそり連れ出さなければ。

「う……」

男の声に、びくりとレナ嬢の体が震えた。様子を見るが、うめいただけで起きた様子はない。

本当は燃やしてやりたいが、さっきも言った通りここは魔法禁止区域。魔法を使ったら警報のようなものが鳴り響いて、周囲に知らせるらしい。

そうすると、野次馬《やじうま》共が集まってレナ嬢が好奇な目に晒《さら》されてしまうだろう。

――晒されるなら、このクソ野郎だけがいいよな。

「レナ嬢、ジャケットを頭から被《かぶ》ってて。あとあいつは見ないように」

「つ、は、はい」

俺のジャケットをすっぽり頭から被ったのを見て、俺はぐったりとしている男に歩み寄った。

気絶してるってことはもしかしたら頭を打ってるかもしれん。まあ、すぐに巡回の騎士を呼んでやるから安心しろ。

ついでに名誉も落としていけばいい。

手早く、ズボンのベルトを外し、ずるりと下履きごとズボンを太ももまで下ろした。うわ、何がとは言わないけど男の俺から見ても貧相。

レナ嬢のところに戻って、ジャケットに入れていたハンカチで手を拭いてから、スラックスのポケットに突っ込む。無作法だが、仕方ない。

「レナ嬢、まずは休憩室に避難しようか。なるべく人目につかないよう行きたいんだが、立てるか？」

「も、もうしわけ、ありません、立てそうには」

「まあそうだよな。じゃあ抱えさせてもらいたい。大丈夫か？」

小さく、ジャケットの中の頭が縦に揺れた。それを見てレナ嬢の背中、膝の裏に腕を回して抱き上げる。

俺は運動神経は平凡だが、七歳児のルルをお姫様抱っこして長時間歩き回れるぐらいの筋力はあ

る。

だが、レナ嬢はあんまり抱えられる機会がなかったのか咄嗟《とっさ》に俺の首に抱きついてきた。

まあその方が安定するだろう。恥ずかしいかもしれないが、我慢してほしい。

たしかあっちにはイチャコラしてる連中がいたな、と来た道と人気は避けて、庭園を抜ける。

道中、さり気なく巡回を装いながら誰かを捜している風だった騎士を見つけた。

騎士にレナ嬢はひとまず無事であること、東屋に男がぶっ倒れてることを伝えると、魔道具を使って連絡を取り始めた。なんかトランシーバーみたいなやつ。

男の回収は他の騎士に任せるとのことで、目の前の騎士の案内で人目を避けて使われていない休憩室に入った。無論、ドアは少し開けてある。

そっと、ソファにレナ嬢を下ろす。可哀想《かわいそう》に、泣きはらした目元が痛々しい。

「あ、ありがとう、ございます」

「どういたしまして。ああ、ジャケットはそのままでいい、被るか羽織ってなさい」

良かった、マルクスの強い勧めでベスト着てて。さすがにシャツ一枚では格好つかなかっただろうな。

ジャケットに袖を通して、ぶかぶかなそれの前を手で閉じる様子からそっと目を逸《そ》らして、窓際に立った。

ここから庭園が見えるな。さすがに東屋の方までは見えんが。

あ、あいつ近衛騎士たちに囲まれて連行されてんじゃん、ざまぁ。

そして、騎士の連絡がすぐに届いたのだろう。

慌ただしいヒール音の後、やや強めにドアが叩かれ、返事をする間もなく開かれた。

「レナ!!」

「つ、お、お母様!!」

フィッシャー夫人が駆け込んで、手を伸ばしたレナを強く抱きしめる。

俺はそのまま、入れ替わるように部屋を出て、ドアを静かに閉めた。

はぁ〜〜〜。

「大活躍だねぇ、ヴォルター」

「……ペベル」

いつの間に、いや、夫人に付き添ってきたのだろう。

ちなみに「ヴォルター」はペベルが考えた俺の呼び名だ。俺にならって名前と、家名の組み合わせにしたらしい。

「いやはや、お疲れさま」

「お前もな」

「君ほどではないさ。近くに部屋を取ってもらったんだ、飲まないかい?」

「いや、聴取のためだから酒なんざないだろ」

「大正解! でもジュースや軽食を用意してもらったんだ、まあ、休もうじゃないか」

帰りが遅くなるな。ああ、ルルに会いたい。

しっかし、王宮で強姦紛《ごうかんまが》いのことを起こすなんざ、何考えてんだあいつ。

バカじゃないか？


レナ嬢の名誉のために言えば、今回の事件は秘密裏に処理された。

マルクスがその後の夜会で様子を窺《うかが》っていたようだが噂にはなっていないらしい。ベルント嬢の方もさり気なく女性陣と会話をして確認したが、声を落として話す内容も誰かが襲われたなどの話はなかったそうだ。

幸いにも、俺がレナ嬢を抱きかかえて移動している姿は見られなかったようだ。良かった。

ジャケットはフィッシャー卿自ら訪問してきて、深々と頭を下げられながら返された。

いや、だから俺伯爵。侯爵にそこまで頭下げられると胃が痛い！

何か御礼を、と言い募る彼に「レナ嬢が元気になったら、彼女に憧れているルルを内輪だけでいいのでお茶会に招待してほしい」という内容で手打ちにしてもらった。あの人、侯爵家所有で駿馬《しゅんめ》と名高い名馬を贈るって提案してきたよ、危ねェ。

一応五大公侯の縁戚であるとはいえ、五大公侯のご令嬢が開催するお茶会やサロンへの参加は難しい。彼女らが主催のお茶会やサロンに参加すること自体がある種のステータスだと聞いたことがある。

ルルとエマ嬢は友人だが、あくまで妹の友人という立場なので普通ならお呼ばれすることはないだろう。ルルやエマ嬢が十五歳ぐらいになれば呼ばれるだろうが、人によって趣向が異なるらしいし。

ルルの将来のためを考えれば、先輩であるレナ嬢とのお茶会は成人してもめったにないだろうし、ルルにとって勉強になるかもしれない。俺にとっては名馬と同じ価値があるんだよ。

ふと、新聞の片隅にあった「王宮内で変質者逮捕」の文字を見てほくそ笑む。

紙面に名前は出ていないが、あいつは子爵令息だったらしい。

「旦那様」

若い声に顔を上げる。

声の通りに若く、赤い髪に金色の瞳を持った整った面立ちの執事——ハンスが手に書類などを持って立っていた。

頭の猫耳がぴこぴこ動いて、長くしゅっとした尻尾《しっぽ》がゆらゆらと揺れる。

ハンスは猫の獣人で、クリストフの弟子のひとりだ。

四年ほど前にルルが拾った。うん。文字通り拾ったんだ。

俺とカティ、ルルの三人で出かけた帰り。馬車に乗っていたときに突然、ルルが「おりる！」と騒ぎ始めた。

あまりの暴れように困惑した俺とカティが、とりあえず馬車を止めたところルルが馬車から飛び出してしまった。あのときは俺もカティも悲鳴に近い声を上げていたと思う。下手すると、よその馬車に轢《ひ》かれるから。

飛び出したルルが駆け寄ったのは、道端にある低木の陰で倒れていた少年だった。

ボロボロで傷だらけ、何なら傷も化膿《かのう》していて異臭がする。そんな少年に、ルルは駆け寄って「だいじょーぶ？」と声をかけたのだ。

俺もカティもそこに人が倒れているだなんて気づかなかった。窓の外を眺めていたルルだから気づいたのかもしれない。

俺も鬼じゃないし貴族の義務《アーデル・フェアプリヒテ》もあるし、と彼を助けた。ルルもカティも気にかけていたからというのもある。

さすがに、道端に倒れてる全員を助けることはできないからな。財源が湯水のようにあるわけじゃない。当時のゾンター伯爵家としては、重症の人をひとり助けるぐらいしか余裕がなかったんだ。

とりあえず、手配をして彼を家に連れ帰った。クリストフには家族揃ってしこたま叱られた。

そんなハンスだが、意外にも優秀だった。クリストフも舌を巻くほどの知識の吸収力、努力。

過去のことを語りたがらないので、まあ、なんかあったんだろうなとは思ってる。

一応王国内の犯罪者リストと照らし合わせてハンスがそういう人物じゃないってのは調査済みだ。

そんなこんなで、その力量を見込まれてゾンター伯爵邸の執事長をこの若さで務めている。

マルクスと同じくらいの年齢のように見えるが、邸《やしき》の使用人たちは皆ハンスを信用している。いやほんと、何者なんだろうなぁハンス。

で、なんでそのハンスがここにいるのかっていうと俺が今ゾンターの領邸にいるから。出張です。

ルルがいなくて寂しい。

さすがに馬車で二週間かかる道のりはまだルルの体力的に厳しく、連れてくることができなかった。マルクスにルルの世話を頼み、フィッシャー夫人にも頭を下げて気にかけてもらうようにお願いしてきた。快く引き受けてくれたふたりには本当に感謝しかない。

「旦那様。こちらが目を通していただきたい事業報告書、こちらは嘆願書です」

「嘆願書？」

「東ティレル村付近でモンスターの出没がチラホラと始まったようで、その影響で結界石が保有する魔力が欠乏しかかっているとのことです。また、冒険者ギルドに依頼し、引き受けてくれた冒険者グループの《旋風の盾》が調査しているようですが、なかなかモンスターの出没原因が摑《つか》みきれず費用が嵩《かさ》んでおり、補助していただけないかと」

東ティレルって、ゲームではあのエグいダンジョンがあったところか。


ゲームでは「東ティレルの洞窟」という高難度ダンジョンがあった。

東ティレルの洞窟は、中レベルのモンスターが現れやすいわりにはドロップする魔石や素材の質は一級品。普通、一級品ともなれば高レベルのモンスターを討伐しないとドロップしないから金策目的で何回も潜ったものだ。

では、なぜこのダンジョンがゲームでは高難度指定だったのか。それは、このダンジョンの特性からだ。

ワープ＋暗闇ダンジョン。地道なリアルマッピング（手元に紙とペン）が必須な全四階層のダンジョンで、マッピングが完了するor超レアアイテムである暗視魔道具《ナイトビジョン》を入手できれば良い穴場なんだがそれまでが地獄。

ネットでも「エグい」「辛い」「また飛ばされたァー!?」などの阿鼻叫喚《あびきょうかん》。「こんなの乙女《おとめ》ゲーじゃないだろ！　恋愛させせろ！」という悲鳴もあったぐらいだ。

普通、ダンジョンに潜る際は明かりを灯《とも》す魔道具《アイテム》で周辺を明るくしてから進む。これはリアルでもゲームでも同じだな。

だがこの東ティレルの洞窟、明かりの魔道具が常時無効となるため暗い。視界は自分の周囲一マス分の計九マスだけ。

おまけにマップの随所にワープ罠《わな》がある。ワープしないと通れない通路なんかもあったりする上、次の階層に向かうにはマップ内のどこかにあるスイッチを踏まないといけないという。鬼か。

挙げ句、このダンジョンは「ソフトによって東ティレルの洞窟のマップが変わる」ため攻略サイトも使えない。鬼だった。

さらにさらに、このダンジョン最下層にある宝箱にはあるアイテムがある。これがないとトゥルーエンドに辿《たど》り着《つ》けない。鬼畜かよ。俺も苦労させせられたわ。

ゾンター伯爵として引き継いで当初、この名前を冠する村があるのを見て仰天した覚えがある。念《ねん》の為《ため》周囲を探索させてもそれらしい洞窟やダンジョンは見つからなかったのだが……。

「東ティレルか。それなら明後日にその付近の視察予定があるな。予定を追加してくれ。結界石の魔力補充がてらその《旋風の盾》のリーダーから状況を聞きたい」

「承知しました。村の方に速達で連絡いたします。それから、ルイーゼお嬢様からお手紙を預かっております」

「ルルからか！」

ぱっと明るく言えばハンスは半ば呆れたような表情を浮かべながらも、手元にあったルルの手紙を渡してくれた。

今、ルルは文字を書く練習をしている。エマ嬢ともやり取りしたいのだそうだ。

七歳児の字は読みやすいとはまだ言い難《にく》い。けれど一生懸命書いた手紙の内容に、ふふ、と思わず笑いが溢《あふ》れた。

「手紙じゃなくて、日記だな」

「まあ、はじめはそうなるでしょうね」

「マルクスと乗馬したって。え、それ生で見たかった」

「早々に片付ければご覧になれるかもしれませんよ」

「まーな。東ティレルの件で滞在が延びる可能性もあるが、早く帰りたいなぁ」

便箋とペンを取り出し、サラサラと散歩の提案を書く。

もちろん、家族向けではなく外向きで、しかも子どもに分かりやすいような文面だ。

この手紙のやり取りは練習だから、言い回しも考えて書かなければならない。まあ、要するに手本だな。

丁寧に封筒にしまい、蠟《ろう》を炙《あぶ》って垂らす。印璽をガンと押して完成。

「これはルルに送ってくれ。今日中にマルクス宛に報告書なども送るから、そのときと一緒でいい」

「かしこまりました」

さて。

早く帰るために頑張るか〜、と伸びをして、机の上に置かれた書類の山に手を伸ばした。


どさり、と寝台に倒れ込んだ。

ハンスがテキパキと俺を転がし、靴を脱がせ服を寛《くつろ》がせてくれる。もう指一本も動かせない。無理。

「旦那様のその魔眼、結構チートだと思ってましたが今回に限って言えば無能ですね」

「はっきり言うなぁ」

「まさか、見て認識できなければ魔眼を使えないとは。ですが、先ほどの掃討はさすがです」

うん。魔眼だからな。

俺が見て、俺が燃やすと認識したものじゃないと炎はつかない。普通の炎と違って延焼もしない。

だから常時暗闇の「東ティレルの洞窟」と俺は致命的に相性が悪い。


——何が起こったのかというと、東ティレル村の近くで例の洞窟が見つかった。

その洞窟内のモンスター数が考えられないほど多く、共食いが発生しているほどだった。さらに洞窟からモンスターがちらほらと溢れ始めていたことが分かり、村の周囲でモンスターがうろついていたのが魔物暴走現象《アウトオブコントロール》の前兆だったということだ。

最近の研究で魔物暴走現象《アウトオブコントロール》はダンジョン内に発生するモンスターの巣から起こるらしいということが分かってきた。

ただ、ダンジョン内になぜ巣が発生するのかは未《いま》だ解明されていない謎だ。巣から溢れ出たモンスターたちがダンジョン内に溢れ、入りきれなくなったところで外に溢れ出る、らしい。

もともとダンジョンの外で生きているモンスターもいるにはいるため、仮説のひとつ程度のようだが信憑性《しんぴょうせい》は高そうではある。


現地を訪問して、洞窟を発見し状況を探った際に怪我《けが》を負った冒険者グループ《旋風の盾》からの詳細な報告で事態を把握して、すぐにうちの伯爵家所属の騎士団・魔術師団を呼んだ。

続けてレーマン公爵家へゾンター伯爵家から「魔物暴走現象《アウトオブコントロール》の兆候あり」と報告し、同時に騎士団・魔術師団の応援要請。いや絶対うちの連中だけじゃ手に負えんわあれ。

ゾンター伯爵家の騎士団・魔術師団が到着するまでの二日間は現地に同行したハンスと護衛騎士二名と俺で外をうろつくモンスターの討伐を頑張った。

うちの騎士団・魔術師団の到着後は多少楽になったものの、出てくるモンスターの数は増加傾向にあった。待って。ヒロインが現れる前に俺死ぬかもしれん。

そう、思い始めたタイミングで到着したレーマン公爵家の騎士団・魔術師団を思わず拝んだよ。

ハンスからはドン引きされたし団長らには困惑されたけど。

で、レーマン公爵家も集まって大所帯になったのと、冒険者グループが復活して洞窟の再調査ができるようになった。

案の定、ゲームと同じワープ＋暗闇＋大量のモンスター（高エンカウント）ダンジョンで阿鼻叫喚。俺も報告受けて入ってみたものの、敵が目の前まで来ないと分からないから魔法が発動できない。

これは国に緊急要請出さねぇと無理！　ってすぐ判断して通信魔道具使って、マルクス経由で陛下に嘆願。

王家直属の精鋭部隊が来るまでモンスターの間引きをできるだけやりながら、魔物暴走現象《アウトオブコントロール》が起こらないようにみんな頑張った。特に、もともと村からの依頼で来てくれていた《旋風の盾》一行には頭が上がらない。彼らがいなければ、精鋭部隊が来るまで保《も》たなかっただろう。


で、なんで俺がこうベッドの住人になってるのかっていうと。

さっき、洞窟内の掃討担当の部隊長から「数十体のモンスターが外に向かいました!!」と報告を受けたので、洞窟の前で待ち構えて、飛び出してきたモンスターを視界に収めたタイミングで腕をふるって燃やした。

燃え盛るモンスターの背後から次々飛び出してくるモンスター共に連続して炎をつけ、外で待機していた騎士団や魔術師団が追い打ちをかけてトドメを刺すっていう戦法。

出待ちは卑怯《ひきょう》だって？　モンスターに理屈は通じねぇからいいんだよ。

さすがに数十体ともなるとプチ魔物暴走現象《アウトオブコントロール》のようなもんだったので、魔法の連発で魔力消費が激しかった。大挙してダンジョンから這《は》い出《で》てくるモンスターをなるべく多く《認識》して腕を連続して振るっていたし「出てくんじゃねぇ燃えろ!!」と叫んだ。

魔力保有量が多い俺でもさすがにバテるほどには、一度に、大量に来た。

「魔力回復ポーションです」

ハンスに上体を起こされ、口にポーション瓶を突っ込まれる。

斜めにされたそれから流れてくる結構な量のポーションをなんとか飲み干すと、またベッドに寝かされた。

苦い。これ緊急用のやつ。

「お時間は」

「……たぶん、二時間ぐらい」

「承知いたしました。おやすみなさいませ」

今回飲まされた効力が高い魔力回復ポーションは緊急時以外は使えない。強制的に意識をシャットダウンさせ、ポーションに含まれた大量の魔力を生命維持以外の身体機能をすべて使って自身に適合させようとするからだ。

ただでさえ魔力保有量が多い俺は回復するのに時間がかかる。一般的な魔力保有量なら十分とか十五分で回復できるやつなんだがな。

ふ、と意識が落ちる前に、レーマン公爵本邸を出るときに見送りに出たマルクスとルルの笑顔が脳裏に浮かんだ。

――早く、会いたい。

第七話　俺は大馬鹿者だ

この世界には冒険者がいる。

ファンタジーよろしく、よくある実力主義の世界だ。

もちろん、彼らの技量やランクによって様々で、高ランクの冒険者ともなると魔法を扱える者が多い。

それなら、なぜ我が国に聖女・聖人システムがあるのか。冒険者ギルドに都度依頼するのではダメなのか。

まず、高ランク冒険者は一国に留《とど》まることはほとんどないと言っていい。

周辺各国から様々な依頼が、指名で出されるからだ。

また一国のみで囲うことは周辺各国では条約で禁じている。高ランク冒険者をだしにして金儲《かねもう》けをすることも考えられるから、らしい。


各所に結界を張っている結界石へは定期的な魔力補給が必要だ。

施錠魔道具《エリアロック》はあくまで結界石の破壊を防ぐもののため、効果範囲は非常に狭い。結界石周辺ぐらいしか効果がないんだ。しかも、結界石はモンスターだけを通さないっていう機能もあって、人や物は通してくれる。施錠魔道具《エリアロック》はそこら辺、融通が効かない。

だから結界石は生活を維持しつつモンスターから我々の身を守るために必要なんだ。

俺は魔力保有量の多さから国から聖人認定されており、聖人認定された十歳頃から自領だけではなく国内各地を巡業していたことがある。

聖女・聖人は未婚の子息令嬢を主に指していることが多い。

なぜなら、領主やその伴侶ともなると自領から離れづらいからだ。実際、俺も公爵代理になって動けなかったし。今も要請が出たら関係各所に調整かけなきゃならんから面倒だ。

未婚の子息令嬢であれば動きやすく、様々な地域に派遣しやすい。

もちろん、結婚しても周囲の協力を得て精力的に各地を回っている方もいる。

現在、活動している聖女・聖人は五名。緊急事態の予備として普段は動けない聖女・聖人は俺を含めた既婚者が三名。


国土の広さや結界石の配置数に反して少ないといったらなんの。

基本、自領のことは自分たちでっていう方針だが、結界石の大きさ次第では一回で注入する量が貴族の平均魔力保有量なんてことはザラだ。

どこも結界石の残存魔力はギリギリまで耐え、もう危ないとなった段階で補給するのが普通。そうでないと回らない。

自領程度であれば自力で（それこそ家門総出で）カバーできる貴族家もあるにはあるが、魔力の回復にも時間がかかるからなぁ。

あまり連続して補給できないんだよな。ドーピング《ポーション》は連続服用の条件について厳格に定められているし。

ちなみに、この聖女・聖人システムは周辺諸国にはない。

——この国のダンジョン発生量が他国より異常だからだ。他国のダンジョンは大小あわせて五か所あるかないか、多くても十か所といったぐらいだが、この国が現在確認できているダンジョンは三十九か所。世界でも類を見ない多さ。

周辺諸国では結界石がなくとも生活できる程度のモンスター発生具合だが、この国ではダンジョンの多さ故に必需品だ。その効力を発揮させるために、魔力を補充する存在も。

ただその代わり、ダンジョンのドロップ品の多さはピカイチだ。それで周辺国との貿易品として輸出されたり、さらにダンジョンアタックする冒険者たちによって経済が回っていると言っても過言じゃない。

それでもまあ、冒険者のなり手があまり多くない以上、ダンジョン管理は難しいんだが。

そんな国を舞台に、原作ゲームは始まる。

ヒロインは元庶民のモニカ・ベッカー。真名授与の儀で史上最多の魔力保有量であることが判明し、ベッカー伯爵家の養子となった娘。

原作ゲームでのモニカはマップに表示される補充が必要な結界石に魔力を補充していきつつ、近場のモンスター退治やダンジョン攻略をして魔物暴走現象《アウトオブコントロール》の発生を防ぐ。その功績から徐々に民衆から慕われるようになっていく、という流れだ。

よくある乙女ゲームよろしくマルチエンディング方式だったが、トゥルーエンドと呼ばれる逆ハーレムルートのみ「大聖女」として国からも神からも認められる。

まあ、つまりはそれだけすごいヒロインだってことだ。その分レベル上げがしんどかった記憶があるが。ちなみに逆ハーレムっていっても、みんなからでろでろに愛されるとかじゃなくて強い絆《きずな》で結ばれました、みんなでこれからも頑張ってこの国を守っていこう！　みたいな友情エンド。

なのになんで逆ハーレムルートって言われているのかというと、攻略対象者すべての好感度をまんべんなく、恋愛フラグが立つギリギリの状態（友人以上恋人未満）でクリアする必要があるから。親愛のキスとか普通にするけどそれ以上はしない感じ。


庶民時代のモニカがどこにいたのか。それは設定資料集には載っていなかったし、本編でも語られていない。モニカなんて名前も庶民の間ではよくある名前だ。

だから本当にヒロインが存在するのか、分からない。

もしヒロインが存在しない場合は、ゲームのような断罪劇はほぼ起こらないだろう。だが、結界石への魔力補充のメンツは足りなくなる。予備役の聖人がひとり、老齢で国内の移動に耐えられないことを理由に引退する予定だからだ。別の意味で、この国に危機が訪れることになるだろう。

だが存在している場合も問題だ。

ルルは王太子ルートと逆ハーレムルートでの悪役令嬢として登場する。そのいずれも、ルルは婚約者であるがゆえにヒロインを窘《たしな》めれば虐《いじ》めと受け取られる。ハインリヒ王子を奪われそうになるのを防ごうと行動したことが仇《あだ》となり、ハインリヒ王子とその側近共から大勢の観衆の前で責め立てられることになる。

最終的には国外追放だ。しかも、本来なら貴族籍剝奪《はくだつ》の上、庶民として処罰をというところをモニカのお慈悲で国外追放だけになって。

——物語のエピローグとして「ルイーゼはこの国を追放され、父親もひっそりと姿を消した」と短くあったけど、俺が同じ立場になったらどうするだろうか。

そんなの、ルルと一緒に出ていくに決まっている。絶対にルルを、娘のルイーゼを見捨てることはない。何もかも捨てて、ルルについていくだろう。

恐らく後追いになったのは弟《マルクス》にすべてを引き継ぐのに時間がかかったから。あと、聖人という立場をぶん投げるためにどうにかしたため。俺もたぶんそうする。

まあ、そもそも今のルルなら王太子妃になりたいなんて言わないし。

それに五大公侯のうちブラウン侯爵家とフィッシャー侯爵家、その他侯爵家や伯爵家にもハインリヒ王子と釣り合う年齢のご令嬢たちがいる。

政略として考えても我が家と王家が繫《つな》がるメリットは双方共に薄い。まだ他の貴族家の方が良いぐらいだ。


——ガタン、と馬車が揺れて思考の海から浮上する。

なんかもう、この辺の景色も懐かしく感じてしまう。レーマン公爵家本邸への道中だ。

「もうじき到着します」

「悪いな、ハンス。こっちまで来てもらって」

「旦那様のサポートをするのが私の最優先すべき仕事です。それに、お嬢様とも久々にお会いしたかったですから」

「そっちが本心だろ」

「さて。なんのことやら」

すまし顔でそう告げてきたハンスに苦笑いしつつ、再び車窓から外の景色を眺めた。約三ヶ月ぶりの、本邸だ。本当なら二ヶ月前にはここに戻っていたはずなんだ。

だが、モンスター掃討に一ヶ月かかり、その後の東ティレルの洞窟の攻略で助言していたらすっかり《旋風の盾》の面々に信用されて、内部調査をする王家の精鋭部隊にも引き止められた。

ルルが待っているんだよォ!! と心の中で叫びギリギリと血を流しながらも、この周辺の治安やせっかく領内で見つかったダンジョンの観光資源化も考えると残らざるを得なかった。

うちの領は、特に観光資源も特産品もないからな。ダンジョンがあるだけで、領内が潤うのであれば観光資源化しなければならない。

レーマン公爵本邸とゾンター伯爵領邸間で使用する通信魔道具はあるが、あれは使用記録を定期的に国に提出しなければいけないから私用目的では使えない。

ルルとは手紙を頻繁にやり取りするのと、それからマルクスとの事務的な話をする際に少しだけ顔を合わせるだけ。

会いたい。抱きしめてやりたい。ルルと一緒にお茶したり遊んだりしたい。

通信魔道具越しで見えた、寂しそうな表情を見て、通信後にしばらく使い物にならなくなる俺にハンスが活を入れてくれたお陰でなんとか乗り切れたと思う。

ちなみに、戻ってこれた理由は通常のダンジョン運営の目処《めど》が立ったからだ。第二階層にあった巣の掃討が完了したためダンジョン内のモンスター発生が落ち着いて、外にも出なくなったので村周辺の治安が改善された。

後はうちの騎士団・魔術師団と、調査員として精鋭部隊から数名の騎士が残り、《旋風の盾》メンバーと一緒に警戒している。もう一ヶ月、様子見をして問題がなければ一般開放する予定だ。

攻略には前世のギリシャ神話にあったミノタウロスの迷宮の攻略方法である「アリアドネの糸」が使えるんじゃないかと思って提案したんだが、文字通り攻略の糸口になったみたいだ。

それで、俺が現地にいなくても良くなったのと、後始末に一段落ついたのでようやくルルとマルクスのところに帰ることができたってわけだ。

馬車がゆっくりと止まった。馬の小さな嘶《いなな》きの後、御者がドアを開ける。先にハンスが降り、続いて俺も降りた。

地面を踏んだ瞬間、ぐらりと揺らぐ視界。察したハンスが咄嗟《とっさ》に支えてくれたから無様に倒れることもなくきちんと馬車から降りることができた。

軽く御者に礼を伝えて、本邸玄関で待っていたクリストフが俺に対して一礼したあと、玄関のドアを開けた。

広めのエントランスにずらりと並ぶ使用人たち。中央階段前には、マルクスとルルが立っていた。ハンスに支えられながら、ゆっくりとふたりに歩み寄る。マルクスはさすがに表情を変えなかったが、ルルは俺を見て顔色を悪くしていた。

マルクスの前まで歩みを進め、ハンスから離れ姿勢を正して立つ。胸に手を添え、軽く頭を下げた。

「ゾンター伯爵家当主、ヴォルフガング・ゾンター。ゾンター領東ティレルル地区において発生しかけた魔物暴走現象《アウトオブコントロール》を防ぎ、帰還いたしました」

「報告は聞いています。ご苦労でした、ゾンター伯爵。無事に帰還いただけて何よりです」

ここまでは形式的な挨拶。

顔を上げ、マルクスと目が合うとふと彼の表情が和らいだ。

「……おかえりなさい、兄上」

「おかえりなさいませ、お父さま」

「おう。ただいま」

顔色は悪いものの、ルルはしっかりと俺を見上げたあとドレスを軽くつまんで挨拶を返してくれた。

うん。動揺せずにきちんとやるべきことをやれたな。偉いぞルル。

「あー。積もる話はあるし正直ルルにめっちゃ構いたいけど、ごめんハンス後は頼んだ」

「旦那様！」

「兄上！」

立ってられん。無理。膝から崩れ落ちた俺にルルは両手で口を覆い、近くにいたハンスとマルクスが咄嗟に俺を支えた。

ハンスとマルクスの肩に腕を回し、半ば抱えられながら俺は三ヶ月ぶりに本邸の自室に戻ったのだった。

❦ ❦ ❦

「副作用、ですか？」

ベッドの隣に設置された椅子に座ったルルが、不安そうに返す。

「そ。さすがに緊急用の魔法回復ポーションの連続服用はダメだったなぁ」

「だめに決まっておろうが！　何のために連続服用に厳格な規制があるとお思いか！」

ベッドに寝ながら、子どもの頃から世話になってる公爵家主治医の爺《じい》さんからのお叱りを甘んじて受ける。

いやでもなぁ。あの暗闇で巣の掃討するには無理があった。実際、いくらか犠牲が出てしまったし実戦経験が豊富な各団長らや《旋風の盾》リーダーも「無理だ」って口を揃《そろ》えた。

高ランク冒険者グループならなんとかなるかもしれないとのことだが、今から依頼を出しても間に合うかどうかという切羽詰まった状況。

それなら、この前やったみたいに外に出てきたところを一網打尽すればいいんじゃない？　と提案した。洞窟周辺の一定領域を結界石で囲い、そこから外に出られないようにして。

当然猛反対にあったが、かといって他に解決策があるかというとそれもなく。結局追い出し作戦が採用されて、万全の準備を整えた上で決行することになった。

メインは俺の炎。燃えるモンスターのトドメと、俺が見逃したモンスターは騎士団と魔術師団で討伐。

結界石は追い出し組にも持たせ、発破をかけた衝撃で入り口に暴走し始めたモンスターから身を守るために使わせた。

それから俺ら掃討組の各所にも結界石を配置し、休憩所を作った。

騎士であろうが魔術師であろうが、精霊魔法を扱う精霊師であろうが体力や魔力を消費するからな。交替制で対応できるようにしたかったんだ。

となると、結界石が大量に必要だろう？　近場の商人から金に糸目をつけず（事情を知って、良心的な価格で提供してくれた。ありがたや）買《か》い漁《あさ》り、それに魔力を充塡《じゅうてん》。

そこで二回目の魔力回復ポーション。一回目は前回の掃討戦のときだ。このポーション、連続服用は原則一ヶ月以上間隔をあけることになっている。このとき前回から一ヶ月も経《た》っていないから副作用が出ることは確定していた。まあ、それは覚悟の上だったよ。

回復後、結界石の稼働状況と全員の状態を確認して決行。数時間に及ぶ激闘のすえ、出てくるモンスターの数が明らかに減った辺りで俺、魔力切れにより昏倒《こんとう》。ハンスによって叩《たた》き起《お》こされ強制的に摂取させられ三回目。

まあ、魔力持ちは魔力が枯渇したら生命維持を無視して魔力回復しようとして死に至るからハンスの行動は正解。

はい。というわけで現在、まともに立って歩けません。座るぐらいはできるけど。魔力変換がバグってるような状況だから落ち着くまでは安静にしてるしかないらしい。

けどなぁ、まだ色々やること多いんだよな。

貧民街の件や事業、領政に今回見つかったダンジョンの管理方法の策定やルルが十歳になった以降の教育をどうするかの選定とか。

ベッドの上で書類仕事ぐらいは、と思っていたところで、マルクスが腕を組んでぎっと睨《にら》んできた。

「兄上は当面、絶対安静です。仕事もなし！」

「え？　ちょっとそれは」

「ちょっとではありません！　大体、兄上は昔から人に頼ろうとしないで自分でなんとかしすぎなんです！　今回は仕方ないにしても、普段からの兄上の仕事量は明らかにおかしい!!」

マルクスがここまで怒ったのは初めて見た。

呆気《あっけ》に取られていると、ハンスもため息を吐《つ》いて「僭越《せんえつ》ながら公爵閣下と同意見です」って言い出した。

「私に回されている仕事も最低限ですよね？　本来なら、もっと量があるはずです」

「いや、でもハンスには伯爵邸のこともお願いしてるし」

「執事長ならそのぐらい当然ですし、補佐となる優秀な者も配置いただいています。もちろん、私では閲覧できないものもございましょう。しかし、旦那様には補佐に該当する方がいらっしゃいません、当主代理の時代から」

「えと、クリストフが色々とやってくれたから、あれだ。クリストフがすごいんだ」

「クリストフ執事長がすごいのは分かりますが、彼ですら旦那様は仕事を抱え込みすぎだ、渡してくださらないと頭を抱えていましたよ」

マジかよ。抱え込んでる自覚はなかったんだが、え、あれ多いの？

いやまあ、クリストフやハンスから何度か「他にお手伝いできることは？」って聞かれてたけど。

「兄上がやっていた仕事は一旦、私が引き取ります」

「いやいや、お前だって結構な量抱え込んでるだろ！」

「兄上ほどではありませんが？　それに、私には側近が三名います。交代で担当してくれてるんですよ。引き継ぎ前に兄上がリストアップしてきた方々で、シュルツ卿《きょう》ご協力の下問題なしと判断され合格した者たちです」

そういえばそんなこととしたな。

まだ若いし、困ることもあるだろうからって身辺調査して優秀で信頼できそうな貴族家の次子以降をリストアップして「シュルツ卿と相談して決めてくれ」ってマルクスに投げたやつ。

いや、でも、と言いかけて口を噤《つぐ》んだ。マルクスが泣きそうになっていたから。

「……兄上は、僕やルルを置いて死ぬつもりですか」

「そんなつもりは」

「あなたにそんなつもりがなくても実際にそうじゃないですかッ!!」

鈍器で頭を殴られたようなショックだった。

声を荒らげたマルクスはグッと噛《か》みしめると、踵《きびす》を返して部屋を出ていってしまった。

引き止めなきゃいけないと思ったが、声が出なかった。なんて声をかければいいのか、分からなかった。

俺は。俺は、ただ、ルルが、マルクスが幸せになって、そのためなら、なんだって。

ぎゅっと手を握られてそちらに視線を向ける。その小さくて温かい手は、ルルの手で。その握られた手に、ぱたぱたと温かい水が落ちてきて。

ただただ、堪《こら》えながら泣くルルに俺は間違えていたのだとようやく理解した。

主治医が俺らの様子を見て、静かにため息を吐く。

「ヴォルフガング様。まずは第一に安静、次にご家族と話し合いを。マルクス様が仰《おっしゃ》る通り、あなたのその症状は今回のポーション多用による副作用だけではない。元からの不摂生もあって起こっているということを、ゆめゆめお忘れなきよう。普通は副作用でそこまで悪くならん」

「……ああ」

「それでは、私はこれで」

静かに主治医の爺さんが出ていく。一緒にハンスや侍女たちも出ていった。

パタン、と閉じられたドア。室内には俺とルルのふたりだけ。

ぐすっと鼻をすするルルに手を伸ばして、躊躇《ちゅうちょ》する。カティに、絶対に幸せにするって約束したルルをこんなに悲しませてしまった。

「――ルル」

「……っ、ひ、うぅ……ッ、そ、つきッ」

「っ」

「うそつき、お父さまのうそつきッ、マルクス叔父《おじ》さまが、公爵になったらっ、忙しくなくなるって言ったのに!!」

ボロボロとルルの瞳から涙が落ちていく。

胸が痛い。目頭が熱い。でも、俺はここで涙を見せちゃダメだ。

カティの死を受け入れられずに泣き叫んでいた幼いルルのときのように、我慢させてしまう。

俺は彼女の叫びを聞かなければならない。

「わたしさびしかったの！　わたし、お父さまと一緒にいたい!!」

「うん」

「お、かあさま、みたいに、置いてかないでよォッ!!」

腕を伸ばしてルルを強く抱きしめた。

それを皮切りに大声で泣き始めたルルに、ごめん、ごめんと繰り返す。

俺は、馬鹿だ。大馬鹿だ。

一番大事な家族を傷つけてまでやることじゃないだろうに。大事なものを見誤っていたんだ。

本当に、俺は、馬鹿だった。


――しばらくして、ルルの嗚咽《おえつ》が小さくなりぐったりと重くなった。

ゆっくりと体をずらしてやると、寝てしまったようだった。

全力で泣けば疲れるし、何より俺が倒れてしまった心労もあったのだろう。

本当は七歳ともなれば男親と同じベッド、というのはよろしくないいんだが、ここで離れるとまたルルの情緒が不安定になりそうな気がした。

ベッドサイドにある呼び鈴を鳴らす。すると、すぐに小さなノックがあった。「入れ」と小さめの声で答えたが聞き取れたようでドアが静かに開けられる。

顔を出したのはハンスだ。ああ、ハンスならあれぐらいの声も拾えるか。

ハンスはちら、と眠るルルを見て、俺に小声で問うた。

「お嬢様はいかがなさいますか」

「ドロテーアに侍女を交替制でこの部屋に控えてもらうように依頼してくれ。さすがに今部屋に戻すのはマズい気がする」

「そうですね。ドロテーアを呼んでまいります。それから、お嬢様が落ち着いたようであればマルクス様がお話されたいとのことですが、いかがなさいますか？」

「寝ているルルがいても良いのであれば」

「承知いたしました。お伝えいたします。では、まずはお嬢様をそちらに移動させても？」

「頼む」

ルルをハンスに託す。

ひょいとルルを横抱きにしたハンスは、ぐるりとベッドを回って俺のベッドの空いているスペースにルルを寝かせた。

寝るのに邪魔そうなアクセサリーや靴を手早く取り、それを抱えて静かに部屋を去っていく。

泣きはらした目が痛々しい。こんな風にしてしまった自分自身が憎い。他の野郎だったら殺す勢いで殴ってた。

でも自分自身をそんな風にしてしまうとまたルルを悲しませそうで、湧き上がる自己嫌悪に静かにため息を吐きながら、ルルの頭を撫《な》でた。

コンコン、と控えめなノック音に「どうぞ」と小声で返す。

入ってきたのはマルクスとふたりの侍女だった。

マルクスは俺のベッドに近づくと、置いてあった椅子に静かに腰掛ける。そうして、軽く頭を下げてきた。

「申し訳ありません、兄上。ルルの前であのような……」

「いや、あれは俺が全面的に悪い」

「いいえ、僕が取り乱さずに、せめて、もう少し言い方を考えなければならなかった」

直接的な表現だったからな。たしかにそれでルルにショックを与えてしまったのはある。

でも。

「……だが、お前があそこまではっきり言ってくれなければ、俺は自覚しなかったと思う」

マルクスの頭がゆっくりと上がる。

泣いてこそいないが、まだ何かのきっかけで泣いてしまうような、そんな表情だった。

「俺はお前たちが憂いなく、幸せに過ごせることが望みだったんだ。そのためだったらどんなことだってやってやろうって思いでさ。あ、怒るなよ？　だから俺はなんともなかったんだ」

「……」

「自分の体のことはどうでもいいと思ったことはない。だが、そうだな。医者の爺さんが言っていた、体が悲鳴を上げていたことには気づいてなかったんだ」

感覚が麻痺《まひ》していたのか。そもそもその感覚がないのかは分からない。でも俺は疲れを感じこそすれ、それを吹き飛ばすほどの活力を得ていた。だから精力的に仕事もできていた。

それが実際には蓄積されていて今こんな状態になってるんだろうけど。

「さっきも思わず言ってしまいましたけど、兄上は人に頼らなすぎです。そう考えると、義姉《あね》上が上手《うま》くハンドリングしてたんですね」

「そうかもな」

色々思い返せば、ハンスもクリストフも苦言を呈してくれていた。けれど俺は「まだ大丈夫」ってどんどん抱え込んだんだ。

本当に、全然大丈夫だって感じていたから。ある意味頑固だったんだろう。

カティはそんな頑固な俺を上手く誘導して、色々あちこちに頼んでいたと思う。公爵代理夫人として、伯爵夫人として。

「兄上の仕事量から考えてやはり最低ふたりは側近をつけましょう。僕の方でリストアップしても？」

「そうだな。頼めるか？」

「もちろんです。こちらでシュルツ卿と相談してみます。兄上はくれぐれも、安静にしていてください。ルルと僕のためにも」

「ああ。本でも読んで過ごしてる」

それではと部屋を去っていったマルクスを見送る。

ふと、ルルに視線を向けたときに、視界の端に俺とは反対の位置のベッド脇に椅子を持ち込み、座っている侍女が目に入った。そちらを見れば、侍女はじっと俺を見つめている。彼女の後ろにはもうひとり侍女が立っていた。

「いつもルルのことを気にかけてくれて、感謝してるよ。と、あーっと、すまん」

「ドロテーアです。旦那様のご事情はお伺いしておりますのでお気になさらず」

「助かる」

「……ご自覚いただけたようで、何よりです。わたくしどもやお嬢様から見ても、旦那様は働きすぎだと思っておりましたから。あのご多忙な中、お嬢様との時間をどうやって適度な頻度で捻出されていたのかと疑問に思っておりました」

ドロテーアの言葉にこくりと侍女が頷《うなず》いた。あ、みんなからそんな風に思われてたのか。使用人の立場から主《あるじ》に苦言は言えても、はっきりと忠告はできないから遠回しになるもんな。

俺はその遠回しの忠告には気づけなかった、鈍い奴《やつ》だったわけで。ふっとドロテーアが笑う。

「今はごゆるりとお休みくださいませ。ゾンター伯爵家、レーマン公爵家に仕える使用人一同、旦那様のご快復をお待ちしております」

「ああ、ありがとう」

「君は馬鹿だったんだねぇ」

「ぐうの音も出ない正論」

数日後、ペベルから見舞いに来たいと連絡があったので了承したところ、開口一番にそう言われた。

いや、まあ、馬鹿だったのは本当だけどさ。

「はい、お見舞いの果物」

「ありがとう。美味《うま》そうだな」

「そりゃ、うちの特産品だからね。美味い以外は言わせないよ」

控えていた侍従に、ペベルからもらった柑橘類《かんきつるい》とブドウが入ったカゴを渡す。

食事のデザートになるだろうな。ベルント領で生産される果物は高品質で、甘くて美味い。高値で取引されるのも納得といったレベルだ。

「ルイーゼ嬢は？」

「今は勉強の時間だ。もう少ししたら戻ってくると思う」

あれから、ルルは基本俺の部屋にいるようになった。

さすがに就寝時と勉学の時間は移動するが、それ以外は俺と同じように部屋にこもって本を読んだりしている。最近は家庭教師から刺繍《ししゅう》を学び始めたようで、ドロテーアのサポートを受けながらチクチクと一生懸命刺繍を刺していた。

マルクスも休憩時間と称して俺の部屋に日に何度か来て、一緒にお茶してる。そんなマルクスも今は執務中で、ここにはいない。

ベッド脇に置かれた椅子に腰掛けながら、はぁとペベルはため息を吐いた。

「君が疲れた様子なんて見せてなかったから、私も気づかなかったよ」

「まあ、人前では化粧してたからなぁ。それでごまかせてたんじゃないか？」

「他人事《ひとごと》すぎやしないかい？　君自身のことだろう？」

「うーん、今回言われるまで自覚がなかったから実際他人事というか」

俺の回答に、ペベルは苦虫を噛み潰したような表情を浮かべた。俺自身、体に異常なんて感じてなかったから普通にしていただけなんだよなぁ。

その辺、主治医の爺さんからチクチク言われている。もっと自分のことに気を配れ、体に感じた些細《ささい》な違和感も気にしろ、と。

「――で？　単なるお見舞いってだけじゃないだろ」

「心外な。心底君を心配して来たというのに。まあ、他の用事もあるのは否定しないけどね」

ちらっと侍従に視線を向けたのが分かったので「その柑橘のやつ食ってみたいから切ってきてくれないか」と侍従に頼んで、彼を退出させる。

パタンとドアが閉じられ、部屋に誰もいなくなったタイミングでペベルはぎしりと椅子の背もたれに寄りかかった。

「宰相殿から私経由で君に伝えろと連絡があったよ。早く後妻を見繕え、と」

「俺、絶賛療養中なんだが？」

「だからなんだろうねぇ。でも君が過労死寸前までいかずに耐えていたのだとしても、遅かれ早かれ言われていたと思うよ」

懐から出された手紙を受け取って、サイドボードにあるペーパーナイフで封を切る。

——貴族は結婚し、子をより多くもうけることを法律で義務付けられている。

親の魔力保有量が多いと、総じて魔力保有量が多い子が生まれやすいことが分かっているからだ。

それでも聖女・聖人と呼べるほどの魔力保有量を持って生まれる子は少ない。

俺の両親は、父親が魔力保有量がそこそこ多い人だった。マルクスも一般的な貴族よりは多い方だろう。だが俺みたいに、突発的に高い保有量を持つ子どもが生まれることがある。

カティはどちらかというと一般的な貴族の魔力保有量に近かった。多くもなく、少なくもなく。

結婚前に何度か別の魔力保有量が多い女性を勧められたことがあったし迫られもしたが、このときにはもうすでにカティと添い遂げることを決めていたし、何より俺のサポートができる、といった点ではカティが群を抜いていた。

俺も周囲を説得していたが、カティの努力があったからこそ結婚できたのだと思う。

そもそも、魔力保有量が多い者同士は子どもが生まれ難《にく》いってのに。

俺のように伴侶が死亡し、次なる子が望めなくなったとき。後夫・後妻を迎え入れるべし、と法律にきっちりと記載があるんだ。愛する夫・妻を亡くした俺たちに対して慈悲がない。

ただ一応猶予期間はあって、五年間はやもめ状態で良いことになっている。だがその五年の間に必ず再婚しなくちゃいけない。

今の結界石によるモンスターからの襲撃に備えるという体制を維持するためには、高魔力持ちの数は少しでも多く維持しなきゃならない。庶民は日常生活を送れる程度の魔力保有量しかないのが普通だから。

神殿側も協力はしてくれるが、結界石に充分な魔力を補充できる神官の数が多いわけでもない。

もう、カティが亡くなって三年だ。二年以内に後妻を迎え入れなければ強制的に国が選んだ女性と結婚することになる。

婚約期間のことも考えれば実質、あと一年しかない。

……ゲームのヴォルフガングは、どうしたんだろうか。後妻がいた、とかそういう描写はどこにもなかったが。公爵家の権力を使ってどうこうしたのか、国と取引したのか。

「つーか、なんでお前経由なんだよ」

「私と君が仲が良いのは知れ渡ってるからねぇ。それに、弟君にも話はしてあったようだけど、けんもほろろといった状態だったらしいよ」

「あいつ一言も……お前は伝えるんだな」

「そりゃ、義務だからね。正直この結婚制度はクソ喰《く》らえだと思ってるけども」

手紙から視線を上げる。肩をすくめたペベルは、腕を組んで口を尖《とが》らせた。

「聖人である君の子どもに期待するのは、まあ分かるよ。実際ルイーゼ嬢も多そうだからね。聖女・聖人に及ばずとも高位貴族は皆それ相応に魔力を多く持っているから、我々に期待するのも分かる。政略もあるだろう。でも、どうしても受け入れられないんだよ、私は」

「それ、俺が聞いてもいいやつか？」

「……うん。そうだね。少し、聞いてくれないか」

「今は暇だからな。いいぞ」

珍しくしおらしい様子を見せたペベルにそう答えれば、ペベルは苦笑いを浮かべた。

「私はね、家族以外の妙齢の女性が苦手なんだよ。正直言って夜会は欠席したいといつも思ってる。君の傍《そば》に常にいたのはまあ、別な理由が主なんだけど、女性除《よ》けという打算もあったんだ」

「俺、女性除けになってたのか」

「……直接的に言わないと分からないようだから言わせてもらうけど、君の顔立ちは整ってるからね？　男の私から見てもいい男だよ。君は弟君の方が、と言うけど弟君より君の方が見た目麗しい。学院生時代もそうだったけど、君は綺麗《きれい》すぎて近寄りづらい印象があるんだ」

え、そうなの？　自分で鏡を見てもまあ、整ってはいる方ではあるなぁとは思ったことはあるが、覚えてない。マルクスとかの方がイケメンだろ、どう考えても。

でもそれを言うと話が拗《こじ》れそうになりそうだから黙り込む。微妙そうな表情を浮かべる俺にペベルは笑いながら、話を続けた。

「学院生時代にね、ちょっと女性集団からあられもない行為を受けてしまって、それから苦手なんだ」

「え？」

「ちなみに、そこから助けてくれたのが君だよ」

「は？」

そんな覚え一切ないいんだが!?

女性集団に囲われてあられもない行為って、襲われそうになったたってことか？　そんなところを俺が助けた??

混乱する俺にペベルはちらりと周囲を窺《うかが》うと常に付けていた腕輪を外してサイドテーブルに置く、と同時にドロンと視界を覆うぐらいの煙が広がった。

なんだ!?　と思っているうちに煙が晴れていく。

――椅子に座っていたのは文字通り狐《きつね》の顔をした黒狐の獣人だった。

獣人ってのは、大体が人族と同じ体で構成されている。

大体が頭頂部付近に獣耳を持ち、尻尾《しっぽ》がある種族は尻尾がある。もちろん、人族の耳はない。顔つきは人族と同じだ。

だが目の前に座ってるのは、大きさはペベルそのまま、二足歩行の動物の狐の顔を持った獣人だった。

ふわふわの毛並みに「はわ」と思わず呟《つぶや》けば、獣人――ペベルはふふっと悪戯《いたずら》が成功したとばかりに笑う。

「君の驚いた顔が見られて嬉《うれ》しいよ！」

「獣人だったのか!?」

「そうさ。我が家系は狐の獣人の血を薄く引いていたのだけれども、私だけ先祖返りしてしまったようでね。その影響か、私は動物の狐にもなれるのさ」

動物の黒い狐。女性集団に囲まれていたところを俺が助けた――あ。あのときか。

俺の表情の変化にペベルは瞳を細めて「思い出したかい？」と笑う。

学院の二学年目の終わり頃だったか。

聖人として活動していた俺は授業にまともに出られないので、出られるときは集中的に補習という形で学院に通っていた。ただまあ、聖人っていう肩書きはいい意味でも悪い意味でも目立つ。それが嫌で、俺はよく昼休み中に裏庭に逃げ込んでいた。

裏庭は奥まったところにあり、しかも仄暗《ほのぐら》くてめったに人が立ち寄らないところなので、ゆったり過ごすにはちょうど良かった。

その日は、珍しく先客がいた。女生徒の集団で、何かを囲んできゃあきゃあ騒いでいたんだ。なんだ、と思っていたら囲いの中からバッと黒い何かが飛び出してきて、また囲いの中に引きずり戻される。

そのなにかは、よく見れば狐だった。しかも珍しい黒の毛色の。その狐は時々逃げ出そうとするものの、その抵抗は弱々しかった。

腹付近の柔らかい毛の部分や、尻尾、耳を無遠慮に触られて明らかに嫌がっているにもかかわらず彼女らは愚行を止《や》めない。むしろ、喜んでいると勘違いしているようだった。

そういえば狐って、こんこんって鳴かないんだな。ギャー、とかワン、とか犬に近い声だった。

結局俺は見てられなくて「嫌がってるようだけど？」って声をかけたら、今度は女生徒たちが悲鳴を上げて散り散りになって逃げてった。地味にショックだったなあ、あれ。

ボサボサになってしまった黒狐の前にしゃがみ込み、一応「背中と頭の毛並みだけ直すな」と声をかけてから撫でて毛並みを直してやった覚えがある。

どっから紛れ込んできたかは知らんが、この裏庭のすぐ隣には実戦形式による訓練用の森があった。そこから迷い込んできたのかな、と思って裏庭から森に通じる道を案内して見送ったはずだ。

え？　あの狐!?

「今は安定したけれど、あの頃はまだ魔力が不安定で突然、獣の狐になってしまうことがあったんだ。なんとか人気《ひとけ》のないところに、と思って隠れながら進んでいたけれど彼女らに見つかってしまってねぇ。女性に無体はできないから強く抵抗できないところを無遠慮にあちこち弄《まさぐ》られ、挙げ句には股を開かされて『この狐はオスですわね』なんて笑われたんだ。女性全員がそうでないとは理解しているけれど、どうにも嫌悪感があって」

「そんな体験したら俺だって無理だわ」

「だろう？　だから君は私を救ってくれたヒーローだったのさ。だからね」

にこり、と狐の口が弧を描く。目は笑っていないし、なんか声色が低くなった。

「私は怒っているんだよ、ヴォルター」

「へ？」

「君が君自身を顧みないことに。私はまだ、君に恩を返しきれてないんだから君には長生きしてもらわないと困るんだよ」

「お、恩返しは十分されてると思うんだが？　俺が相手の顔が分からないからってサポートしてくれてただろ？　それ気づいたのも最近で、情けない話なんだが」

「いいや！　まだまだ足りないね！　だからヴォルター」

むぎゅ、と頬を挟み込まれる。

意外と肉球が硬いけど指の毛ふわふわ、なんて思考が一瞬飛んだが、目の前の真剣な表情に引き戻された。

「散々、弟君にも叱られただろうが。私にも遠慮なく頼りたまえ」

「……」

「たとえ私と君の間に爵位という身分差があろうとも、だ。私は君の友で、親友だ。存分に『ベルント公爵』という地位を有効活用したまえ。君が願う、君の家族の幸せのために。私は喜んで利用されようじゃないか」

「どう、して」

どうして、そこまで。思わず溢《あふ》れたその言葉にペベルはふっと笑うとワシャワシャと俺の頭を撫で回した。

結構強いその撫で回しに軽く目を回していると、穏やかな声で返される。

「狐っていうのは、恩を返すものなのだよ。逆も然《しか》りだがね。君と、カサンドラ夫人には大いに恩を感じているんだ。まあ、もちろん過剰な要望には応えるつもりはないが、君はそんなことはしないだろう？」

ぼふん、という音と共にまた煙が上がる。

それが晴れると、いつものペベルがそこに座っていた。どうやら腕輪を付け直したらしい。魔道具なのか、あれ。

すると、間を置かずにドアがノックされる。俺ではなくペベルが「どうぞ」と応えると、侍従に頼んだ果物をルルが持ってきてくれていた。

時計を見れば、もう授業は終わっている時間だ。

「やあ、小さなレディ。お邪魔してるよ」

「ベルントさま」

「いやいや、堅苦しい挨拶はこの場ではいいよ。勉強は終わったのかい？」

「はい」

「そうか。では、話すことも話したし私はお暇《いとま》しようかね。これからお父君とおやつの時間だろう？」

ちらっとルルの後ろに侍従がカートを引いて立っているのが見えた。果物を切り分けたものとティーセットが載っているようだ。

ペベルは立ち上がると、ルルの傍に歩いていく。ルルの目の前で膝を折り、その手を軽く取って手の甲を額につけた。

目を瞬かせるルルにペベルは微笑《ほほえ》む。

「お父君が仕事をしているようだったら、叔父殿に遠慮なく密告したまえ」

「はい！」

「いやさすがにしないって」

「いやあ、どうだろうねぇ」

君は鈍いから。そんなことを言い残して、ペベルはひらひらと手を振って部屋から出ていった。

その日以降、ペベルの他にも見舞客がちらほらと来た。

フィッシャー卿夫妻。シュルツ閣下、シュルツ公爵。ハイネ男爵。それからカールの出身養護院の竜人神官殿と養護院代表の子がふたり。貧民街地区代表の爺さん。

フィッシャー卿夫妻にはえらく心配されたし、シュルツ閣下に至っては見舞いに来てすぐ問答無用で頭にゲンコツ喰らった。痛いしその後の魔力枯渇による弊害、ポーション乱用についての危険性などを説教されて思わずベッドの上で正座して聞いたぐらい怖かった。隣にいたシュルツ卿からは生温かい目で見られた。なんで。

療養開始してから二週間ほど経ってから、軽い運動が許可された。相変わらず仕事は許可されていない。大丈夫かな、俺。仕事の仕方を忘れてないだろうか。

運動がてら、ルルと庭を散歩する。風が冷たく感じられてきたから季節はもう冬《ヴィンター》に差し掛かっているようだった。

この世界の構造は、前世の地球と同じだ。そして、この国は世界地図としては北半球の南の方に位置している。雪が降るほど寒くはないが、といった感じだな。その代わり、夏《ゾンマー》の時期はかなり暑いが。

まあ、元日本人としては年中を通して比較的過ごしやすい気候の国ではあるんだけど。

「あ、お父さま見てください」

ルルが指さした方を見れば、庭に植えてあったケヤキの枝に真っ白な小鳥の集団が仲良く止まっていた。

換羽期だからだろうか。心なしかふっくらと丸みを帯びているように見える。あれだ。シマエナガみたいだ。

「かわいい」

「可愛《かわい》いなぁ」

「お父さま、お父さまは鳥も描けますか？」

「ん？　まあそれなりには」

「描くのが難しいものとかあるんでしょうか？」

「俺は人物画が苦手かなぁ」

人の顔を描いてるうちに、あれ、こんなんだっけ。ってなるんだよ。特に俺はすぐ分からなくなるから、それが極端になる。何かが違う、と描いて描いて繰り返してようやく「同じかもしれない」っていう程度になる。

これは俺が相貌失認だからってわけじゃなく、絵を描く者は必ず通る道かもしれない。

ルルが黙り込んだ。その表情は何かを言おうとして戸惑っているように見える。

「……明日、ルルの空いてる時間に一緒に絵を描いてみるか？」

ぱぁっとルルの表情が明るくなる。良かった、当たってた。

よし後でハンスに画材を用意するように頼もう。いきなり油絵や水彩画は難しいから……ああ、色鉛筆から始めるのがいいか。

題材は何がいいだろう。いきなり風景画はハードルが高いし、花は、ああ、コスモスが咲いているな。天気が良ければあれがいいだろう。

「じゃあ明日、天気が良かったら外であの花を描いてみようか」

「はい！」

嬉しそうに笑うルルに俺も自然と笑みが浮かぶ。

うん、やっぱり笑っているルルが良い。この前のような失態は今後やらないようにしないと。

結局、魔力回復ポーションに頼らなければいけないほど一気に魔力を失ったのが問題だったんだよな。魔力の回復は基本よく食ってよく寝る、なんだが、この前のような状況だとそうもいかない。

結界石は魔力を取り込んでその効能を発揮するから、魔道具なんかもあるんじゃないか。

この世界で戦争なんて起こったのは三百年近く前に起こったヒースガルド帝国の侵攻ぐらいだが、たしかそこで魔石を使用した魔道具の開発が一気に進んだはず。

冒険者がモンスター退治するときに純粋な武器だけではなく魔石を使ってあらかじめ補充していた魔力を用いた道具があるかもしれない。要するにエンチャント武器だな。

我が国では主に戦うのは騎士団や魔術師団で、騎士団は剣や槍《やり》、盾などを用いた物理戦闘集団だ。戦闘向けの魔法を扱える者は少ない。

あ、もしかして王家直属の精鋭部隊は何か使ってるかもしれんな。マルクスに知らないか聞いてみよう。それから可能であればシュルツ閣下や魔術師団にも戦闘時の注意点を――

「お父さま？」

「つ、あ、なんだい？」

「ボーッとしてどうしたんですか？」

危ねぇ。普通に考え込んでしまった。ハンスにも指摘されたが悪い癖だな。

「いや、カティ、お母さまとルルであの樹《き》の下でピクニックやったなぁって思い出して」

すまんカティ。利用させてくれ。

ここでまたなんか仕事に近いことを考えてたなんてルルにバレたらマルクスにまで叱られてしまう。俺が悪いのは分かってるから。

ルルはきょとんとした表情で「お母さまと？」と瞬《まばた》きする。

「ルルはまだ小さかったから覚えてないかな。今よりもうちょっと暖かい時期に、三人であそこにシートを敷いてお弁当を食べたりしてたんだよ」

「覚えてない、です」

「ああ、絵を残してたはずだ。あとで見に行こうか」

「はい。あの、それなら、あたたかくなったら、お父さまと叔父さまと一緒にピクニックしてみたいです」

えへへ、と笑うルルに、俺も笑った。

そうだな。来年の春《フリューリング》にはマルクスと一緒にピクニックするか。未来に向けて思い出をたくさん残していくのは良いことだ。

俺にとってカティとの思い出が、生きる支えになっているのと同じように。

未来のルルにとっても、何かあったときに俺やマルクスとの思い出が支えになれるように。

第八話　俺の側近と婚約者問題

結局、完治したと太鼓判を押されたのは戻ってきてから三ヶ月も経《た》ってからだった。魔力保有量が多いのが仇《あだ》となり、完治まで時間がかかったらしい。

もう季節はすっかり冬《ヴィンター》だが、前世日本で言えば雪が降る一歩手前ぐらいの寒さ。

完治に目処《めど》がついたタイミングの先月ぐらいにハンスは先にゾンター領に戻り、俺がいなかった間の対応をやってくれている。いやほんと、ハンスがいて助かったわ。

ゾンター領にもレーマン公爵家から派遣された代官を置いたが、やはり慣れぬ地の経営ともなれば色々不足はあるようで、そこをハンスが上手《うま》くサポートしてくれているらしい。

俺用の執務室（なんであるんだマルクス。あと二、三年しかいないのに）で、期限が近い順から書類をさばいていく。以前の量の三分の一ぐらいだから、夕飯前には終わりそうだ。

前はこの三倍プラス公爵代理の仕事もあったから、夕飯食ってルルとおしゃべりして風呂入ったあと、毎日明け方近くまでやってたなぁ。

そのルーティンをボロッとこぼしたらクリストフとハンスから信じられないといった表情で絶句された。え、気づいてるかと思ってた。まあ起こしちゃ悪いと思ってこっそりやってたんだけど、意外と気づかれないいんだな。

ちなみに、クリストフは膝から崩れ落ちて嘆いたし、ハンスは両手で顔を覆って天を仰いだし、それを傍《そば》で聞いていたマルクスからは説教された。

で、こんなに量が減った理由だけど。コンコンとノックされ「ヴォルフガング様、オットーです」と声がかかったので「入れ」と返す。

ドアが開き軽く頭を下げて入ってきたのは、茶髪茶色の目のひとりの青年だった。その後ろから、もうひとり女性が入ってくる。


オットー・グラーフ。グラーフ元子爵家の次男坊二十五歳の青年だ。

そして彼の後ろにいたのはなんと、レナ・フィッシャー嬢。そう、あのフィッシャー侯爵家長女のレナ嬢だ。

このふたりが、今の俺の側近。マルクスとシュルツ卿《きょう》が選定してきた。


いやオットーは分かるけどなんでレナ嬢？　と思ったさ。

でも聞けば、レナ嬢は次期フィッシャー女侯爵として現在研鑽《けんさん》を積んでおり、その経験を積むという一環で俺の領政に携わりながら勉強したいとのことだった。まあ、他家で事例を学ぶっていうこの国の武者修行みたいなもんだ。

俺？　俺もやったよ。ゾンター伯爵次期当主として、半年くらい。本当は二、三年かけるはずだったんだが、両親が事故死したからやめざるを得なかった。その分、シュルツ卿が手助けしてくれたし、今思えば当時まだ次期当主の立場だったペベルも自分が分かってる範囲でさり気なく教えてくれてたな。

ただ、この側近というか補佐の話。マルクスやシュルツ卿から提案したのではなく、レーマン公爵家がゾンター伯爵の側近を探しているという話を聞いたフィッシャー卿自ら持ってきたものだった。

実はレナ嬢、うちに来る前にいくつかの家門の補佐として入ったが、すぐに辞めさせられている。理由は、その、あれだ。ほら、レナ嬢美人だから。レナ嬢自身は真面目《まじめ》にやろうとしているのにその家の人間が懸想してきたり「愛人目当てだ！」なんて夫人から嫉妬されたりしてまともに仕事ができなかったらしい。

レナ嬢は次期女侯爵だぞ愛人とかバカなのかって感じなんだけど、その話が社交界に出回ってしまってどこも引き受けてくれなくなったとか。

で、困り果てたフィッシャー卿が俺の件を聞いて藁《わら》にも縋《すが》る思いで願い出たらしい。

次期女侯爵であるレナ嬢には領の機密は任せられないが、その部分はオットー、その他はレナ嬢という役割分担にしている。

ちなみにこのふたりが側近になる、と聞いてものすごく頑張って肖像画を描いて顔を覚えた。時間があったからなんとか本格的に来てくれる前には覚えられたと、思う。

「こちらが本日追加の書類です。資料はこちら。また、いくらか却下した方が良いと思われる案件があったので、こちらにリストアップしてます。詳細を確認されたい場合はお知らせください」

「ありがとう」

オットーから書類と資料を受け取る。

もうすでにあらかじめ分類・選別されている状態で、俺があと最終チェックして決裁するだけのもの、上がってきた書類の中から改善した方が良い、却下した方が良いと思われるものなどが理由付きで資料と共にある。

オットーの目から見て明らかに差し戻した方が良いものはオットーの方で差し戻されているので、俺がチェックする量がグッと減った。

そして、レナ嬢が抱えていた書類を俺に差し出す。

「こちら、先日ゾンター領から届いたダンジョンの報告書をまとめました。ご査収ください」

「ずいぶん分厚いな!?」

「これでもずいぶんと報告内容を簡素化したのですが、それでその量ですわ。それから、わたくしの方で気になる点がいくつかございましたので、そちらに注釈を。仔細《しさい》が必要であれば原本をお持ちします」

レナ嬢は、マルクスが言っていた通り優秀だった。

情報の取捨選択が適切で、見落としは稀《まれ》だ。たくさんある資料や報告書の中から必要な情報だけを引き出し、補足が必要であればつける。

しかも速読術を身につけているので俺よりも数倍読み込むのが早い。俺も今からでも頑張って速読術習得しようかな。便利そうだ。

オットーは、グラーフ子爵家の中で埋もれていた逸材だった。

実家の手伝いをしていたらしい。ああ、いや。手伝いっていうか、搾取だな。どこぞのラノベの主人公かと言わんばかりに、オットーの人生は不幸の連続だった。

語ると長いから詳細は省くが、簡単に言えば以下の三つ。
一、泥酔した子爵が夫人と容姿が似ていたハウスメイドを取り違え、一夜の過ちを犯して生まれたのがオットー。
二、一度は過ちだと理解した夫人だったが、日に日に子爵に似てくるオットーに耐えきれず下級使用人扱い開始。
三、学院を好成績で卒業したオットーの就職予定先である商会を脅し、内定取り消しさせてオットーに子爵家の仕事を任せて飼い殺し状態に。

社交界に出さずに、ほぼ軟禁状態でこのまま死ぬまで家のために働き続けるしかないのかと絶望しかかっていた頃に、オットーは治安を担う第二騎士団によって救い出される。

オットーが就職するはずだった商会からの通報だった。子爵家は結局色々後ろめたいことをやっていたらしくてお取り潰しになって、今のオットーはただの庶民だ。

救出されたあとは就職予定だった商会で数年働き、その優秀さが噂《うわさ》になってあちこちから引き抜き要請が来ていた。そりゃそうだ。俺もマルクスの補佐に打診しようと思ってたし。

ただその話を出す前に一度話してみようと思って会ったときに「僕はまだ商会で働きたい。恩を返したい」と言われたので俺はすぐ引き下がった。

そりゃ、自分の窮地を助けてくれた上に拾ってくれた商会には恩返ししたいよなって納得したからら。

なぜか、俺の側近を探していたときにマルクスから打診を受けたときは、あっさりと引き受けてくれたが。

そうそう。あと、なんか名前に聞き覚えがあるな、と思いながらオットーが仕事してる横顔を見て思い出した。

ヒロインのサポートキャラのひとりだ。貴族も市民も利用する《アルタウス商会》の商会長オットー・アルタウス。

ゲーム中ではアイテムや武器を揃《そろ》えるのによく利用した商会だ。国の各所に支店があって、サブイベントでオットーからの依頼を解決すると資金だったりレアアイテムなんかがもらえてた。

え？　なんで商会長が俺の補佐引き受けたの？　って思ったらオットーは商会長じゃなかった。養子《そんな》の話もあったけど、断ったらしい。どういうこった。


そんなこんなで、政務は俺、オットー、レナ嬢の三人、伯爵家内の人事統括、経理などの女主人の仕事に相当するところはハンスを筆頭とした使用人長たちが代理で担う形で現在ゾンター伯爵家をまわしている。

書類に目を通して内容を確認し、決裁印を押す。執務室内にある専用の席にそれぞれついて、各々が担当する部分の仕事をさばいていく。

ちなみに、部屋の中には男女ふたりにならないよう、必ずレナ嬢の専属侍女が控えることになっている。書類などが見えない位置で姿勢良く椅子に長時間座るなんてさすがだなと思う。あ、ちゃんと交替制だぞ。

「……ん？」

ひととおり終わったので次は届いた手紙をチェックしていたところ、王家からの招待状が入っていた。

こんな季節に？　と首を傾《かし》げながらペーパーナイフでさくりと封を切って、中身を取り出す。

広げた用紙に書かれていたのは《王妃《おうひ》・第二妃主催による交流会について》。招待されたのはルルだ。俺宛《あて》じゃなくて、ルル宛。

いや、ほんとなんでこんな季節に？

雪が降らない国だから冬季期間の移動も苦ではないが、王侯貴族の社交期間は大体春《フリューリング》から夏《ゾンター》終わりに固定化されてる。まあ、大体日本で言えば四月から九月初旬頃までだな。秋《ヘルプスト》に入ると大体そこで中位から低位貴族なんかは領地に帰って仕事をする。次の社交が始まる冬《ヴィンター》終わりまでは出てこない。移動にも金がかかるし、王都に滞在するにも金がかかるから。

いやあ、これ、明らかに王都近郊の貴族を狙ってないか。

「レナ嬢、ちょっといいか」

「はい」

資料から顔を上げたレナ嬢が席を立って、俺の机の前まで来る。

彼女の前に招待状を差し出すと、受け取って内容を確認した彼女は目を丸くした。

「これは」

「何か知ってるか？」

「いえ、しかし、こんな時期に子女だけを集めての交流会……ですか？」

やっぱそう思うよなぁ。

レナ嬢の困惑した声に、オットーも内容を聞いて怪訝《けげん》な表情を浮かべた。

「こんな季節にそもそも招待状なんて変だなと思いましたけど、内容も変ですね。本当に王妃陛下と第二妃殿下からのお手紙ですか？」

「封蠟《ふうろう》が王家の印だ。偽造なんてしたら極刑だしなぁ」

「えぇ〜」

「今日、戻りましたら母に聞いてみます。この招待内容でルイーゼ様宛に届いたのであれば、恐らく妹にも届いたと思いますので」

「頼むよ」

しかし、困ったな。

こういった催しは男親は歓迎されない。レーマン公爵家門内で頼れる成人女性は……ダメだ、みんな両親が死んだタイミングで乗っ取ろうとしてきたアホどもだったから最低限の交流しかしないようにしてたんだった。だからルルの成人教育に困ってたんだったクソ。

招待を断るのが手っ取り早いが、王妃陛下・第二妃殿下連名での主催となるとよほどの理由がないと断れないし、弱ったな。

「あら、グラーフ様、ゾンター卿が」

「えぇ〜、本当にすぐ暴走すんだから……旦那様」

断ったとして、エマ嬢にも招待状が届いていたら恐らく王都周辺の未成年の子女を集めているだろう。

ルルだけ断ったら後々に影響が出る可能性がある。ルルは恐らく学院に入学できるはずだから、早めに同年代の子女と交流しておくのは悪いことじゃない。

しかし、一体何のために子女を集めてるんだ？　まさか、ハインリヒ王子の――

「旦那様!!」

はっと我に返る。

見上げればいつの間にか傍に来ていたオットーと、困った表情のレナ嬢が立っていた。

「……あ、悪い」

「今考えていた内容を話してください」

オットーが採用された理由のひとつがこれだ。俺のストッパー。

俺が倒れてから散々言い聞かされた『問題が発生すると些細《ささい》なことでも自己完結させようとする』悪癖を止めてくれる立場だ。

オットーは俺と同じで、何らかの要因で一般的な魔法が使えない。その代わり、耳が特殊なんだ。

地獄耳とも違う、そうだな。強いて言うなら『相手が考えていることが聞こえる』、心の声が聞こえるとでも言えばいいか。

もちろん、俺と同じで四六時中発動してるわけじゃない。必要に応じて発動させてるようだ。

だから商会でも優秀だったんだなぁと思う。商談相手の考えていることが分かるんだから。

元家族にこの能力を知られるとヤバいってんで、ひたすら隠していたらしい。引き取ってくれた現アルタウス商会長には話したそうだが、めっちゃいい人で「その能力はあまり使わず、ここぞと君が思うときに使いなさい」と言われ強要されたことはないそうだ。

で。その能力をさっき使われたんだろう、たぶん。俺が言い逃れできないように。あ、俺は別に聞かれても気にしないぞ。オットーのことを信頼してるから、無闇矢鱈《やたら》に能力使わないだろうし。

「あー、ルルの付添人をどうしようかな、と」

「――まあ、多少情報不足ですが概《おおむ》ね合っていますので良しとします。縁戚の者たちには任せられない状況ですか」

「そう。俺がさっさと婚約者なり後妻なり決められていりゃ良かったんだろうけど」

「それは厳しいですね。ルイーゼ様は多感なお年頃だ」

「わたくしも賛成できかねます。我が邸《やしき》の襲撃未遂事件の折りに父、ないし母が万が一亡くなったとして、義父・義母が喪が明けてすぐや三年以内に来るなど、エマも耐えられないでしょうから」

まあ、だが万が一そうなった場合、義父・義母は来なかっただろう。あと一年ほどでレナ嬢が成人といった段階だったから、恐らくレナ嬢に後見人がつけられて、成人と同時に爵位を継承していたはずだ。

レナ嬢は少し考え込むと、ゆっくりと口を開いた。

「エマに招待状が届いていた場合、付添人は母になりますね。となると、本物の姉妹であれば可能でもさすがに他家のルイーゼ様もということは難しい。かといって、エマの付添いを縁戚に任せ、ルイーゼ様の付添いをするのもおかしいですし、我が家の縁戚にルイーゼ様の付添いを依頼するのも」

「レナ嬢は？」

「え？」

「ん？」

「レナ嬢はすでに成人《デビュタント》済みでしょう。できるじゃないですか、付添い」

あっけらかんとオットーから告げられた内容に、俺はポカンと口を開けた。レナ嬢も目を丸くしていたと思う。

たしかに、未成年の付添人となる第一の資格は成人であることだ。その点はレナ嬢は成人済みなのでクリアしている。だが、それはある問題点が含まれていた。

すっとレナ嬢の瞳が細められ、淡々と答えを述べる。

「それはいけません。わたくしは確かに成人済みですが未婚の上、婚約者もおりません。未婚かつ婚約者がいない者が未成年の付添人となる場合、その未成年の身内であるとされます。つまり、ゾンター卿の婚約者と見做《みな》されてしまいます」

「あ、そうか。レナ嬢はまだ婚約者を定めていないのか」

「可能であれば、ゾンター卿の補佐を務める前に決めておきたかったのですが……なんなんでしょうね。縁が続かず、向こうから断られてばかりで」

悩ましげにため息を吐《つ》いたレナ嬢は首を軽く横に振った。

なんだろうな。よろしくない何かがレナ嬢に憑《つ》いているのか。それとも、シナリオ通りならレナ嬢はフィッシャー侯爵本邸、あるいは領邸で療養しているはずだから尽《ことごと》く縁が繋《つな》がっていないのか。

だがそれなら俺の側近やってる間になにかあってもいいんだが、何もないんだよなぁ。

と、考えているとドアがノックされた。

「旦那様、ドロテーアでございます。フィッシャー様とルイーゼお嬢様のお約束の時間になりました」

「あら、もうこんな時間。ではゾンター卿、グラーフ様。お暇《いとま》させていただきます。招待状の件は分かりましたら明日、ご報告いたします」

「ああ、ありがとうレナ嬢」

「また明日」

綺麗《きれい》なカーテシーをしたレナ嬢は執務室から出ていった。

恐らくドロテーアに連れられてルルのところに行ったのだろう。


先日、フィッシャー卿にあの夜会の件で「御礼を」って言われたときに回答した「レナ嬢の内輪のお茶会にルルを招待してほしい」っていう内容が、今回の側近引き受けの件もあって進化した。

マナー講師の授業の手本としてレナ嬢が参加することになったのだ。

もちろん、マナー講師の腕も良い。だがマナー講師本人も伯爵家だし、内容も伯爵家として見合うレベルのもの。

より高いレベルである侯爵令嬢相手へのマナーはその講師本人の経験によるものが大きく、また、自分より高貴な方の所作から学べることは多い。本来なら母親や縁戚を交えてやることなんだが、以下略。それをレナ嬢が「側近として仕えている間でよろしければ」と引き受けてくれたんだ。

デビュタントしたてだってのに、マナー講師からは絶賛されてる。ルルもレナ嬢の物事に対する姿勢や所作に感動しているようで、目標としているようだ。

もともとエマ嬢経由で話をしていた程度であったが、今ではレナ嬢とも仲が良いらしい。休日にフィッシャー侯爵邸にお呼ばれされて行くと、たまにレナ嬢もいてそのときは三姉妹かと思うほどの仲の良さになっている。

「……なんであんな綺麗な人に婚約者がいないんですかね」

「フィッシャー卿が蹴散らしてる可能性はある。次期女侯爵だからな」

「たしかに。変な男にすり寄られたら困りますもんね。でも、男除《よ》けに仮でもいいから婚約者作ればいいのに」

ペベルみたいなこと言うんだな、オットー。

だが、あんな美人さんを仮初《かりそ》めの婚約でいいって納得する奴《やつ》いるのか？


翌日、レナ嬢から結果を聞いたところ、やはりエマ嬢にも招待状が届いていたようだ。

フィッシャー夫人もルルのことを気にしていたようで、フィッシャー卿経由で俺のようなやもめの家宛に異性限定の招待状が届いた場合、どうしていたのかを確認してくれるところだという。ありがたい。

俺もオットーやレナ嬢の強い勧めでマルクス経由でシュルツ卿に相談できないか打診したところ、お忙しいにもかかわらずその件で対面で相談に乗ってくれるとのことで、現在シュルツ公爵本邸にお邪魔している。

前の俺だったら、こうやってすぐに誰かに相談しようとしなかったな。

「ゾンター卿、待たせて申し訳ない」

「いえ、こちらこそお忙しい中お時間を作っていただき、感謝いたします」

「話の内容も内容だ。妻のフリーデリーケも同席させてもらう」

「お久しゅうございますゾンター卿」

「お久しゅうございます、夫人。その海を思わせる美しいマリンブルーの煌《きら》めきに再びお目見えできたこと、光栄に思います」

「まあ、相変わらず褒めるのが上手《じょうず》だこと」

ころころと笑いながら差し出された手をそっと取り、手の甲に額を軽くつける。

この国でのレディへの敬愛の挨拶方法だ。前、ペベルが自然とルルにやっていたな。

もちろん、夫人も俺が顔を覚えられないことをご存知《ぞんじ》だ。

促されて席につく。もともと飲んでいた紅茶は新しいものに淹《い》れ直され、シュルツ卿夫妻の前にも手早く並べられる。

「話は手紙で把握したよ。ルイーゼ嬢のことだね」

「ええ。どうしたものかと」

「たしか、ゾンター卿もレーマン卿も婚約者の選定中でしたものね。縁戚の者は、まあ、無理でしょう。わざわざ付け入る隙を与える必要はありませんもの」

「君の補佐であるフィッシャー嬢に婚約者がいれば、彼女に任せることもできたのだがな。難しいものだ」

俺個人がフィッシャー侯爵家と仲が良いのは割と知られていることだ。

それにレナ嬢を補佐としている関係から、オットーやシュルツ卿が言う通りレナ嬢を付添人として依頼することもできた。だが、難点はやはり彼女に婚約者がいないこと。

「ペベル、ベルント卿にも相談してみたのですが、ちょうど妹君が隣国に戻り、婚家で仕事を学び始めた辺りなので戻ってくるのは難しいと」

「たしかにそれは難しいですわね」

相談したときは嬉《うれ》しそうに笑ってくれたが、すぐに「申し訳ない」としょぼんとした様子に見えない狐《きつね》耳が垂れている気がしたのは気のせいじゃないと思う。

「たしか、前レーマン夫人はバルテル伯爵家、お亡くなりになったゾンター夫人はグリーベル伯爵家のお方だったたか」

「はい。しかし、現在バルテル伯爵家とグリーベル伯爵家は――」

「そうだったな」

俺の母方のバルテル伯爵家だが。現在その伯爵家は存在しない。そしてその爵位はマルクスが持っている。後継者が母しかいなかったんだ。しかも、俺の祖父母はすでに亡くなっている。

カティの実家であるグリーベル伯爵家の方は、そもそもカティとの交渉を向こうが拒否していた(葬式にすら来なかった)のと、グリーベル伯爵現当主でカティの兄君がモンスター退治でミスしたらしく重症を負い、今もベッドから動けないために引退した前伯爵夫妻が一時的に復帰して奔走しているらしい。

ちなみに父方のレーマン公爵家の親戚筋はがめつい奴らが多く、後見人制度を利用した公爵位の一時継承ですら大反対、妨害工作などやらかしてきたからな。ある意味、あれら魑魅魍魎《ちみもうりょう》を抑え込んできた父は凄腕《すごうで》だと思う。

現在、マルクスにそいつらが牙を剝《む》こうとしているが、マルクスもマルクスで対策していて睨《にら》み合《あ》いの状態だ。何が悲しくて親戚同士で争わにゃならんのか。

「わたくしが、とも思いましたけれど、逆に王家に目をつけられそうですわね」

「ただでさえゾンター卿自身が目をつけられているからな。止《や》めておいた方がいいだろう」

え。俺、王家に目つけられてんの？

なんか嫌な情報を知ってしまった。知って良かった、という部類だと思いたい。

「それとなく気にしてはいましたけど、ゾンター卿に相応《ふさわ》しくゾンター家の事情に寄り添えそうな未亡人、ご令嬢は……やはりあのご令嬢しかいないのではなくて？」

「まあ、そうだな。そこに戻るというか」

「え、と。あの」

どこのご令嬢だよ。該当するようなご令嬢が見当たらず困惑する俺に、夫人はにこりと微笑《ほほえ》んだ。

「いるじゃあありませんか、ひとりだけ。あなたもよく知っていますよ。最近顔を覚えられたでしょう？」

最近顔を覚えたご令嬢って、ひとりしかいないんだが。

「いやいやいや！」

「あら、お嫌？」

「そういうわけではありませんが、フィッシャー嬢は弟と同じ年頃のご令嬢です！　それなら弟の婚約者に……あ」

「ふふ、お気づきになられましたね。たしかに年頃で言えばレーマン卿との方が釣り合いが取れていますが、おふたりの現状の立場では許されませんわ」

五大公侯同士の結婚は、そのパワーバランスを崩さないために様々な制約がある。そのうちのひとつが当主同士の婚姻だ。

この国は子どもを複数人生むことが前提の結婚制度となっているため、爵位を保有している当主同士の結婚自体は可能だ。通常の当主と爵位を持たない者同士の結婚よりは色々手続きは面倒だが。俺は当主ではあるが、五大公侯の一角ではない。ちょっと前までは代理でそうだったけど。つまり、俺ことゾンター伯爵とレナ嬢ことフィッシャー次期女侯爵の婚約・結婚は可能だということ。

爵位継承も原則「爵位を持っている者の血族であること」が前提のため、俺のようなやもめと結婚した場合でも爵位継承で混乱が起きることはない。ルルがフィッシャー侯爵を継ぐことはないからだ。

いやそうだけど。制度上はそうだけども。

「たしかにフィッシャー嬢にルイーゼは懐いていますし、妹君のエマ嬢とも良い付き合いをさせていただいております。しかし、それとこれとは」

「まあ、私も仮に後妻を娶《めと》らねばならぬとなったときに年若い娘となると抵抗はあるな。だが、私はフリーデリーケの言う通りフィッシャー嬢が適任だと思う。理由は三つ。ひとつはフィッシャー嬢はあの若さながら社交界から多くの注目を浴びている。口さがない者からは女だてらと言われているが、五大公侯の一角の当主となれる逸材だ。そんな彼女と釣り合いが取れる男はそうそういない。それこそ、レーマン卿ぐらいでなければな」

それだと俺も釣り合い取れないんじゃ、と思うが黙り込む。目上の者の話を遮るのはよろしくない。

「ふたつめは、君を制御できる逸材だということだ」

「え？」

「ゾンター卿、君は優秀ではあるが時折思考が暴走して猪突猛進《ちょとつもうしん》になることがある」

「あ、はい」

「君の側近ふたりから、君の思考暴走の報告をレーマン卿は聞いているそうだよ。復帰してからまだそう日も経っていないというのに、もうすでに止められた回数は三十を超えたそうだね」

……面目ない。っていうかその話、マルクスに届いた上にシュルツ卿にまで届いてるのか。恥ずかしくて、思わず背筋が丸まった。

夫人、扇子で口元隠されてますが笑ってるの分かりますよ。

「直接的なストッパーはグラーフ氏だろうけど、君が暴走しかけてるのに最初に気づいてグラーフ氏に依頼してるのはフィッシャー嬢だ。亡きカサンドラ夫人は思考暴走の結果、君が行動に移そうとするタイミングで誘導するのが上手かった。あれも才能のひとつだろう。フィッシャー嬢もそうだ、あの子は観察眼が鋭くて良い。私の次男がもう少し優秀だったら婚約を申し込んでいたぐらいには欲しい逸材だ」

「まあ、でもわたくしどもからできることは提案だけです。わたくしどもからすれば、レナ様が適任ではないかという話ですわ。それに、みっつめのレナ様を守るためにも勧めたいというのもありますが」

思わず顔を上げる。

夫人は難しい表情を浮かべながら、パチンと扇子を閉じた。すると控えていた侍女がスッと俺のところに来て、メモを差し出されたので夫人を見て、受け取る。

メモに記されていたのは、貴族名だった。ほとんどが男性名だが、一部女性名もある。当然のように顔は知らんが、家名は覚えてるのでどの辺の派閥にいるのかも。総勢で二十名ほどだが全部同じ派閥だなぁ。

「それは近々レナ様を手籠《てご》めにしようとする、あるいは害そうとする疑いを持つ者たちのリストですわ。彼女の婚約が成立しないのも彼らの影響のようで。同じものをフィッシャー卿にもお渡ししております」

「なるほど。私に盾の役目を、というわけですか」

「君の影響力は、君が思った以上に大きいものだ。身内がレーマン公爵とはいえ、伯爵位であるにもかかわらず我がシュルツ公爵家やベルント公爵家とも個人的に繋がりがあるからな。我々五大公侯としてもフィッシャー嬢に期待している。レーマン卿、フィッシャー嬢はあの学院でも首席争いをしたふたりだからね。それに、法の抜け穴としても利用できるだろう」

つまりお互い利用し合え、ということか。

レナ嬢は婚約することにより最低一年縛られるが、その間に他に相応しい婿探しができる。

俺の方は、法律の穴をついて事実上独身でしばらくいられるってことだ。法律上はやもめ状態でいられるのは正確には「伴侶または伴侶候補がいなくなってから五年間」だから。婚約期間はよっぽどの瑕疵《かし》がなければ最低一年継続する必要があるものの、それを含めればあと最短でも六年ぐらいまで延ばせる。まあ、この手が使えるのは一回だけなんだけどな。

というか、最初からこの話に持っていくつもりだったな、このおふたりは。

「この話は、フィッシャー卿らには？」

「すでに通してある、が、御息女《ごそくじょ》本人にはまだ伝えていないそうだ。まずは君の意向を知りたいとのことでな」

「……ルイーゼと話させてください」

「いいだろう。伝えておく」

レナ嬢を側近として預かるときにフィッシャー卿と話したが、あのときもずいぶんと疲労感を隠せない様子だったな。その頃にはすでにこのメモの連中に色々ちょっかいを出されてたのか。

フィッシャー侯爵家として対応しても後から湧いて出てくるのか、こいつらの裏になにかいるのか。五大公侯の一角が対応しきれないってどんだけだ？

そんな俺に、彼女を守れるのかちょっと不安なんだが。

まあいずれにせよ、ルルに話を通さないことには話は始まらない。戻ったらルルとの時間を真っ先にとろう。

第九話　俺の婚約と、俺の決意

——結論から言えば、俺はレナ嬢と婚約することになった。

ルルに「こんな話が出てるんだけど」と恐る恐る切り出したところ大いに喜ばれた。

「レナさまはわたしが上手《じょうず》にできなかったところでもほめてくださるんです。その上で、どこが良かったのか、悪かったのかと先生と一緒に教えてくださるので、最近の勉強はとっても楽しくて！　それに、ちゃんとわたしが悪いことをしたら叱ってくれます。お母さまがまだ生きていらしたら、きっとこんな風なんだろうなって」

そういえばルルが属性魔法に興味を持って、家庭教師に内緒で独学で身につけようとしたところレナ嬢に見つかって、こっぴどく叱られたって報告があったな。

この国では真名授与の儀の前は属性魔法があるとは知識として教えられても、発動までは許されていない。

ルルがやらかしそうになったのは発動レベルだったので、それはまあ見つけたレナ嬢も慌てたことだろう。

ちなみにこのとき、ルルは侍女たちの目を掻《か》い潜《くぐ》って発動させようとしてたので、侍女から「お嬢様がいなくなった」と報告を受けた俺も邸《やしき》内の使用人たちも大わらわでルルを捜してたときだ。

「人によって態度を変える、というのはよくあることだ」

「？」

「貴族なんてのは、裏表があるものだ。それは俺もマルクスもそうだし、ルルもいずれは身につけていかなくちゃいけない。レナ嬢がそうだと決めつけるわけじゃないが、俺との婚約後に豹変《ひょうへん》する可能性もある」

この国では政略結婚が多いからか、お互い割り切って生活してる家も多い。

標準よりも高い魔力持ちを維持しなければならない貴族が結婚を強要されるこの国において男性は三十歳までは独身でいられるが、その頃には国から斡旋《あっせん》された女性と婚約し、三十一歳になる頃には結婚することがほとんどだ。

俺のような高魔力量保有者ともなれば、学院に入る前から婚約者を充てがわれる。俺はカティがそうだな。早く結婚して早く子作りして子どもを増やせという意味だ。クソが。

ペベルの場合は、婚約者がいたが破棄をしている。例のあの破廉恥行為を促したのが当時の婚約者だったそうだ。本来の逃げ場だった婚約者にしかけられた事態だったのであればそりゃ信じられなくなるよな。だから権力を使って、高位貴族にしては珍しくギリギリまで独身を貫いてるわけだが。

ああ、話が逸《そ》れたな。

つまり、俺のように妻を亡くしたり、夫を亡くした女性相手の場合は政略かつ相手の家の事情を知った上で婚約・婚姻を結ぶケースが多い。

前世で言うステップファミリーは、大体親同士が意気投合したり恋愛関係になって作られるものだと思う。だがこっちでは大体が政略で、お互いに「相棒」「仲間」という意識はあっても「恋人」という関係性ではないことが多い。夜のアレソレも義務だと感じてる者が多いな。

だがそれでも前世でもあったように血の繋《つな》がらない前妻・前夫の子どもを虐待するケースは稀《まれ》にある。自分の血を引いた子が一番！　っていう感覚も分からんでもない。

ルルは何度か目を瞬かせて、それから小さく頷《うなず》いた。

「マルクス叔父《おじ》さまが、お父さまの前と他の人の前でちがうのと同じですね！」

「うーん？　そう、そうか？　まあ、そんな感じ。もしかしたら、レナ嬢もルルに悪いことをするかもしれない。そういうときは俺に言ってくれ」

「はい、分かりました！」

「あと、そうだな。このままレナ嬢と結婚すると、弟か妹が生まれることになるんだが」

「わたしに弟か妹ができるんですか!?　わあ、楽しみです！」

「おぅ」

そんなこんなで、ルルの方は大歓迎状態。一方レナ嬢の方はというと。

「本当に、申し訳ありません」

「いやいや、顔上げて。謝ることないって」

「いいえ、いいえ。こうして側近としてお仕事をお手伝いできる環境をいただいた挙げ句、わたくしの身を守るために婚約者を引き受けてくださると」

めっちゃ謝罪された。同じ場にいたオットーもびっくりするぐらいに謝罪された。

「いや俺の方こそ、国から押し付けられる後妻回避したいな～ぐらいのノリだから」

「その発言結構ヤバくないですか旦那様」

「ヤバい自覚はある」

「もちろん、承知しております。ルイーゼ様やゾンター卿《きょう》から婚約期間中に不可と結論が出された暁には解消を受け入れますが、もし継続しても良いという結論でしたら、誠心誠意おふたりの力になれるよう尽力いたします」

いやそこキリッとして言うことじゃないぞレナ嬢。

というかルルの方はもう半ばクリアしてる状態だから、あとは婚約者として俺が彼女を受け入れられるか、だな。

ダメだったら解消もできるが、古今東西、婚約解消はご令嬢の方に瑕疵《かし》がつきやすいのでなるべくやりたくない。それだったら俺有責での破棄の流れに……いやそれだと俺はいいけどルルの評判が。

そうなってしまったときはどうにか婚約白紙の方で持っていけないか、がんばろう。うん。

「だが、レナ嬢ほどの美しい女性にこんなおじさんを婚約者に、だなんて可哀想《かわいそう》だとは思う」

「たった今全世界の男を敵に回しましたよ、旦那様」

「え？」

「はいはい、ご自分の顔覚えてらっしゃらないですもんねコンチクショウ」

「お前、だいぶ口調崩れてきたな。別にいいけど」

「旦那様のせいですよ！」

ガンと机を叩《たた》いて突っ伏したオットーに首を傾《かし》げていると、クスクスとレナ嬢が笑う。

ちなみに、フィッシャー卿には泣きながら「どうか、どうかレナをよろしくお願いいたしますッ！」って言われたけどまだ嫁にするって確定したわけじゃないんだけどな。

フィッシャー夫人はにっこにこだったたし、エマ嬢にいたっては「え！　じゃあルルは私の妹になるのね！」とキャッキャ喜んでた。

なんだこれ、外堀埋められてる気がするんだが気のせいか？　っていうか普通、俺が次期女侯爵の伴侶として相応《ふさわ》しいか見極められる側じゃないのか？

「あー、あと。前妻のことなんだが」

「存じております。カサンドラ様には、わたくしが幼い頃になにかと気にかけていただいて、わたくしにとって、カサンドラ様は憧れです。ゾンター卿にとって現在の制度上、否《いや》が応《おう》でも再婚しなければなりませんが、カサンドラ様への想《おも》いが残っているであろうことも承知しております。わたくしは、そこに割り込もうとは思っておりません。可能であれば家族として、受け入れていただければと思っております」

そういえば、まだルルが生まれてない頃にカティがフィッシャー夫人に呼ばれて帰ってきた途端「聞いて聞いてヴォル!!　レナ様が賢くて可愛《かわい》いの!!　私ちょっと心配!!」って語ってたな。

俺もちょっと心配になるな。この聞き分けの良さ。

はぁ。俺も腹をくくるか。相性が悪ければ一年程度の婚約期間だ。

相性が悪そうだ、と思ったら良い男を探しておこう。

「まあ、何にせよ。よろしく頼むよ、レナ嬢。俺のことは名前でいい」

「はい、よろしくお願いいたします。ヴォルフガング様」

「あ、じゃあ良かったですね。ルイーゼ様の招待状の件、クリアしたじゃないですか」

「その前に婚約発表をしないといけませんね」

「そうだった」

俺とレナ嬢が婚約したっていう内容を周知させなきゃいけない。

だが、招待状に記載された日付まで日がないな。取り急ぎ、婚約契約書を国に提出して、婚約式の手筈《てはず》を……いや無理だな。フィッシャー侯爵家ぐらいになると結構大々的にやらないといけない。

周知する必要があるんだから、手紙でも、いや手紙書くのもめんどいな。量がヤバそう。

「手紙では間に合わないでしょうから、グラーフ様。なにか良い案はございませんか？」

「新聞がいいと思いますよ。貴族向けの発行物に掲載してもらうのはどうでしょう？」

「ああ、レナ嬢ほど美しい女性の話題なら載せてくれるだろうし、それはいい案だな」

「社交界を騒がせるほど美しいと言われる男女が婚約したってスクープ扱いですよ、むしろ向こうが金を払ってくるぐらいに」

んなアホな。と笑う俺にオットーは呆《あき》れたようにため息を吐《つ》いた。

レナ嬢も苦笑いを浮かべてて——え？　俺が変？


数日後。

新聞に掲載された、と聞いたのでダイニングルームで朝食後のコーヒーを啜《すす》りながらクリストフから渡された新聞を手に取って——開く前に見えた一面の内容にコーヒーを吹き出しかけてそれを抑え込んだために噎《む》せた。

げっほげっほと咳《せ》き込《こ》む俺に、ルルが慌てて駆け寄ってきて、心配そうに背中を擦《さす》ってくれた。優しい。

新聞に目が入ったのだろう。「あ」とルルが声を上げた。

「お父さまが新聞にのってます！　レナさまも！」

《麗しきレナ・フィッシャー侯爵令嬢ご婚約！　お相手はなんと美の化身と名高いヴォルフガング・ゾンター伯爵！》

そんな前世の週刊誌みたいな煽《あお》り文句を貴族向けの新聞の、しかも一面に載せんな。いやでも他のセンセーショナルな内容はこんな煽り文句だったか？

っていうかこれ、たしかフィッシャー家とレーマン家の校閲入ったはずだよな？　それでこれ!?

新聞には俺やレナ嬢の肖像画付きで、公開されている範囲のそれぞれの情報が書かれている。あー、俺ってこんな顔だったっけ。たしかにまあ、ペベルやオットーが言う通りイケメンのような。いや、俺のイケメンの定義はマルクスのようなキリッとしてガタイのいい奴《やつ》だ。こんな優男じゃねえ。

ルルがキラキラとした目で新聞を眺めている。……うーん。

「ルル、俺が読み終わったらそれあげるよ」

「本当ですか!?　お父さまの描かれる自画像も好きですけど、別な方が描かれたお父さまの肖像画が欲しかったので、嬉《うれ》しいです！」

うぐっ、まだ俺の自画像下手《へた》くそだから……プロにルルと俺と、マルクスがいる絵を描いてもらおう。

ハンスに今どのぐらいうちに余裕あるのか確認する必要があるな。プロに頼むと高いんだよ。


「お父さま、いってまいります！」

「楽しんでおいで」

お揃《そろ》いの色合いのドレスを着たレナ嬢と一緒に馬車に乗り込んだルルを手を振って見送る。

ガタガタと走っていくその馬車が見えなくなるまで見送って、ひとつため息を吐いた。

今日はとうとうあの招待状に記載があった、交流会の日だった。ゾンター伯爵家の家計から捻出したルルのドレス代と、レナ嬢への装飾代が地味に痛い。ハンスからは「必要経費なので仕方ありませんが、しばらく引き締めないとなりませんね」と連絡があった。

うん。まあ、貧民街の人たちの事業はまあまあ軌道に乗っているとはいえ、初期投資代はまだ回収できてない状況だしな。仕方ない。

あー。不安。なんか不安。ルルの振る舞いに不安はない、レナ嬢も一緒だし。

やっぱり、あの招待状の目的が不明瞭なのが不安だ。

「ハインリヒ王子の婚約者候補の集会だよねえ、どうみても」

「だよな」

用事があるってんで邸に来ており、一緒に見送っていたペベルがポツリと呟《つぶや》いた内容に激しく同意する。

絶対これ、ハインリヒ王子の婚約者候補を見繕う会だろう。


貴族の婚約期間は一年から十年と結構幅広い。

それはそれぞれのご家庭の事情によって様々なんだが、大体は学院に入学する十五、六歳以降に婚約者を決めることが多い。

俺のような魔力保有量が多いと見做《みな》された子どもは早いうちに婚約者を決める。魔力保有量が多ければ多いほど、相手との間に子どもができ難《にく》いから。要するに早く結婚して体が成熟したら早く子ども生む行為しろって話だ。俺も八、九歳頃にカティと婚約した記憶がある。結婚したのは十八歳、ルルが生まれたのは俺とカティが二十二歳のときだ。一般的な貴族の出産年齢は女性が二十四、五と考えれば早い方じゃないだろうか。

そして、王家に嫁ぐ者は大体真名授与の儀前までには候補を選出し、お互いの真名授与の儀をもって婚約と成す習慣になっている。

理由は勉強。王太子妃（配）や王子妃（配）は覚えたり身につけたりすることがそれはもう多いと聞く。

国の礎《いしずえ》として、王家として立つために必要なことを教える時間がそれだけ必要ってことだ。

かなり昔は詰め込み型で、他と同じように十五歳以降に婚約者決めたりしてたんだが余裕がない、無理ってんで数代前の王妃《おうひ》が自分の息子の代から今の形に変えたって話を聞いたことがある。

……この世界が、あのゲームと全く同じではないことは知ってる。でもところどころ、設定資料集の片隅に載っていた内容が現実でも起きている。不安でしかない。

ルルが、ルイーゼ・レーマン公爵令嬢が権力でねじ込んでハインリヒ王子の婚約者になったように、ルイーゼ・ゾンター伯爵令嬢が意図せずハインリヒ王子の婚約者になるんじゃないかと。

ぽん、と肩を叩かれて我に返る。

「ルイーゼ嬢が心配なのは分かるけど、一旦戻らないかい？」

「ああ、そうだな。悪い」

たしかに玄関先に立たせっぱなしだ。

ペベルが話があるから来たっていうのに。ペベルもペベルで忙しい中来ているはずだから、俺の事情で付き合わせるのも良くないな。

ここ、レーマン公爵邸には庭が見えるサンルームがある。外は肌寒いが、ここはガラス張りの天井・大窓になっているので日差しで暖かいぐらいだ。

設置されているのは長ソファにローテーブルで、ちょうど良い気温のときはここで昼寝をすることもある。

サンルームに設置されているソファに腰掛けると、使用人たちがさっと目の前のテーブルに茶器を準備して下がってくれる。

ペベルはソーサーを持ち、カップを持ち上げると中の紅茶を堪能した。意外と紅茶好きだもんな、お前。

「おや、これはフォース大陸にあるプレヴェド王国の茶葉かい？　珍しい」

「ああ。この前、ようやく貿易交渉が成立したらしくてな。いち早く手に入れたフィッシャー夫人からおすそ分けでいただいたんだ。門外漢の俺でも良い匂いで、美味《おい》しいと思えるものだからお前にどうかと思って」

「ふふ、ありがとう。私も手に入れようと思っていたものだから嬉しいよ。ますます欲しくなった」

「そりゃ良かった」

そこからしばらくは雑談だった。

どこぞの貴族がやらかしただの、どこぞの領地にあるダンジョン内から良質なドロップ品が見つかっただの。

妹君であるベアトリス嬢が元気にやっていて、こちらがうんざりするほどの惚気《のろけ》た近況報告を送ってくるのだとか。

ペベルは大事なことは最後に話す。だから俺は話を聞いて、俺からも話題を出したりして会話を続けた。

——カップの中身がなくなった頃。

ペベルは口を閉ざし、俯《うつむ》いた。その表情はストンと落ちている。やがて少しの沈黙の後、彼はぽつりと呟いた。

「結婚が決まったよ」

「そうか、って結婚？　婚約じゃなくて？」

「ああ、そう。結婚。奇跡的に運命の番《つがい》に出会えたんだ」

獣人と竜人には《運命の番》という、魂レベルで惹《ひ》かれ合う本能がある。自族ではなく他族にいることもあるらしい。ベアトリス嬢の件が良い例だろう。

恐らく、原初の頃は自族内だけだったが、四種族が交流し混じり合った結果だろうと言われている。

この国では相手が《運命の番》だと確定している場合、貴族では通常設けられている婚約期間をすっ飛ばして準備が整い次第結婚しても良いことになっていた。

《運命の番》なんて見つけるのは砂漠の中で一粒の金を探すのに等しいと言われている。そんな中、兄妹《きょうだい》揃って見つかるというのは結構幸運なことだ。

それに獣人や竜人にとって《運命の番》を伴侶とすることは最も幸せと言われていて、実際妹君のベアトリス嬢も幸せそうだったが。ペベルの様子からして、どうもそうじゃないんだよなぁ。

「話してみろよ」

「だが……」

「なんだ、親友にも話せないことか？」

バッとペベルが顔を上げる。

やがて顔をくしゃりと歪《ゆが》めると「このタイミングで言うか、君は」と呟いて、両手で顔を覆って体を丸め、膝に肘をつけた。

俺は黙ってペベルを見守る。伊達《だて》に親友って言葉を出したつもりはないからな。

しばらくして、落ち着いたのかペベルは姿勢を直した。その表情は先ほどと同じで真顔だ。

「信じられないんだ。番だって分かってるのに。裏切ることはないって分かってるのに」

《運命の番》が別れたという話は聞いたことがない。

出会ったときにお互い結婚していて、子どもがいた場合は前世で言うソウルメイトみたいな形になるらしい。まあ、もしかしたら《運命の番》が同性の可能性もあるもんな。魂レベルだし。

それほどの信頼感が本能的に起こり、相手を裏切ることはない、とされている。

……うーん。けどなぁ。

「俺の考えを言ってもいいか？」

「もちろんだとも。むしろ君の意見を聞きたい」

「いやそこまで大層なもんじゃないが、別に、すぐに信じる必要はないんじゃないか？」

きょとん、目を瞬かせるベルに、俺は頭を捻《ひね》りながら続ける。

「いやだってさ。好き合ってる者同士だって信じられない部分はあると思う。そりゃ、信頼を寄せたり寄せられたりっていうのは嬉しいと思うけど、それって時間をかけてゆっくり築き上げていくもんだと俺は思うんだ」

「時間」

「俺は人族だから《運命の番》の感覚は分からんが、相手も獣人か？」

「あ、ああ」

「ならお前が言っていた『運命の番なら信じて当然』って感覚か。とりあえず、お前自身は先祖返りの獣人で家族は人族同然だから価値観も人族同然だって相手に伝えとけ。そうすりゃ多少は相手も配慮してくれんだろ。してくれないようだったら俺に言え。人族はこういう価値観だって懇切丁寧に伝えてやる」

物語だと《運命の番》が傾国の相手だったりして共に落ちぶれることもあったりするが、ペベルならまあ大丈夫だろう。もし落ちていく様子を見せたら俺がどうにかしてやる。

ペベルはぽつりと「信頼」と呟くと、ふっと笑った。

「そうだねぇ、そう、簡単に信頼は築けないよね。君が私をずっと警戒していたのと同じように」

「うぐっ、それは、すまん……」

「それについてはもう気にしてないよ。今、こうして親友とまで言ってくれたのだから」

いや、本当に嬉しそうに笑うペベルに俺の心をザクザクと刻みつけられてる気がする。俺ってほんと他人を信用してなかったんだなって思い知らされた感じがすごい。

ペベルはしばらく黙り込むと、急に立ち上がり、うんと頷いた。その表情はだいぶスッキリしている。

「早速番と話してみるよ。彼女、私に何か言いたそうにしてたけど黙っているようだから」

「おう、そうしておけ」

「君と話せて良かったよ。ありがとう」

「どういたしまして」

見送りは結構だよ、とさっさと帰ったペベルを見送り、ソファの背もたれにずるずると寄りかかった。

給仕メイドもいつの間にかいなくなってる。ひとりだからこんな変な格好をしても許されると思うと、深い、深いため息が漏れた。

大丈夫かな、ルル。いや、レナ嬢が一緒だしなんならエマ嬢もフィッシャー夫人もいるし、大丈夫、うん。きっと大丈夫。

……。


「マルクス〜〜!!　ルルが心配だからやっぱり俺も会場に」

「ダメに決まってるでしょう。クリストフ、兄上がお疲れのようだからフィッシャー嬢とルルが帰ってくるまで兄上のお相手してくれ」

「承知しました」

居ても立ってもいられずマルクスの執務室に特攻して訴えてみたけど即却下された。しかも素っ気なくて兄ちゃん悲しい。

マルクスの本日の側近くんがポカンと呆気《あっけ》に取られているのが視界に入りつつ、俺はクリストフに引きずられてマルクスの執務室から追い出された。


「え、いや、あの、今のって、ゾンター卿です、か？」

「そうだ。あの人は娘のことが関わるとああなるんだよ。ところで、僕もあと十分で休憩に入りたいんだけど大丈夫かな？」

「え、あ、はい。大丈夫です」

後日、側近くんが「ゾンター卿のイメージが崩れたし、さっさと切りの良いところまで仕事終わらせてから嬉々《きき》としてゾンター卿のところに休憩しに行ったマルクス様のイメージも変わりました」とクリストフに愚痴っていたという。

え、俺どんなイメージ持たれてたの？

❦　❦　❦

帰宅予定時間頃になるともう心配で心配で、クリストフにも呆れられてるけど玄関ホールでウロウロしながら待っていた。

いや「せめて近くの応接室で座ってお待ちを」って言われたけど、座ってられん。

だって王都近郊のご令嬢だけを集めた交流会だぞ。どう考えたって、ハインリヒ王子の婚約者候補選定の場だ。

原作ゲームの設定では、ルルは真名授与の儀前にハインリヒ王子の婚約者になってたはずだ。公爵家の権力を使ってゴリ押しで、となってたけど今の俺はそんな権力持ってないし。ルルがハインリヒ王子に良い印象を持っていなければお願いされることもないだろう。

もしかして、詳しくは載っていないけど設定上もこういう交流会でゲームのルイーゼは嬉々としてアピールしたんだろうか。

馬車がこちらに向かって走る音が聞こえてくる。

思わず玄関から飛び出そうとして「坊ちゃま!!」という鋭い声にビクッてなって止まった。

後ろを振り向けば、怖い顔のクリストフ。もう一度言おう、怖い。思わず背筋が伸びて、出迎えの位置につく。

大きめの玄関の扉が開く。仲良く帰ってきたふたりに疲れの色はなく、そこにほっと安堵《あんど》した。

ルルが俺に気づいてパッと顔を明るくする。

「ただいま戻りました、お父さま！」

「おかえり、ルル、レナ嬢」

レナ嬢は微笑《ほほえ》んで軽くお辞儀する。

ルルはドレスの裾をつまみ、はしたなくない程度に急いで俺のもとに来たのでひょいと抱き上げた。

さすがにドレスごとは重い、が我慢する。

「レナ嬢、まだ時間はあるか？　少し休んでいくといい」

「それでは、お言葉に甘えて」

「ルル、着替えたら応接室においで」

「はい！」

ルルを下ろし、レナ嬢に歩み寄り腕を差し出す。

レナ嬢は微笑むと俺の腕にそっと手を絡めたので、ゆっくり応接室へとエスコートした。

歩きながら、他愛《たわい》もない話をする。一番聞きたい交流会のことは腰を落ち着けてからだ。

レナ嬢を応接室に案内し、ソファに座ってもらう。ササッと我が家の給仕メイドがお茶を用意してくれた。

俺も向かいのソファに腰掛けて、両手を腹の前で組んだ。

「――どうだった？」

紅茶を一口、飲んだレナ嬢はカップをソーサーに戻すと、真面目《まじめ》な表情で答えてくれた。

「やはり、ハインリヒ第一王子殿下の婚約者候補探しのための交流会のようでした。王妃陛下、第二妃殿下共々表面上は交流を促しておりましたが、時折わたくしたちに交じり、周囲から目当てのご令嬢の評判やご本人とのやり取りを確認されていたようです」

「ルルは」

「……声を、かけられました」

レナ嬢の声色が硬い。

それはすなわち、ルルがかなりおふたりに気に入られた可能性が高いということだろう。

深く、ため息を吐いて髪をかき上げる。あああ、クソ、クソ。考えたくもねぇ。

なんなんだシナリオ通りか、ここはやっぱりゲームの世界なのか。

「申し訳ありません。わたくしがもう少し、上手《うま》く立ち回れれば」

「いや、レナ嬢のせいじゃない。まあ、本来なら王族に気に入られるのは喜ばしいことなんだろうが」

「お相手が、あの方ですからね」

レナ嬢もハインリヒ王子の悪評は耳にしているようだ。

最近のハインリヒ王子は表面上は良い王子になっている。そう、表面上は。

――これは王都近郊に住んでいる高位貴族にしか知られていないが、未《いま》だ側近候補の子息子女たち相手には横暴な態度を取っていると聞く。

だが、アメとムチを使い分けるようになってきているようで、中には心酔し始めてきている者たちもいるようだ。前世で言うストックホルム症候群のようなものだろうか。

物理的な暴力はない。だが、精神的な暴力はある。

この事態を両陛下と第二妃殿下が把握されているかは分からない。

把握していて放置している可能性もあるが、そこはハインリヒ王子が上手く立ち回っている可能性もある。

そんな野郎のもとにルルを嫁がせるわけにもいかない。だが、だからと言ってルルの評判を意図的に落とすような真似《まね》をすればルルが今後、好きな相手ができたときに嫁げなくなる可能性もある。

それにルル自身頑張って、レナ嬢を目標に日々邁進《まいしん》している状況だ。そこにストップをかけるのは違う気がする。

「ヴォルフガング様」

「うん」

「まずは、方針を話し合いましょう。何でも構いません、些細《ささい》なことでも構いません。お考えになられていることをわたくしに共有を」

「うん、そうだな。この話は次回、婚約者として来てもらったときで良いか？」

「はい」

レナ嬢がそう返事をしたタイミングで応接室のドアがノックされた。

許可の返事をすればひょっこりとルルが顔を出す。

「お父さま、レナさま」

「おいで、ルル。今日の交流会がどうだったか教えてくれ」

「はい！」

ルルが俺の方、じゃなくてレナ嬢の方のソファに腰掛ける。

ルルに伸ばした手が宙ぶらりんとなってしまったが、レナ嬢の隣でキラキラと目を輝かせるルルを見て、まあ、仕方ないかと手を引っ込めた。

レナ嬢はルルの行動に目を丸くしていたが、ふふっと小さく笑う。

「新しいお友だちができました。ひとつ上のフンケル辺境伯家のカロリーナさま、ベッカー伯爵家のローラさま、同い年のヴィンタース子爵家のクリスティーナさまです！」

「へぇ……ベッカー？」

「はい！　あの、事件が起きてしまったフィッシャー侯爵家でのお茶会ではあまりお話できなくて。今日、たくさんお話ししてお友達になりましょうってなったんです」

ベッカー伯爵家って、ヒロインを養子に迎え入れるあのベッカー伯爵家か。頭の中にある貴族名鑑をザッとめくっても、ベッカー伯爵家は一家しかない。

ああ、そういやあの襲撃未遂事件のときにいたな。相変わらず顔覚えてないけど。

家族構成までは覚えてねぇな。あとで名鑑見るか。

「そうだったか。あのお茶会は緊張してたから、一緒に参加してた家はあんま覚えてないんだよな」

「お父さまも緊張していたんですか？」

「周りはみんなご夫人だったからなぁ。他には、交流会で何か気になったことはあったか？」

「あ、王妃陛下と第二妃殿下と少しお話ししました！」

陛下と殿下と話した内容はある意味他愛もないものだった。

俺の領地が現在どういう状況か。未来の義母となるレナ嬢とお揃いのドレスがとても良いと褒められただとか。

けど七、八歳の娘に聞く内容じゃねえよな。

ルルは領地の状況をレーマン公爵本邸に滞在していたときのハンスから少し聞いていたから、その当時の話だと前置きして自分なりに話したらしいが。ルルは賢い。だが、このふたりの前ではその賢さはちょっと抑えてほしかったというジレンマ。

「あと、お菓子がおいしかったので帰るときに、給仕メイドさんにどこで売ってるのか聞いてきました。今度お父さまとレナさまと一緒に食べたいのですが」

「ああ、じゃあその店を教えてくれ。買っておこう」

「ありがとうございます！」

「とても立派なレディでしたよ、ルイーゼ様」

「えへへ」

可愛い。俺の娘が可愛い。

微笑むレナ嬢に撫《な》でられて嬉しそうに笑うルルの光景を写真に撮りたい本当に。

いや今夜にでも筆を取ろう。忘れないうちに描かないと。

それから少し話して、レナ嬢の帰宅予定時間となったため玄関まで彼女を見送った。

馬車に乗り込むところまでエスコートし、彼女の手が離れる前に、その手の甲にそっと額を当てる。

顔を上げれば、レナ嬢も微笑んでいた。

「今日はありがとう。次は明後日かな。仕事になるが、よろしく頼む」

「はい。また明後日」

手を放し、馬車から数歩離れると御者がドアを閉める。窓から手を振るレナ嬢にルルと一緒に手を振って、走り去る馬車を見送った。

ひとまず、一旦の山は越えたかな。

「お父さま、お父さま。カロリーナさまが、もう少しで領地に戻られるそうなんです。その前にもう少しお話ししたいので、お呼びしてもよろしいですか？」

「それなら、今日の夕食時にマルクスに場所の許可をお願いしようか」

「はい！」

ぱっと花開くように笑うルルが本当に可愛い。天使。

フンケル辺境伯令嬢がなんで王都近郊にいたご令嬢だけを招待した交流会に？　と思ったが、そういえば近衛騎士団と辺境騎士団の技術交流試合があるって話があったな。それで来ていたのか。

まあ何にせよ、友人が増えることはいいことだ。


あれ、俺、今思い返すと友人って呼べるのひとりしかいなくね？　つら。

レナ嬢とも相談した結果、ひとまずは過剰反応せずに様子見することになった。

同時に、マルクスやフィッシャー卿、ペベルに協力を仰いで王家の動向も探ってもらってる。

あ、ペベルの件だが、お相手がペベルの事情を理解してくれたらしい。《運命の番》なのになんかペベルが無理してるように見えて不安だったそうだ。事情さえ分かれば、とのことで安心したそうで。

ペベルも思うところがあったのかお相手協力のもとちょっとずつ触れ合いを開始してるそうだ。まだ手を繋ぐだけで、顔が真っ赤になるらしい。なにそれ見たい。

ちなみにお相手は狼《おおかみ》獣人の血筋を引くヴィンタース子爵家のグレタ嬢だ。ルルのお友達の姉君だな。マルクスやレナ嬢と同い年だそうだ。


レナ嬢は俺の側近をしながら、次期当主として自領の領政にも携わり始めた。

領政に関しては、俺が公爵代理として仕事した経験もあってサポートできていると思う。お互い相談し合いながら仕事を進めているので、仕事もそんなに抱え込んでいない、はず。婚約者としては俺にもったいないぐらいだ。

ルルも「レナさま、レナさま」とレナ嬢に懐いてるし、エマ嬢を加えたひとときなんかフィッシャー夫人と一緒にほっこりするぐらい微笑ましい光景だし。あれなんかこれ前にも言った気がするな。

正直、俺なんかよりもっといい伴侶がいる気がするんだが、こればっかりは当人の意向もあるしな。

……最初は本当に、レナ嬢に釣り合う良い相手を探そうとした。

でも、ルルが「レナさまがお母さまになってくださるのがとても楽しみです！」と笑っていて。

マルクスが「兄上、馬鹿なことしないでくださいよ」と苦笑いして。

ペベルから「君に言われたことをそっくりそのまま返してあげよう。信頼は築き上げるものだろう？」と呆れられ。レナ嬢からは「カサンドラ様に恥じぬよう頑張ります」と意気込まれ。


俺、何してるんだろうとふと思った。


最初はシュルツ卿に言われた通り最低一年乗り越えればいいと思った。政略結婚《ビジネス》だと割り切って過ごす貴族夫婦はごまんといる。

けれどレナ嬢は決してそんな素振りは見せない。ルルに時には褒めて時には叱って、というかつてカティがルルに、母がマルクスにしていたように全力で接してくれている。

義務だと思っていれば必要最低限の関わりだけでいいはずだ。けれどレナ嬢は積極的に関わってきてくれた。

俺が顔が覚えられない件も理解した上で、数度参加した夜会でパートナーとしてサポートしてくれた。柔らかなその微笑みは俺やルルに向けられるものと、外の人間とは異なる。

仕事でも分からないところは俺に頼り、俺が考え込んで挙げ句暴走しそうになったときは手前で止めて、オットーと共に真剣に聞いてより良い解決策を一緒に模索してくれる。

結果的に俺は自然と、レナ嬢の相手を探すのは止《や》めた。その上で向き合って、幾度もレナ嬢と交流を重ね、仕事を共にしてようやく決心した。

婚約して三ヶ月ほど。共に仕事をし始めてからは半年ほど。短い期間と思われるかもしれないが、彼女とはほぼ毎日会っているようなものだから、彼女の人となりを把握するには十分だった。

新聞で先んじて公表したものの、正式な婚約発表は必要だ。そのため進められた婚約披露パーティーの準備も二ヶ月近くかかったが恙《つつが》無く終わり、明後日に本番を迎える。

開催場所はフィッシャー侯爵家本邸。まあ、どちらかの家に嫁入りないし婿入り、となると俺がフィッシャー家に婿入りのような形になるんだろう。実際にはそれぞれの家を維持しつつ、子どもたちに引き継がせる形になるんだが。

なのでこの国では、他国とは名前の形式が違う。

この世界では原則、名前は三つの区分に分かれている。

家族に与えられた世間一般に呼ばれる名・創世神エレヴェドより賜る真名・家名。庶民の場合は独自の家名はあったりなかったり、だ。

真名は親しい人間以外——親、もしくは伴侶以外には基本明かさない。俺の真名を知っているのは今のところ亡くなった両親、それからカティだけだ。マルクスは俺の真名を知らないし、俺もマルクスの真名を知らない。真名は魂の名とも言われている。真名を知られれば自分の命を握られたも同然だというのは貴族階級ではない庶民でも知ってることだ。

神へ宣誓するときに「真名に誓って」という常套句《じょうとうく》がある。このとき、神に偽りを述べることは許されず、嘘《うそ》を述べれば神罰が下るとされている。実際に見聞きしたことはないが、他国で神罰が下った事例があるらしい。

で、我が国では、貴族の当主同士が婚姻した場合にのみ四つ目の区分が追加される。

俺とレナ嬢が結婚した場合、俺の名前はヴォルフガング・マレウス・ゾンター・フィッシャー。レナ嬢も同じ構成になるな。一般的にはヴォルフガング・ゾンター・Fと明記されるようになるんだ。レナ嬢の場合はレナ・Z・フィッシャー。

爵位が高い方が後ろに記載され、かつ当家の名前だけが明記され相手の家名は略称になる。

ややこしいって？　知ってる。俺もややこしいって思う。

ちなみにルルはルイーゼ・ゾンター・Fだ。ルルはどう足掻《あが》いたってフィッシャー侯爵家を継ぐことはないからな、確定で俺と同じ表記。

俺とレナ嬢の間に子が生まれたら、レナ嬢と同じ表記になるだろう。レナ嬢との間にふたり以上生まれた場合は、次はゾンター・F、その次はZ・フィッシャーと繰り返されることになっている。

まあそこまで生まれるのはめったにないから心配しなくても良いと思うが。


明後日の準備のため俺は明日、フィッシャー邸に行かなくてはならない。その前に、と俺は覚悟を決めて主寝室へと向かった。

主寝室には数多くのカティと、カティと幼いルルの肖像画が並べられている。その中で、最後に描いた病床にいたカティの肖像画の前に置いてある箱を手に取った。

鍵をかけていないその箱はあっさりと開き、中から手紙が現れる。それを手に取って、開いた。

その手紙はしわくちゃで、ところどころ文字が滲《にじ》んでいる。くしゃくしゃにしたのも、文字を滲ませてしまったのも俺。だってこれはカティからの最後の手紙だから。読んで泣いてしまうのは当然だろう。

……今の今まで、俺は最後まで読めなかったんだ。でも、今日は最後まで読むと決めた。

懐かしい文字を指でなぞる。カティは少しクセはあるものの、基本的には綺麗《きれい》な字を書く人だった。でもこの手紙の文字は震えている。病床のカティが、なんとか書いたものだったから。

――ヴォルへ

泣き虫なあなたのことだからきっと、この手紙が読めなくなるぐらいべしょべしょにして泣いてるんじゃないかしら？　それはそれで困るから、後から何度でも読み返せるようにはしておいてね。

本音を言えば、あなたやルルの傍《そば》にいられなくなるのは悔しい。

私だってルルの成長を見守りたかった。私の手でルルを立派な淑女に育て上げて、良い男に嫁がせるなり婿に迎えるなりしたかった。

それにあなたが心配だから本当に死にたくないわ。あなたは本当、自分でやれることは何でも抱え込んで周囲を頼ろうとしないんだから。いつか倒れるんじゃないかって思ってたのよ。実際に動く前に私がなんとか軌道修正させてたけど、気づいてなかったでしょう？　本当は、前もって防げれば良かったのだけど、私はそこまで頭が良くなかったから気づかなくていつも後手に回ってたけれどね。

周りをちゃんと頼ってね。報連相は絶対にしなさいよ。あなたが倒れたらルルも、マルクス様も泣いちゃうんだから。ふたりを泣かせちゃダメよ。

家族に書く手紙って、難しいわね。思い出話とか書きたくなるわ。でも、ちょっと今はそれが難しいから、また今度書くことにする。

きっと私はあなたを前にしたら言えなくなると思うから、手紙に残しておく。

あのね、私が死んだらあなたは再婚しなきゃいけないでしょう？　私を一生愛するから再婚しない！　権力使って何とかする！　なんて止めてよ。あなたのことだからやりそうだわ。嬉しいけれど。

再婚したらそのときは、ちゃんと新しい奥さんを大事にして。きっと新しい奥さんもあなたを愛そうとしてくれるはずだわ。でも私と比較しないで。死んだ私と、未来のある奥さんを比較するのはナンセンスよ。

彼女を愛して、とは言わない。言いたくない。でもあなたの気持ちが大事よ、あなたがその奥さんを愛したいと少しでも思ったのなら、彼女を愛して。

でも私があなたを愛していたことは忘れないでほしい。わがままを言っている自覚はあるわ。

あなたが私を覚えようとたくさん、たくさん肖像画を描いたのは知ってるわ。そのどれかひとつだけでもいいから残してほしい。小さいものでもいいから、私の肖像画をひとつだけ。

幼いルルが私の顔を忘れないように、という意味合いもあるけど、私があなたの傍にいたいの。絵でもいいから。

だからね、ヴォル。

私はそれで十分だから、ルルを幸せにして。そしてあなたももっと幸せになってほしい。

あなたが新しい奥さんを愛することでルルが幸せになるのならそうしてほしいわ。一番はルルの幸せだもの。あなたもそう思うわよね、いつも言っていたもの。

生きていれば私ももっともっと幸せになっただろうけど、私はあなたとちゃんと向き合って、あなたが私を分かってくれて、結婚できて、ルルも生まれてきてくれただけでも幸せだったから。

私が死ぬまでの間だけ、私だけのヴォルでいて。ルルの母親でいさせて。でも私が死んだら、あなたの、ルルの幸せのために生きて。

ちょっと書くのに疲れたから、また今度にするわ。


――愛を込めて、カサンドラ・ミネア・ゾンターより

カティからの手紙はこれが最後だ。

まだまだ書く気だったようだったけど、これを書いた後はペンすら握れないし起き上がれないほど体調が悪くなっていたから。

同時期に書いたらしいルル宛の手紙も預かっていて、この箱の中にしまっている。これはルルが真名を授与された後に渡してほしいと言われたものだから、まだルルはその手紙の存在を知らない。

「……カティ。聞いて驚け、新しい奥さんはレナ嬢だ。カティが『賢くて可愛い!』って叫んでた

あの子だよ。驚いたよな、俺だって驚いた。だって十二歳も違うんだぜ？　マルクスと同い年だし、美人だし、優秀な子で、次期フィッシャー女侯爵と称《たた》えられている才女だ。なんで俺なんかが、と思ったけど、ペベルからカティからも言われたけど、俺の顔が他の男より良いらしいからまあ、男除《よ》けというか。そんな感じらしいよ。でも、ルルもレナ嬢を慕ってるし、レナ嬢自身も良い子なんだ」

肖像画のカティは微笑んだままだけど、滲んでいく。

「ちゃんと、ちゃんと、君の言う通りにするよ。レナ嬢を大事にする。レナ嬢も、俺がカティを愛していたことを知っていたから、レナ嬢から『割り込むつもりはない』って言ってくれた、言わせてしまった。ちゃんと、彼女自身を見て、彼女を愛そうと思う。たとえそれが家族愛であっても、カティと同じような異性愛だとしても」

肖像画に手を伸ばして、彼女の手の部分に触れる。

それに温度などない。握り返されることはない。触れる感触はキャンバスと乾いた絵の具の感触だ。

「カティ、きっとまだエレヴェド様の御許《みもと》でお前自身の人生を書いているんだろう？　君は物語が好きで、自分でも書きたいって言っていたぐらいだから。輪廻《りんね》転生の環《わ》に入るにはまだ時間がかかるんだろう？　だからもし、君が俺たちのことを見ることが叶《かな》うなら、見守ってほしい。せめて、ルルが幸せな結婚をするまでは」

この世で生きている者は皆すべて、死ねば魂となって創世神エレヴェドの御許に集まる。

そうして、魂自身が生きてきた人生すべてを本として書き上げて、エレヴェド様に献上する。そうすることで未練もなくなり、輪廻転生の環に入ることができるのだと言われている。

どのぐらいの時間で書き上げて、どのぐらいの時間で新たな生として生まれ変わるのかは知らない。

でもきっとカティなら、書く時間をダラダラと伸ばしてルルの結婚式までは意地でも残っている気がした。

「っ、きみのことで、泣くのはッ、今日で最後にする、から……！」

手紙を置いて、両手で顔を覆う。

この手紙は、カティが死んでからマルクスから渡された手紙だった。

渡されたときの一度だけ、しかも最初の数行しか読んでいない。辛《つら》くて、苦しくて、悲しくて、最後まで読めなかったんだ。再びこの手紙を開いて最後まで読み切る勇気がなくて、ずっとここにしまい込んでいた。

恐らくだけど、ゲームのヴォルフガングも同じように手紙を受け取っていたと思う。そして、俺と同じように最後まで読めなかった。けれど、俺とは違ってまた読むことはなかったんじゃないだろうか。


レナ嬢は、俺がカティを深く愛しているのを知っていた、だからそこに割り込もうとは思っていないと言ってくれた。けれどそれはレナ嬢に苦労を強いることだ。

結婚すれば誰だって良い関係を築きたいと思うだろうし、夫や妻となる人がずっと亡くなった人を想い続けるのを傍で見続けるのは辛いのだと昔、亡くなった夫を愛し続けた未亡人と再婚した当主から話を聞いたことがある。

だから、今日で区切りをつけようと思った。ルルのためにも、レナ嬢のためにも。

すぐには切り替えられないだろう。でも、ほんの少しでもカティの最後の期待に応えたい。彼女は「新しい奥さんを大事にしてあげて」と書いていた。比較してはだめだと。

少しずつ、少しずつ。カティは俺が愛していた人として、思い出にしていく。

時間がかかるかもしれないけど、努力してくれるレナ嬢のためにも俺も頑張るから。


カティ、愛《いと》しのミネア。

いつか、どこかの世で君《ミネア》と俺《マレウス》が巡り合ったとき、君に恥じぬような人生を送ったのだと、伝えられるように俺は生きていくよ。

第十話　彼女の決意

　ガタガタと揺れる馬車は、フィッシャー侯爵邸に向かっている。

　馬車の中ではルルとふたりきり、普段なら和気あいあいとしてるんだが。

　ルルはずっと黙り込んでいた。ムスッとしてるわけでもなく、ただただ真顔で膝の上に置いた自分の手をじっと見つめている。

　実は今朝からほとんど黙ったままで、ドロテーアに聞いても困惑顔で首を横に振られる事態だった。

　マルクスが出かける前にふたりきりでルルに質問してみたが、「なんでもないです」と頑《かた》くなな回答だったらしくお手上げ状態。

　フィッシャー侯爵邸に出発する時間が差し迫っていたこともあり、解決できないまま一緒に乗ってしまったのだ。

　うーん。俺、何かやったか？　いやでもいつものルルならちゃんと話してくれるのに。

　ハッ、もしかして俺、過干渉すぎたか？　女の子は父親からの干渉を嫌う時期があるっていうし
……いやでも昨日までは普通だったぞ？　なんで？

「ルル？　俺、何かルルが気に入らないことをやったか？」

「……ちがいます」

「じゃあ、どうしたんだ？」

「わたし、レナさまにお伝えしたいことがあるんです。いま、その内容を頭の中でまとめているので、ちょっとお話は後でもいいですか？」

「あ、はい」

え、いや、本当どうしたんだ？

昨日は「レナさまとエマさまと一緒にえらんだドレスを試着するんです！」とウキウキしてたのに。

けど真剣な表情で考え込むルルを邪魔するわけにもいかず、俺は車窓の外へと視線を向けた。

カティ。昨日誓ったばかりだけどルルが素っ気なくて俺泣きそう。


やがてフィッシャー侯爵邸に到着し、馬車のドアが開けられる。

俺から降りて、手を差し出した。ルルが俺の手にその手を乗せて、ゆっくりと馬車から降りる。

ああ、もう本当に抱っこして降りることはなくなったんだなぁ。淑女教育が順調で娘の成長を喜んで涙を流すべきか、「お父さま！」と満面の笑みで抱っこをせがんできたあの頃を懐かしんで涙を流すべきか。

「お待ちしておりました、ゾンター伯爵、御息女《ごそくじょ》ルイーゼ様。当主が中でお待ちです」

「出迎えご苦労。案内を頼む」

「お任せくださいませ」

フィッシャー家の執事長——だよな、年齢的にたぶん。が一礼して俺たちの前を歩く。我が家のような大きめの重厚な玄関扉の前で合図すれば、ギィッと音を立ててそれが開かれた。

エントランスホールに、フィッシャー卿《きょう》、夫人、レナ嬢、エマ嬢が揃《そろ》い、両脇には使用人一同が勢揃《せいぞろ》いして一礼していた。

俺を見てにこりと微笑《ほほえ》んだフィッシャー卿に、ルルと共に一礼する。

「ようこそゾンター卿。今日、明日はよろしく頼む」

「お招きいただきありがとうございます、フィッシャー卿。どうぞ私のことはヴォルフガングと」

「では遠慮なく呼ばせてもらおう、ヴォルフガング殿。私のことは義父《ちち》と呼んでも構わんぞ」

気が早いのでは。と思わず口の端が引きつりそうになったが、まあ将来的にそうなるんだよなぁ。

年齢的には確かにフィッシャー卿は俺よりも上だが俺の父よりは年下で、まあ俺とマルクスぐらいの年齢差だと思ってもらって良い。

「うふふ。わたくしのことは義母《はは》とお呼びくださいな。ルイーゼ様はわたくしのことはお祖母様《ばあさま》と呼んでもらっても構わないわ」

「ダメよお母さま！　そうしたら、ルルがわたくしの姪《めい》になってしまうじゃない！　ルルはわたくしの妹になるのよ！」

まあ誕生月から考えたらエマ嬢の方が早いけど、二週間ぐらいの差じゃなかったか？　僅差のような気がする。ルルはキョトンとしていたが、やがて嬉《うれ》しそうに笑みを浮かべた。

「わたしは、エマ様の姪でもいいわ」

「ルルったら！」

微笑ましい小さなレディたちのやり取りにほっこりしていたが、はっと我に返る。

いかんいかん。ここは俺から挨拶しなきゃならんところだった。

「レナ嬢、よろしく頼む」

「こちらこそ。早速ですが、最終打ち合わせを始めても？」

「そうだな」

婚約式もここでやる予定になってるから、進行とか色々あるし、パーティーの招待客の最終チェックもしなきゃならんし。

今から打ち合わせして、女性陣は明日のドレスの最終チェックを、と今日の予定を頭に浮かべていると「あのっ」とルルが声を上げた。

ルルを見れば、緊張した面持ちでレナ嬢を見つめている。


「レナさまと少しだけ、お話がしたいです」

「大事なことなのですね。あまり時間は取れませんが、それでも？」

「はい、すぐ終わると思います」

「ルル？」

「それではルイーゼ様、こちらの応接室へ。ヴォルフガング様、父と一緒に先に始めてもらえますか？」

「あ、ああ。すまないレナ嬢」

「とんでもありません」

にこっと微笑んだレナ嬢は相変わらず緊張した面持ちのままのルルを連れて、近くにある応接室へと入っていった。

どうしたんだ、ルル。レナ嬢相手に緊張した様子を見せたのは最初の頃だけだったような気がするが。

「ルルったらどうしたのかしら？」

「分からないけれど、きっとルイーゼ様にとって重要なことだったのでしょうね」

「ヴォルフガング殿。予定通り打ち合わせを始めよう。こちらだ」

「はい」

後ろ髪を引かれる思いで、フィッシャー卿の後ろをついていく。

フィッシャー夫人が「打ち合わせ中はルイーゼ様を預かるわね」と手を振ってくれたので、軽く頭を下げてお願いした。


ルルが言った通り、さほど時間はかからずレナ嬢が俺たちがいる執務室へと入ってきた。

応接スペースに来たレナ嬢へ視線を向ければ、ルルと話し合う前と変わらない表情だった。

フィッシャー卿が当日のレナ嬢が関わる進行について話の水を向けたので、そちらに集中する。

ルルのことは気になるが、今は目の前のことをやりきらねば。

それから特に何事もなく、準備は順調に進んだ。あの後、ルルにもう一度聞いてみたが、来た当初とは打って変わって機嫌が良く「なんでもないです！」とエマ嬢のところに行ってしまったから聞けずじまい。

フィッシャー家の皆と夕飯を一緒に頂いてあとは明日に備えて寝るだけ、といったタイミングで、フィッシャー家の執事から「レナ様が食後のお茶を、とのことです」と伝えてきた。

明日のことか、それともルルのことか。どちらにせよまあ、赴かない理由はないなと了承し、女性に会うのに失礼がない程度で身なりを整えて執事に案内されるまま邸内《やしき》を歩く。

すると廊下の一角がロビーのような構造になっていて、そこにレナ嬢がいるのが見えた。良かった、部屋に案内されるとかじゃなくて。

さすがにこの夕食後から就寝前の時間帯にどこかの部屋でってなったら全力で遠慮した。俺はフィッシャー卿の信頼を失いたくない。まあ、レナ嬢のことだからそんなことはしないだろうけど。


レナ嬢の傍《そば》に、侍女が控えており俺の来訪を彼女に告げた。

レナ嬢はこちらに視線を向けると、ソファから立ち上がる。

「お誘いありがとう、レナ嬢」

「こちらこそ、お受けいただきありがとうございます、ヴォルフガング様」

レナ嬢の向かいのソファに腰掛けると、レナ嬢も腰を下ろす。

ここまで案内してくれた執事とレナ嬢の侍女がてきぱきと準備を進めて、俺の前にティーカップが差し出された。この香りはカモミレンティーか。寝る前には最適なハーブティーだな。

すっと執事と侍女が視界の端に下がって控える。

「きっとルイーゼ様のお話が気になっていると思いまして」

「あー、そうだな。ちょっと気になっていたが、それは俺が聞いても良い話なのか？」

「実はご本人からは『話しても大丈夫だと思いますが、お父さまのめいよのために話さない方がいいかも』と言われておりますので、話す分には問題ないようです」

「え、何それ。名誉ってどういうこと」

思わず脳内で浮かんだ言葉がポロッとこぼれる。ふふ、とレナ嬢は微笑んだ。

「ルイーゼ様からは、ルルと呼んでほしいと申し出がありました。ですので、ここからはルル様と呼ばせていただきます」

「ああ」

「ルル様、昨夜はお話があってヴォルフガング様のお部屋まで行かれたそうなんです。そこで、見聞きしたことを話してくださいました」

昨日。俺の部屋（寝室）。俺の部屋の隣は主寝室。

あっと理解して思わず顔面を片手で覆った。

嘘《うそ》だろ俺知らなかったとはいえルルが見てる前で泣いてたのか。しかもそれをレナ嬢に話されたのか。それはたしかに恥ずかしい。

「……わたくしを慮《おもんぱか》ってくださり、ありがとうございます。けれど、無理はされていませんか？」

「あー、無理は、していない。無理だったらきちんと言うよ。どこまで聞いたんだ？」

「ヴォルフガング様がわたくしを大事にすると。家族愛、異性愛どうなるかは分からないけれどわたくしを愛してくださると言った後に、カサンドラ様のことで泣くのは最後にするというところまで」

「おあ」

ほぼ全部じゃねぇか……！　気づけ俺!!　ルルにカッコ悪いところ見せてんじゃねぇ!!

羞恥に悶《もだ》える俺にレナ嬢は笑うことなく、むしろ微笑ましく俺を見ているようだ。ごめんなレナ嬢。おっさんが変な動きして。

すん、と我に返って姿勢を正して、ハーブティーに口をつけた。美味《うま》い。

「正直なところを申し上げますと、わたくし、以前からヴォルフガング様のことはお慕いしておりました。憧れという意味でも、恋情という意味でも」

唐突なレナ嬢の告白に動きが止まった。そっとカップをソーサーに置いて、レナ嬢を見ると穏やかな表情だ。

じっとレナ嬢は自分のティーカップに注がれた、ハーブティーを見つめている。

「カサンドラ様を尊敬していたことも本当ですし、よくお似合いのおふたりだと思っていたことも本当です。いずれ迎える伴侶とはおふたりのような夫婦関係を築き上げたいと夢見ておりました。信頼し合うおふたりはわたくしの憧れでした。ヴォルフガング様に恋情のようなものを抱いたのは、やはり助けていただいたあの夜会です。吊り橋《つ　ばし》効果だと当初は思っておりましたが、実際に何度もお会いするうちにこの恋しさは本物だと。でもわたくしは、ルル様やヴォルフガング様に家族として入ろうとは思いませんでした。婚約が纏《まと》まらない件もあって、ヴォルフガング様とこうして婚約することになりましたが、夢のようだと思ったのも偽りではありません」

そう苦笑いを浮かべたレナ嬢は、カップを持ち、やや冷めたであろうハーブティーを一口飲んだ。

ここで俺が口を挟めば、なんか変な方向に拗《こじ》れそうな気がしたので口を閉ざしてレナ嬢の言葉を待つ。レナ嬢がそっと、カップをソーサーに置いた。カチャリという小さな音が響く。

まっすぐ、彼女は俺を見据えた。

「わたくしが抱いている愛と同じ愛を返してほしいとまでは望みません。けれど、どのような形であれヴォルフガング様がわたくしを愛してくださるというのならば、わたくしも堂々とあなたを愛していきたいと思います。もちろん、ルル様も」

「……君は俺より大人だな」

「そうであれ、と育てられてきましたから」

「それなら君のその鎧《よろい》が脱げる場所が俺とルルであるように、俺とルルも体裁を整えよう」

ソファから立ち上がって、レナ嬢が座るソファへ近づく。

俺を見上げるその瞳は僅かに揺らいでいたが、気づかない振りをしてレナ嬢のすぐ傍で片膝をついた。彼女に向かって手を差し伸べる。

「君が俺に向けてくれる愛と同じ愛を返せるかは分からない。だからまずは家族として、君を愛しても良いだろうか」

「はい。どうぞよろしくお願いいたします、ヴォルフガング様」

差し出した手にそっと柔らかく細い手が乗せられた。

俺はその指先に口づけを落とす。身内に向ける、親愛の表現だ。

「あー、と。ルルに、十歳まではルルだけのお父様だけでいてと言われていて」

「それもお聞きしています。すでにルル様にお伝えしておりますが正式に婚姻を結ぶのはルル様の真名授与の儀が終わってからにしましょう」

「ありがとう。カティは俺のことをヴォルと呼んでいたんだ。レナ嬢も好きなように呼ぶといい」

「わたくしのことはレナ、と呼び捨てください。それではヴォルフェール様とお呼びしても？」

「もちろん」

今はまだレナ嬢、レナに愛を返せないけれど。まずはパートナーとして信じることから始めよう。

第十一話　俺と彼女の婚約式、そして――

婚約式、および婚約披露パーティー当日。


この国において、婚約式は庶民も貴族も行う。

庶民の場合は小神殿内でサクッとやる程度のもので婚約式に参列するしないも自由。ドレスコードも婚約するふたり以外は指定がない。婚約するふたりは白を基調とした衣服で参加する。結婚式みたいだな。

神前で「これから結婚の準備進めます、神様よろしくね！」みたいなノリだ。結婚式のときもそうだが、真名には誓わない。結婚準備中や結婚後に「やっぱ無理」ってなるケースがあるからだ。

なお、貴族の場合は仰々しいの一言だ。だって、神官を呼び寄せて、神官の前で誰それが将来を誓い合い～みたいな宣言するのをパーティー参加者の前でやるんだ。要するに証人だな。

ドレスコードはもちろん決まっていて、参加者は白以外。当然メインであるレナは白を基調としたドレスで、差し色として俺の瞳の色であるオレンジ系統の色合いが入っている。レナのスラッとした体軀《たいく》に合った、細身のドレスは門外漢の俺でも似合うと思う。

一方の俺は白を基調とした軍服。差し色はレナの瞳の色である紫系統。襟袖に使われている刺繡《ししゅう》は金糸だ。徽章《きしょう》は聖人を表す百合《リリーエ》の花の紋章が彫り込まれていて、胸元付近でマントを留めるチェーンブローチにはゾンター伯爵家の家紋が彫られてる。

ルル？　ルルはもちろんレナとお揃《そろ》いだ。これから家族になるからな。連れ子は白をベースに自分自身の色を身に纏《まと》うことになってる。ルルの瞳の色もオレンジ系統だから図らずともレナと同じになったが。

全部オーダーメイドだ。ハッハッハ、飛んでった金額を見て二度見したよ。

……実は一週間後にはルルの誕生日も控えてるんだ。ふふ、金に羽が生えてるように見えるな。


五大公侯の次期一角を担うレナの婚約式ともあって、フィッシャー家を除く五大公侯当主を招いたのをはじめ、王都近郊にいた中位貴族以上の家門当主は当然呼ばれている。もちろん、王家も。

……来たのはやっぱ王弟殿下じゃなくて、国王陛下とハインリヒ王子。なんでかなぁ。

レナをエスコートして、神官のもとに歩み寄る。ヴノールド大神殿からわざわざ来てくださった高位神官。王侯貴族の結婚式もだいたいこの大神殿に所属する高位神官が派遣されることが多い。

ルルはマルクスの傍《そば》で式を見守っている。その目がキラキラとしているのは、こういうのを見るのが初めてだからだろう。

「ヴォルフガング・ゾンター伯爵、レナ・フィッシャーご令嬢。結婚宣誓のそのときまで、お互いを知り、お互いを信頼し、お互いを尊重するよう願う。創世神エレヴェドと山神ヴノールド二柱からの祝福がありますよう」

シャン、と神官が手に持っている鈴がついた杖《つえ》が鳴らされた。俺たちは頭を下げ、複数回鳴らされたその鈴の音を聞く。

鈴の音が鳴《な》り止《や》んだタイミングで頭を上げ、神官に俺は胸に手をあて一礼、レナはカーテシー。

それをもう一度見守ってくれていた参加者に向かって行う。

実質、これだけなんだよなあ。婚約式。正直いらなくね？　とカティとやったときも思ったが、お口にチャックだ。

盛大な拍手が送られ、俺はもう一度神官に向き直った。

「ご足労いただきありがとうございました」

「いいえ、我々としてもこういうタイミングでなければ王都に来ることはありませんから。いただいた寄付金につきましては、後日用途の明細をお送りいたします。送り先はフィッシャー様宛で問題ありませんか？」

「はい。当家宛にお送りくださいませ」

「承知いたしました。それと、お嬢様のお誕生日が一週間後だとか。またひとつ、エレヴェド様より真名を賜る日が近づいたことを心よりお祝い申し上げます。おふたりとお嬢様に創世神エレヴェド様のご加護がありますよう」

神官が一礼し、フィッシャー家の執事が案内していく。

まさかルルのことも言ってくれるとは思ってもみなかったから嬉《うれ》しいな。

こういう貴族主導の催し物に神殿が協力してくれる場合も寄付が必要なんだが、神殿はきっちり使用目的などを明記して手紙を送ってくれる。しかも、神への宣誓付きで。

ヴノールド大神殿に限らず、世界各国にある神殿は寄付は受け取っても賄賂は絶対受け取らないからな。

さて。ここからはパーティーである。

神官と話している間にも次々と両家料理人が腕を振るったビュッフェ形式の料理が並べられ、参加者にシャンパンやジュースなどが配られる。

俺もハンスが持ってきたグラスをふたつ受け取り、レナに渡した。

傍に立ったフィッシャー卿《きょう》がスッとグラスを掲げる。

「この度は我が娘レナと、ゾンター伯爵との婚約式を見届けていただき感謝いたします。どうぞ、ふたりの門出に祝福を。乾杯《Prosit》」

わあ、と一斉にあちこちで乾杯が始まる。俺はレナと乾杯し、ついでフィッシャー卿とも乾杯した。


——実は、数日前にマルクスからきな臭い話を聞いていた。

『ルルが、ハインリヒ王子の婚約者候補として目をつけられています。今日の評議会の議題にあがりました』

評議会は、各家門から宗家が出席する日本で言えば参議院のようなものだ。二院制ではないので衆議院みたいなのはない。

五大公侯はあくまで権力監視のために存在しているので、評議会では一般貴族と同じ扱いだ。各貴族は家門を代表して領地と国力のバランスを考えつつ、国のために施策を提案していくスタイル。

さて、そんな評議会が取り扱う議題として「王族の婚約・結婚」がある。

王族の婚約・結婚には評議会で多数の承認を得ねばならず、ここは国王といえど捻《ね》じ曲《ま》げることは難しい。

そう考えるとゲームのヒロインはハインリヒ王子（王太子）ルートってどうやって承認もらったんだろうな……？　王家も王家で魔力保有量は多い方だし、そこに聖女と謳《うた》われるほどの魔力保有量と結婚ともなると子どもの出来にくさも段違いだから、王族に嫁ぐのは除外されることが多いんだが。

そこはご都合要素か、それとも実はあのエンディングの後に側妃《そくひ》を迎えたとか。あり得るな。

王家も程よく魔力を維持していなければいけないから、魔力保有量がそこそこ多い相手が割り当てられる。それでも子どもの数が少ないんだよな。今代の国王は側妃もいるとはいえ珍しく四人も恵まれたってだけで普通はひとりかふたりだ。

ルルは俺とカティの娘なだけあって魔力保有量が多いと見做《みな》されているが、ルルよりふたつ上の年代は魔力保有量が多い子どもが多く、ハインリヒ王子の婚約者候補は数人キープされてる状況だったはずだ。

あと、そもそも五大公侯のうち、ハインリヒ王子と同年代の娘がふたりいる。

グレーテ・シュルツ公爵令嬢とエマ・フィッシャー侯爵令嬢。シュルツ嬢にいたっては婚約者候補に挙がっている。

そこにわざわざ、レーマン公爵家の分家である我が家の娘を候補に入れるか？

ルルが婚約者候補として挙がるのはなんかきな臭い。フィッシャー卿もルルのことを心配してくれて、どうにか回避できないかとマルクス、ペベル、シュルツ卿とここ連日話し合ってくれている。

……あれ。五大公侯の四家揃ってない？　ブラウン侯爵の意向は分かんないけど大丈夫じゃね？

だが油断は禁物、と心を戒める。まずは来賓である王族への挨拶だ。

マルクスの傍からルルを呼び寄せ、三人一緒に陛下とハインリヒ王子のもとに赴く。

こちらに気づいた陛下が周囲との会話を切り上げ、にこりと微笑《ほほえ》んだ。

「おめでとう、ゾンター伯爵、フィッシャー嬢」

「ありがとうございます」

「こちらまでご足労いただき、ありがとうございます」

「社交界を賑《にぎ》わせていた美男美女が婚約か。私もあの新聞を見たが、ずいぶんと思い切ったことをしたな」

「ははは」

俺は知らんかったけど。

というか陛下も新聞とか読むのか、それとも臣下から「面白い記事がある」って献上されたのか。

ちらっと陛下の傍にいたハインリヒ王子を見た。じっとハインリヒ王子はルルを見つめ……あ？見つめてる？　しかもなんかだんだんと口角を上げて、ゾッと背筋に悪寒が走った。新しい玩具《おもちゃ》を見た子どものような目の輝き。

ハインリヒ王子がなにか行動に出る前に、と口を開いた瞬間。

「父上、やはりルイーゼ嬢は僕の婚約者に相応《ふさわ》しいです！　彼女を僕の婚約者とします！」

「あ？」

いま、なんつった？

こいつは今、なんと言った。

ギョッとした表情を浮かべた陛下とは異なり、興奮気味にクソガキは語る。

「ルイーゼ嬢はとても美しいですし、講師たちからも『才女』だとお聞きしています。そのような方を王家に迎え入れるのは、とても良いことです！　それに、家格も問題ありません！」

「何を言うかハインリヒ！　そもそも手を挙げてくれた候補のご令嬢方と交流してから決めるのが通例だ。それを、このような場で！」

「――陛下」

思ったよりも低い声が自分の喉から出た気がする。

びっくりしたようなクソガキは置いといて、陛下も目元がひくつかせてこちらをゆっくりと振り返る。

腕に手を添えていてくれたレナがすっと離れた。「ルル様」とルルに声をかけてくれた。そっと寄り添ってくれていることだろう。

陛下とクソガキからふたりが見えないように立ち位置を少し変える。

「我が家は立候補などしておりませんがいつの間に候補に挙がったのでしょうか」

「そなたの婚約が落ち着き次第打診する予定であったのだ。レーマン公爵から耳にしていないか」

「耳にしておりますが、順序に誤りがあるのでは。本来であれば王家より我が家に直接打診の上、我が家了承のもと、貴族院へ議題として上げると思っておりましたが」

「……その点は当家の落ち度だ。すまぬ」

「その点のみではないでしょう」

我々を囲むように、遠巻きに招待した貴族らが固唾《かたず》を呑《の》んで見守っている。

視界の端には顔色を失ったマルクスと祝いに来てくれていたペベルと番《つがい》のグレタ嬢が強張《こわば》った表情でこちらを見ていた。たぶん、場内にいるフィッシャー卿夫妻も、シュルツ卿夫妻も同じだろう。


目の前の陛下を睨《にら》みつけてる自覚はある。不敬だ？　うっせぇ先に礼を失したのは向こうだ。

仮にも第一王子ともあろう者が、自分の発言の重さを知らないなんて言わせない。

んなもんは教育が始まってすぐ教わるもんだ、うちのルルだって知ってる。

権力を持つ者ほど発言に重みが増す。我が家は伯爵家だが、俺自身は公爵家出身、しかも公爵代理まで務めたんだから発言の重要性は身にしみている。

貴族同士もさることながら、庶民に対する発言は伯爵であれ男爵であれ、爵位を持つ者であれば責任が伴う。

このクソガキは、ルルを「婚約者とする」と言いやがった。候補じゃなく、言い切った。

この場には多くの貴族がいる。このような大勢の場、しかも高位貴族が大勢集まった場での発言は、内容によっては「決定事項」となる。彼らが証人になるからだ。

それを分かっているからだろう陛下の表情は変わらぬものの、顔色は悪い。

クソガキは怯《おび》えを見せつつも困惑した表情を浮かべている。ほら分かってねぇじゃねぇか。

マルクスやフィッシャー卿から聞いた話では、先日の評議会で「ルイーゼ嬢なら良いのでは」という一声があったらしい。

だから恐らく、評議会もルルをクソガキの婚約者とすることを賛成多数で承認するだろう。

だって候補に挙がっていたご令嬢方は皆、泣く泣く手を挙げたと言われている。万が一選ばれたらと怯える娘をどうして送り出せようか。絶対賛成に入れるだろうし、決まらなかった問題を解決できるならとさっさと賛成に入れるところもあるだろう。

こんなとき、五大公侯は爵位に応じた権力しか持たない。評議会をひっくり返すほどの根回しもこれからというときだった。

目元が熱い。頭に血が上っている自覚はある。

だがここで暴れるわけにはいかない。冷静さを保たねばならない。俺は手のひらに爪を喰《く》い込ませ、クソガキを睨みつけることでなんとか怒りを逃そうとしていた。

カティのときみたいに、相手の周囲を火の海にするわけにはいかない。

「ヴォルフェール様」

レナの心配そうな声に振り返る。

ルルが、真顔を維持しようと、ぎゅっとドレスを握りしめて必死に耐えていた。泣きたいだろうに。

「……ゾンター伯爵。この件については、後日話し合いをしたい。フィッシャー嬢もせっかくの祝いの場を乱してすまなんだ」

「ええ、そうでございますね。このようなことが二度とないことを願っておりますわ」

「戻るぞ、ハインリヒ」

「え、でも」

「戻ると言っている。聞こえなかったのか」

「……はい」

陛下とクソガキが会場から出ていく。入り口付近の貴族たちは道を開けながら、軽く礼をして見送る。

完全に、陛下たちの姿が見えなくなった頃合いになっても会場は静かだった。

ああ、クソ。クソ、クソクソクソクソ‼　あのくそったれめ、クソガキめ‼

……落ち着け、落ち着け俺。ここで取り乱すのは良くない。この場には大勢の招待客がいる。

ひとつ深呼吸して、微笑んだ。

「申し訳ありませんが、娘の体調が優れないため少し席を外させていただきます。その間、皆様どうぞ我が家とフィッシャー侯爵家の腕利きの料理人が腕を振るった料理をご賞味ください」

「わたくしも一度下がらせていただきます。お父様」

「任せなさい」

三人で一礼し、ルルを俺とレナで挟んだ状態で揃って会場を出る。

会場として使っていたのは大ホールだ。王宮の大広間ほどの広さはないが、今回みたいにそれなりの人数を集めて立食パーティーみたいな催しものをするには十分の広さ。

客人が立ち入ることができる廊下を通り過ぎて、家人のみが立ち入れる廊下に入る。そこから家人が休憩用にと設けた小部屋へと入った。

レナがルルの侍女であるドロテーアにお茶の準備を依頼して、ドアがパタンと閉まった。

ルルをソファに座らせ、俺とレナもルルを挟むようにソファに座る。

「ルル」

「……おとうさま」

その顔は真っ青だった。

ルルは賢い。優秀だ。だからクソガキの発言の重さを知っている。もう、自分が婚約者になるしかないだろうということも。

そっとルルを抱きしめる。震えるその小さな体は、俺の背中に手を回すと可哀想《かわいそう》なぐらいに強く俺の服を摑《つか》んできた。

「レナさまが」

「うん？」

「レナさまが、ずっと、支えてくれました。わたし、あんなこと言われて、クラッとして」

「うん」

「……こわい」

それは小さな声だった。けれど俺を突き動かすには十分な声だった。

「――このあと王家に乗り込む」

「ヴォルフェール様」

「時間を与えるつもりはない」

マルクスとペベル、それからフィッシャー卿にも協力を要請しよう。シュルツ卿ももしかしたら協力してくれるかもしれない。

五大公侯の三家以上から権力監視機構による名目で謁見を申し込まれれば陛下だって無視できない。だってこれは王家の権力を乱用したも同然の行為だから、要件としては該当する。

「そうですわね。向こうに対策を取られる前にこちらから事実を公的に突きつけなければ」

レナの言葉に頷《うなず》く。

事実を周囲に知らしめるのは重要だ。ゾンター家は候補に上がることを了承していなかった。あのクソガキとの婚約は非常に不本意であり、叶《かな》うことなら解消したいと。

王宮にいる文官や武官、魔術師は今回のパーティーに参加していない貴族もいる。そいつらにいらぬことを吹き込まれると厄介だ。

「ルル様」

レナの声に、ゆっくりとルルが俺の胸元から顔を上げてレナを見た。泣いてこそいないが不安げなその表情にレナは真剣な面持ちで告げる。

「酷なことですが、王家側の事情によりすぐに婚約を白紙にすることは難しいでしょう。体裁もあり数年は維持することになるかと思います」

「はい」

「そこで、ヴォルフェール様が婚約条件を王家に突きつけます。苦労をかけることになるでしょう。

けれど、わたくしも、ヴォルフェール様もルル様の味方です。なにかあったときはすぐにわたくしたちに相談してください、どんな些細《ささい》なことでも」

ルルはしばらく黙り込んだままだったが、やがて小さく頷いた。

ああ、本当に、どうして俺はあのときもう少し早く動けなかったんだ。陛下が隣にいれば余計なことはしないだろうという油断があったのかもしれない。そんなの、あのクソガキには関係のないことだったのに。

ルルを幸せにするとカティに誓った。なのにこれでは、ルルを不幸せにするだけじゃないか。

「ヴォルフェール様もご自身をお責めにならないでください。すぐに動けなかったわたくしが言えることではありませんが」

「いや、ありがとうレナ。もちろん君のせいでもない。元凶はあのクソガキだ」

「あらまあ、ヴォルフェール様。お口が悪いですよ」

「自覚はある」

こうなってしまってはもうどうしようもない。それならば、ルルの未来が明るくなるよう、俺たちが頑張るほかない。

ゲームのシナリオの強制力なのか。それとも、単純にあのクソガキが（考えたくもないが）ルルを気に入ったのか。

いずれにせよ、ルルがシナリオの通りに婚約者となってしまったのならば、俺がやることはただひとつ。

——対策しよう。ルルが、悪役令嬢としてシナリオ通り衆人環視の中で辱めを受けないように。嘆き落ちぶれていかないように。

シナリオなんざクソ喰らえだ。俺は、俺の娘を守る。

レナや関係者と軽く打ち合わせしたあと、ご来場の皆さんには謝罪して俺は着の身着のままでフィッシャー侯爵家の馬車を使って王宮へと乗り込んだ。

そう、婚約式の格好のままで。軍服での登城はあり得るが、婚約式の色合いである白軍服は登城する格好じゃねぇな。案の定、門番とか仕事帰りの文官・武官なんかがギョッとした表情で俺を見ている。

ディナーから就寝前のこの時間帯は普通、王族への謁見は許可されない。だが五大公侯のうち二家の当主が「権力乱用について陛下へ緊急の取り次ぎを願いたい。今すぐに」と真顔で淡々と訴えた上に残り三家当主からの直筆サインがあれば最強なわけで。夜警担当の武官は泡をくってバタバタと引っ込んだ。

本当はペベルも乗り込んでくる意気込みだったんだが、グレタ嬢から止められた。現状、ペベルは俺と友人とはいえ無関係だ。だから一晩じっくり、一貴族として客観的な内容を書き上げて、朝イチで王家に抗議文を叩《たた》きつけるのが効果的じゃないかと。

俺もレナもグレタ嬢の案に同意したので、渋々、本当に渋々ペベルは引き下がった。今度うちにグレタ嬢と一緒に招待しよう。フィッシャー夫人にあのプレヴェドの茶葉がまた手に入らないか聞いてみるか。

まあ、レーマンやフィッシャー婚家《うち》（仮）は当然としてもまさか五大公侯みんなが味方になってくれるとは思わなかったけど。

ペベル他、シュルツ卿とブラウン卿は今この場にはいないが、明日書状で抗議文を送るらしい。

ブラウン卿とはあまり接点はなかったんだが、今回のパーティーでのクソガキのあの発言には思うところがあるため味方になってくれるそうだ。ありがたい。


そうして応接室に通された今、目の前に顔色の悪い国王陛下と、王妃《おうひ》陛下がいる。

マルクスが射殺さんばかりの目つきをしてるし、フィッシャー卿なんか顔を真っ赤にしている。

ちなみにパーティーはレナとフィッシャー夫人が「あとは任せて」とのことだったのでお願いしてきた。エマ嬢がルルに寄り添ってくれてるらしい。頭上がらんな。

そして部屋の隅っこで顔色悪くして立っている記録文官。こういった謁見の場以外での発言などを公的記録として残すため呼ばせた。

だってなぁ。レーマン公爵、フィッシャー侯爵がいるとはいえ「そんなことは言っていない」なんて言われたら困るだろう？　残業代はきっちり王家に請求してくれ。


口火を切ったのは、マルクスだった。

「此度《こたび》の問題は、当家への侮辱と受け取ります」

「なにを」

「ゾンター伯爵家は我がレーマン公爵家の分家。そしてゾンター伯爵は私が爵位を継ぐ成人まで我が家を支えてくれた後見人であり、恩人であり、何より私の実兄です。そんな兄の娘である姪《めい》の未来を、あのような衆人環視の中、打診もなく勝手に決めるなど当家を侮っているも同然ではありませんか」

ひゅっと王妃が息を呑んだ。隣にいる俺ですらなんかすごい圧感じるから、真正面から受けてる両陛下はしんどいだろうな。

フィッシャー卿が、ゆっくりと口を開いた。

「あの場は我が娘レナとヴォルフガング殿の祝いの場だったにもかかわらず、よくもまあ、あのような発言をさせましたな陛下」

「それは、まことにすまないと思っている。私もハインリヒがあのような発言をするとは」

「女の晴れ舞台のひとつである婚約パーティーを台無しにしたこと、わたくしからも謝罪いたします」

王妃陛下がか細い声でそう告げると、ハッとマルクスが鼻で笑った。

両陛下がギョッとしてマルクスを見ると不遜にも腕を組んで嘲るような笑みを浮かべている。

「謝罪はフィッシャー嬢のみですか。ルイーゼには何もないと？」

「それは……」

「あの場は兄ヴォルフガングとその娘であるルイーゼ、そして婚約者であるフィッシャー嬢がこれから家族として手を携えていこうと、連れ子であるルイーゼがフィッシャー嬢を受け入れたという意思表明の大事な場です。そのような場でルイーゼが望んでもいない婚約を結ばされるなど！」

「要するに私の娘は女でもなくハインリヒ王子殿下の玩具だということでしょうか、王妃陛下」

「そのようなことは！」

王妃陛下の悲鳴にも近い反応にため息を吐《つ》きたくなったのを我慢した。

さて。ここからは簡単ではあるが、レナと話し合って決めたこちらの条件を提示する時間だ。本当はもう少し精査してから出したかったが、明日になっては王家にも考える時間を与えてしまうため間に合わない。出発までの僅かな時間でレナ、シュルツ卿と案を出し合い、ここに来る馬車の中でマルクス、フィッシャー卿と詳細を詰めた。こちとら五大公侯を味方につけてるとはいえ、向こうは向こうで宰相や交渉事に長《た》けた外交官もいるからなぁ。

一呼吸おいて、にこりと微笑む。

「あのような場で口に出してしまった子どもの責任は取っていただきましょう、陛下」

「……何が望みだ？」

「即、婚約白紙を。もしくは王家有責での婚約破棄を。いずれにせよ、ハインリヒ王子殿下の発言による瑕疵《かし》は公表していただきましょう」

ぐっと言葉に詰まった様子を冷めた心地で見つめる。まあぶっちゃけ、これは無理だと思ってる。内心伯爵風情が、と思われているかもしれないが、俺ちょっと前まで公爵代理やってましたし。というかこの魔眼がなければ恐らくはレーマン公爵のままだったろうし。血筋はしっかりしてるわけで。

案の定、苦渋の表情で「それは」と陛下から声が出た。

「……すまぬ。これは本当に当家の失態だ。しかしすぐに撤回は無理だ。そなたも、五大公侯の一角を一時とはいえ担っていたのだ。分かっているだろう？」

まーなぁ。俺が知ってる限りでは直近で二度やらかしてるからな、王家。

といっても、一度目は俺が生まれる前の話だ。


先々代の国王が、それはもう近隣国の近代史にも名を残すほどの愚王だった。当時は五大公侯なんていう権力監視の役割を持つ家もなく、絶対君主制だった。

で、愚王はそれはそれは高慢で、女好きで、さらに処女厨《ちゅう》だった。当時も今もそうだが、女性は貞淑であることを求められる。婚約者同士は黙認されることが多いけど。

まあ要するに愚王が女性たちを権力を使って集め、食い散らかしたんだ。幸いにも愚王自身が種無しだったこともあって、そんな男の子どもを身ごもった人はいなかったそうなんだが、自殺者がそれなりに出てな。

愚王の弟である先代国王がクーデターを起こして玉座を奪取し、愚王の被害にあった女性たちへの賠償金の支払いで一時期王家の私財がすっからかんになったぐらいだ。

この愚王のお陰と言っていいのか、先代国王の時代から五大公侯が制定されて現在の三公爵家、二侯爵家が権力監視の地位に就き、評議会制度が発足した。だから五大公侯や評議会って言っても、実はそんなに歴史は古くない。

そう。俺が詳細を知ってるぐらいには、そんなに過去の話ではないんだ。なんなら庶民でも知ってるぐらい。当時、庶民からの王家への支持はどん底にまで落ちたらしい。

二度目は二十六年前に発生した大規模な魔物暴走現象《アウトオブコントロール》のときに先代国王の対応が後手後手に回ったのが影響してる。

発生場所は国の南部にある、ハウプトマン辺境領に次ぐ大きさを誇るダンジョン大穴《アオセンザイター》。名前のとおり、陥没した大きな穴がダンジョンになってる。恐らく上層階部分が陥没して地上に露出したんだが、当時未発見だったこのダンジョンから大量のモンスターたちが溢《あふ》れかえった。

このダンジョンがあった近隣の街や村は壊滅し、初期対応に向かった近隣領主数名および各家の騎士団、魔術師団が全滅した。この段階で王家が全貴族に出動命令を出していれば、もう少し被害は抑えられただろうと言われている。

しかし、何を思ったのか先代国王は「きっとまだ大丈夫だろう」と派遣しなかった。たぶん、魔物暴走現象《アウトオブコントロール》を実体験したことがなかったことが影響したのだろう。

魔物暴走現象《アウトオブコントロール》は一度にモンスターがすべて放出してくるわけじゃない。

何度も、何度も、それこそ波のように押し寄せてくる。

実情を知っている貴族たちが自主的に出動し、殺されていく状況にとうとう当時の宰相と発足したばかりの五大公侯が独断で全貴族に出動要請を出し、陣形を整え抑え込んだ。それはさながら地獄絵図だったという。学院生は未成年ということもあり投入はされなかったが、最後の方は学徒動員一歩手前の状況になり後は発令待ちの状態だったと当時の教師から聞いたことがある。

そこまでいってようやく王家が腰を上げ、精鋭騎士団・魔術師団も投入されやっと収まった経緯があり、回復しかけた王家の威信はまた一気に落ちた。

さらにこの戦いで聖女・聖人が数人死んでしまい、一気に結界石への魔力供給が不安定に。結果的に十歳の真名授与の儀のタイミングで俺の魔力保有量が分かった途端、聖人として各地を巡る羽目になった。聖女・聖人は経験を積んで学業を優先しつつ十五歳から巡るのが通例だったんだけどな。結局、聖女・聖人の人数が現在の人数に落ち着いたのは俺が結婚してからだったと思う。今の現役も十歳から動いてる聖女・聖人たちだ。

そんな出来事がまだ根強く記憶されている今の世で、王家から無理やり婚約をまとめた、と知ったら民がどう思うか。

──今代の国王は、先代、先々代に比べりゃ良い王だと思うんだけどなぁ。

必要以上の贅沢《ぜいたく》をせず、民に寄り添う。真名授与の儀のすぐあとに、聖女・聖人と判明した十歳の子息子女の家に自ら赴き、頭を下げてその力を貸してくれと希《こいねが》う。

王妃陛下だって、第二妃殿下だって王族として自身を律し、国王を支え女性目線で庶民のための政策にも口を出している。それで最近、ようやく支持が回復してきたってタイミングだったのに。

「さすがに、三度目は許されないでしょうね。しかしそのために我が娘に辛酸を嘗《な》めよと？」

「……重ねて、頼む。このとおりだ」

両陛下が深く、俺に向かって頭を下げた。

普段だったら俺より高位の人が頭を下げてくるのは胃が痛くなる光景だが、目の前のこのふたりは俺の娘の将来を奪った奴《やつ》の親だ。むしろ頭を下げなかったらどうしようかと思っていた。

ちら、と記録文官を見ればちゃんと記録はとっているようだが顔が真っ青だ。そりゃそうだよな、普通王族は頭下げないし。

俺はわざとらしくため息を吐くと「仕方ないですね」と呟《つぶや》いた。まあ、これ以上王家の威信が落ちてクーデター起こされても困るし。

ゆっくりと、ふたりの頭が上がる。

「では、この婚約の契約条件を決めましょう。もちろん、こちらが提示した条件にご不満がある場合はその理由を添えてお答えください」

こちらから出す契約条件は以下の五つ。

一、この婚約は「王家から」提示されたものであることを明記し、両家当事者にも周知させておくこと。
二、婚約者としての交流は行うが、必ず両家一名ずつ、信頼ある者をつけること。結婚までふたりきりでの行動は公的行事以外は行わない。
三、双方どちらかが不貞を行ったとされる場合、第三者で精査し、事実であった場合は不貞を行った側の有責で破棄する。
四、婚姻前に改めて婚姻後の契約について話し合い、締結する。
五、三の事態が発生、もしくは上記一、二のいずれかが破られた場合、破った側を有責として婚約を破棄する。

即白紙・破棄に比べりゃ簡単だろう？　にこり、と微笑めば国王陛下は渋い表情を浮かべた。王妃陛下も考え込んだ後、顔を上げる。

「契約についてふたつほど質問しても良いかしら？」

「どうぞ」

「なぜ、ふたりきりで会うのは避けるのかしら。婚約者同士の交流は執事、侍女を除いてふたりきりであることは普通のことよ」

「私どもがハインリヒ王子殿下の噂を知らないとでも？」

「あ、れはたかが噂よ。わたくしたちの方でも定期的に、あの子には知らせずに面会しているわ。不敬も不問とする、と宣誓してる中で相性が良い子は『側近として続けられる』と言われて」

「その条件、もう少し仔細《しさい》を詰めても良いだろうか」

……あ、これ王妃陛下の目が曇ってるわ。

食い気味で国王陛下が答えたが、僅かに眉間に皺《しわ》が寄ってるから国王陛下の方は現実が見えてるな。

まああのクソガキ、性格と王族としての自覚以外は今のところ魔力制御も勉学も優秀で文武両道なんだよな。これで平凡だったら、国王陛下も見限ることができたんだろうがなまじできるものだから難しい状況だ。

この国ではよほど性格破綻していたり魔法が使えないなどの理由がない限り原則、長子継承となっている。クソガキの一歳下のマリア第一王女殿下は、あの年齢ながら王族の自覚もある立派な王女様らしい。ただ、勉強面があまり明るくないのだとか。御年五歳の双子のマティアス第二王子殿下、レベッカ第二王女殿下はまだ幼いため判断できないが、それでも五歳当時のクソガキよりは落ち着いてると聞いている。

俺は口元に手を添えながら「そうですね」と呟いた。

「その信頼ある者たちについては執事、侍女同様の立ち位置と考えていただいても問題ありません よ。それかもしくは、王家の影をつけていただいても構いません。当然、我が家も類似の者をつけさせていただきますが」

王家の影、とは聞き覚えがあるだろうか。

そう、ファンタジーもののライトノベルなんかによくある設定だ。王家直轄の暗部。表に出ない連中で、影で王家を支える、まあ、忍者のようなイメージだな。

王家が民や各領地の様子を知るために国中に派遣することもある。正確に、見聞きしたことを嘘《うそ》偽りなく報告する義務がある集団。万が一虚偽の報告をした場合、即座に首が飛ぶ。物理的に。

そういう真名宣誓を創世神エレヴェドと山神ヴノールドにしているのだ。これだけの覚悟を持つのは王家の影以外ほとんどいない。

「そう、だな。王家の影をつけよう」

「それでは、ふたつ目の契約は『婚約者としての交流は行うが、必ず王家の影、およびゾンター家所縁《ゆかり》の隠密《おんみつ》を常時つけること』としましょう。次のご質問どうぞ」

「不貞の件よ。不貞が発覚した場合は、という部分には同意なのだけれど、婚姻後も有責による破棄は継続なのかしら?」

「当然です。ただ殿下が立太子され、国王となられた場合は第二妃以降の件はもちろん、制度上可能ですから問題ありませんよ。娘ときちんと話し合って決めていただくのなら」

現在の制度上、国王は妃を複数人を迎え入れることができる。

しかし名目上「妃」として迎え入れるためには第一妃《王妃》同等の地位と教養が必要だ。ちょっとやそっとの家じゃ入ることはできないし、ましてやヒロインのようなぽっと出の聖女も入れないだろう。王子妃もさることながら王太子妃、王妃教育はどんなに優秀な者でも一朝一夕、ましてや五年もかからずできるものではない。

そしてこれまた制度上、国王は愛妾《あいしょう》を迎えること自体は制限していない。幸いにも現国王、先代国王は第二、第三妃など妃はいても愛妾は抱えていなかった。先々代国王はお察し。

「いかがです？　難しいことではないでしょう？　この場でご回答いただけるのなら、我が娘ルイーゼ・ゾンターをハインリヒ王子殿下の正式な婚約者とすることをこの場で受け入れましょう」

両手を膝の上で組みながら、両陛下に問う。この内容は普通の政略による婚約関係なら問題ない条件だ。普通なら、な。

ちなみに、返答が明日に回されたら明日朝イチで評議会に参加する半数の家門当主から緊急評議会の召集願いが出されることになっている。うん、今日のパーティーに参加してくれた方々だな。目的は王家の瑕疵を明確化し、国民に広く公表すること。評議会の話し合いの結果は庶民にも公開されるものもあったりする。

王宮に着く前、精霊の手紙でシュルツ卿から連絡をもらったんだ。俺らが王宮に向かったあと、レナやペベルたちが頑張ってくれたらしい。

そのことは両陛下は知らないだろうが「別に回答は明日でも良い」という雰囲気を出さずに堂々と居座る俺たちにその場で回答しないとどうなることか、というのは想像がつくだろう。

ようやっと回復してきた信頼を、さらに地に落とすか。それとも、条件を呑むか。

両陛下は少しだけ声を潜めて話し合い始める。

隣のフィッシャー卿とマルクスをちらと見やれば、フィッシャー卿はふんぞり返っており、マルクスに至っては微動だにせず真顔でじっと両陛下を見つめている。ねえマルクス、それきっとやられてる方は怖いと思う。

時間にすれば、十分程度だろうか。

「……貴公の条件を呑もう。文官、記録しておるな」

「は、はい！　確定予定の条件を申し上げます！」

記録文官が読み上げた五つの条件は話し合いの結果決まったやつと同じ。うん、まあ王家の体裁を整えつつルルを守る条件としてはいいんじゃないだろうか。

俺たちが「内容は合っている」と回答すれば、急ぎ文書化するために記録文官が退室する。となると、近衛騎士がいたとしてもこの場は非公式の場。無礼講だ。

「兄上」

「んー？」

「先ほどから目が赤くなってますよ。落ち着いてくださいね」

「分かってるよ」

ピクリと近衛騎士が身動《みじろ》ぎした。鋭い眼差《まなざ》しで俺を睨みつけてくるが、俺は口元に笑みを浮かべる。

だって本当なら、俺はこの王宮にいるクソガキを燃やしてやりたい。ご自慢の金髪だけ燃やしてチリチリな毛にしてやろうか。一生、毛髪が生えないほどの火傷《やけど》を負わせてやろうか。

ああ、それとも東ティレルの洞窟のダンジョンにクソガキを放り込んでやろうか。暗闇の中で逃げ惑うだろうなぁ。歴戦の冒険者や騎士団、魔術師団でも苦戦したんだ。泣き叫んで逃げ惑うだろうか。そうして暗く、深いところまで逃げ惑い、迷宮で野垂れ死ぬだろうか。

まあそれやると犯罪になるからやらないけど。今度モンスター出没の話が出たら、出動しようかなぁ。燃やしたい。完膚なきまでに、灰となって土に還《かえ》るほどに。

ははは、オットーが今の俺の心を覗《のぞ》き見《み》たらドン引きするだろうな。俺を見る両陛下の顔色は悪い。

そうだなぁ、実際、今は起動スイッチを手や腕の動作にしてるけど本来なら対象を認識でき、い、いれば無条件で燃やせるから、ここにいる両陛下も近衛騎士も、一発で燃やせるんだよ。

やらんけど。

しばらくして、記録文官が書類を持って戻ってきた。

そしてそれぞれ差し出された書類に不備がないか確認し、問題なければサインをして交換する。

もう一度、交換した書類を確認して問題なければサイン。

これで契約は成立した。

「たしかに受け取りました。では、国王陛下、王妃陛下。娘と婚約者が待っておりますので、失礼いたします。遅い時間にご協力いただき、ありがとうございました」

立ち上がり、深く一礼する。両陛下は弱く微笑むだけだ。時間はもう二十一時を過ぎている。

マルクス、フィッシャー卿も俺と同様に深く一礼すると、一緒に退室する。颯爽《さっそう》と城内を歩き、馬車止めのところで待たせていたフィッシャー侯爵家の馬車に三人乗り込んだ。

御者が馬を操り、馬車は動き出す。

「……はぁ」

「お見事です兄上！」

「私が口を挟むこともありませんでしたな」

タイを緩めながらため息を吐く。無理。もー無理疲れた。

フィッシャー卿が目の前にいるからあんまり姿勢を崩せないがこのぐらいは許してほしい。

「やはり、ルルの婚約白紙は叶いませんでしたね」

「ルルのことだけを考えれば、俺が伯爵位を捨てて庶民になればいいんだけどな。それじゃレナを守れん」

そう。本当にルルのことだけを考えれば、俺はこの爵位を捨てて庶民として暮らしていけばいい。国外に出てもいいな。

まあ、俺が聖人であるから国は絶対俺を離さないだろうし、爵位を返上するのも許されないだろうけど。

俺が爵位を捨ててしまうとマルクスに負担が行く。マルクスも爵位を捨てるとなると領民たちが路頭に迷う可能性もあるし、せっかく活気が出始めた貧民街のみんなの事業も頓挫してしまう。

それに、庶民になってしまったらレナを守る力も失ってしまう。ルルに負担をかけてしまうのが、本当に心苦しい。

「ルイーゼ嬢は、ヴォルフガング殿とレナが結婚すれば我が孫も同然だ。我が家も力になろう」

「助かります、義父上《ちち》」

「レーマン公爵家も当然！　力になります」

「ああ、ありがとう」

ひとまず、これでよし。たとえシナリオ通りヒロインが現れて、クソガキが惹《ひ》かれたとしても。

クソガキがこの条件を覚えていればヒロインに手を出すことはないだろうし、まあ条件を忘れて心惹かれて不貞になったらルルはクソガキから解放される。

万が一このまま結婚することになってしまったとしても、新たにルルに不利にならない条件を設定できる。

——だが、まだ足りない。

ルルは王太子ルートのほか、逆ハーレムルートでも悪役令嬢として登場する。

逆ハーレムルートは攻略対象者すべての好感度をまんべんなく、恋愛フラグが立つギリギリの状態（友人以上恋人未満）でクリアすることで発生する。

となると、他の攻略対象者から何かのきっかけで糾弾され、ルルが悲しい思いをする可能性もある。

攻略対象者のひとりであるカールはもううちの執事として働き始めているから問題はないかもしれないが、魅了魔道具を用いられるとどう転ぶか分からない。

魅了魔道具は世間一般に流通している、一般的な魔道具のひとつだ。

だがこの魅了魔道具は同時に世界で規制されている魔道具のひとつでもあり、ランク付けがされている唯一の魔道具でもある。


かつて、ヒースガルドという小国があった。そこで開発された魅了魔道具の効果は絶大で、当時のヒースガルド国王はまず、自国の民を魅了した。――兵士として、民を徴用するために。

魅了魔道具を用いられた民は国王を尋常ではないほどに慕い、老若男女に至るまで兵士として志願した。

そして国民一丸となって隣国だったモディリア王国に侵攻を開始した。そこでも魅了魔道具を使って他国の民を魅了し、侵攻されたはずの国民はヒースガルドに忠誠を誓い、次々と侵略していった。

最終的には神々をも魅了し、世界の半分以上を制覇した巨大な帝国になったという。

しかし、今その帝国は見る影もない。国王の血縁もすでに絶えたとされている。ヒースガルドの魅了魔道具はたしかに強力だった。けれど《精霊の愛し子《いとご》》以外には魅了耐性が比較的強い精霊族の国々と、神への信仰心が強く揺らがない敬虔《けいけん》な神官たちが創世神エレヴェドを筆頭として魅了されなかった神々と共に全面戦争を行った結果、ヒースガルド帝国は滅ぼされたのだ。

この戦争を機に、魅了魔道具を含めた魅了系のものは世界レベルで規制がかかった。

世界基準の魅了レベルを五段階制定した。これは、魔道具、魔法薬などで魅了効果があるものすべてに適用される。

レベル一『使用可』、レベル二『魔法薬師の使用指示のもと服用可』。ここら辺までは流通してるものだ。

レベル三『研究目的外での使用禁止、研究目的での製造は可』、レベル四『研究目的外での使用禁止かつ製造法公開禁止』、レベル五『一切の所持・製造禁止』。いずれも効果は高いが副作用がひどいとかそんな感じだったり、レベルが高いものになればなるほど他人の心を無理やり捻じ曲げるような威力を持つものだ。

レベル三以上の規定違反を犯すと一発で国際指名手配犯になり、捕まれば魔塔での実験体コース。レベル一はほんのり好感度を上げるとかそんなものだ。店主とか、受けが良いと商売が上手くいくだろう？　そんなときに使う。副作用もほぼない。

レベル二は服用記録が残るようになっている。普通に用法・用量を守って服用すれば問題ないが、オーバードーズなどとすると体に影響があるため、魔法薬師の処方箋が必ず必要なもの。舞台俳優などが使うな。客からの好感度を上げたいとか。

レベル三、レベル四は研究目的であれば使用や製造が許可されている。何らかの原因でこれらの魔法薬とか魔道具ができて、解除できる術がないと困るからその研究のためなら、と目溢しされている状態のもの。

レベル五となると研究目的でも違法とされ、製造法が記載されている物があれば速やかに該当箇所は破棄、または国際機関の魔塔にある機密書庫へ格納されることになる。

ヒースガルド帝国で開発されたものはレベル五扱いとなっており、現在は魔塔で厳重に封印されているという。ほか、精霊が魔改造した魅了魔道具もレベル五らしい。今は精霊も魔改造できないような加工がされてるようだけど。いずれにせよ、レベル三以上はどの国でも禁じられていること

297　俺の愛娘は悪役令嬢1

が多い。

——だが、あったのだ。

乙女《おとめ》ゲーム「蒼《あお》乙女の幻想曲《ファンタジア》」のゲーム内に、ヒロインのお助けアイテムとして好感度上昇アイテムの「百合《リリーエ》のブレスレット」が。

ＤＬＣ《ダウンロードコンテンツ》のひとつで、二周目以降のスチルやイベント回収には助けられた覚えがある。

百合《ゆり》は聖女・聖人の象徴とされているので、聖女とされるヒロインが持っていても違和感はない。

あのゲーム中の好感度の上がり具合を考えるとあれはレベル三以上に相当する魔道具になると思う。あれがこの世界にもあるとしたら、今は味方のカールも敵に回る可能性もあるし俺らも無事じゃすまない可能性もある。

魅了効果を防ぐ魔道具自体、三百年以上前の遺物に近い。

当時は必死だったからこそ作れた代物で、今は神ですらどうやってその魔道具を作り出したのかすら分かっておらず、現在も研究が進められていると聞く。だから逆立ちしたって俺がその魔道具を手に入れるのは無理だ。

精霊族は《精霊の愛し子》に対する以外は魅了耐性が高いんだっけか。となると、精霊魔法を取得して精霊に補助してもらうのが良いかもしれない。精霊魔法に精通している人、誰かいたかな。

一応、属性によらず精霊魔法は習得できるというが、精霊との相性もあって実際に扱えるかどうかは微妙だ。

ペベル辺りなんかは知らないだろうか。

「兄上、兄上！」

そこまで考えて、トントンと肩を叩かれて我に返る。

気づけば馬車は止まっていて、マルクスが良い笑みを浮かべていた。フィッシャー卿は興味深そうに俺を見ている。あ、やっべ。

「はい、兄上。なんでしたっけ？」

「報・連・相！」

「明日で良いので共有してくださいね」

「いえっさー」

「……いや、レナから話は聞いていたが。本当にヴォルフガング殿は没頭すると声すら聞こえないのだな。何度か声をかけていたが、全く反応がなかったよ」

「申し訳ありません！」

これ帰ったらマルクスに怒られるやつ。実際目が笑ってない。いやホントごめんて！　明日なんて報連相しよう。前世とか乙女ゲームとか言えねぇ。

夜も遅いし、ルルを預かってもらってるし、と俺はそのままフィッシャー邸で泊まる流れとなり、マルクスはそのままフィッシャー家で待たせていた自分の家の馬車に乗り換えて帰っていった。

フィッシャー卿と共に、邸宅に入る。は～。早くこの堅苦しい服を脱ぎたい。

「おかえりなさいませ、あなた。ヴォルフガング殿」

「ただいま、アンジェリカ」

「ただいま戻りました。すみません、後をすべて任せてしまって」

「構わないわ。あの件の方が重要だもの」

待っていたのはフィッシャー夫人だった。少し疲れた様子なのは、王宮に向かった後のパーティーに対応してくれたからだろう。

レナにも申し訳ないな。王妃陛下が言った通り、彼女の晴れ舞台のひとつなのだから俺が傍で協力しなきゃならなかったのに。

「ルイーゼ様はエマとレナと寝ているわ。やっぱり不安だったのね」

「そうですか。寝る前に一目見ようと思ってましたが、おふたりも一緒であれば大丈夫ですね」

「私と見に行けば良いだろう。親が子を心配するのは当然だ」

「ええ、そうね。わたくしも三人の様子が見たいわ」

「ありがとうございます」

本当は俺がレナやエマ嬢の寝顔を見るのはあんまりよろしくないんだろうが、誘ってくださったことに感謝する。軍服の上着は脱いでこの邸《やしき》の執事に任せ、比較的ラフな格好で三人でルルたちが寝ている部屋にこっそりと入る。

レナとエマ嬢がルルを挟むような形で寝ていた。すやすやと眠るルルの目元には泣きはらしたような痕がある。エマ嬢が手前にいるのでちょっと手を伸ばして撫《な》でることはできなそうだ。でもルルの顔が見られただけでもホッとした。

……本当、レナとエマ嬢には頭が上がらんな。

そっと部屋を出て、廊下を歩きながらフィッシャー夫人に結果を軽く報告した。ひとまずこちらの条件をほぼすべて呑んでくれた、という点に安堵《あんど》の表情を浮かべている。

「あとは様子見ね。これから王子妃教育が始まることになるけれど…わたくしもできる限りサポートするわ。あと、ブラウン夫人にも声をかけておくわね」

「ああ、ブラウン夫人はたしか陛下の婚約者候補のひとりだったな、そういえば」

「ええ。候補者時代にも王子妃教育に近いことを受けていたそうだし、経験談を少しでも耳にしていればルイーゼ様の不安も少しは晴れるかもしれないわ」

「何から何までありがとうございます」

「いいのよ。あなたも大変だったわね……ゆっくりと休んでちょうだい。明日の朝は気にしなくても良いわ」

「はい」

正直、疲れたので素直に申し出を受け入れる。明日の朝はゆっくり起こしてもらおう。ああ、でもルルの顔が早く見たい。

部屋に戻り、蒸しタオルで軽く体を拭ってから寝巻きに着替えてベッドに潜り込む。

——怒涛《どとう》の一日だった、と思ったところですとんと意識が落ちた。

第十二話　この世で一番大切な日

俺が、婚約式の正装で王宮に乗り込んだことはまたたく間に貴族の間に広まったらしい。

表向きはクソガキ《ハインリヒ王子》とルルの婚約、という祝い事だが、向けられる眼差しは同情のものが多い。同情するなら代わってくれと思うものの口には出さず、微力ながら力を貸すよと申し出てくれた家々に感謝を述べる、という日々を送っていた。

エマ嬢なんかルルが婚約者として決定したと聞いて「なんで、どうして！」と泣き叫んだというし、ルルよりふたつ上の、婚約者候補のひとりだったシュルツ嬢からは直々にルル宛《あて》に手紙が届いた。

こういう私的な手紙を男親が詮索するわけにもいかないので、それとなくレナにルルに聞いてもらったところ要約すれば「本来であれば私がその立場になるべきだった。力になる」とのことだった。

シュルツ嬢も、真名を授与されたとはいえ十歳だ。そんな少女がそこまで発言せざるを得ないなにかがあったのだろうか。

ひとまず考えることはさておいて。今日はルルの誕生日だ。

「おはようございます、お父さま。マルクス叔父《おじ》さま」

「おはよう、ルル。そして誕生日おめでとう!!」

「きゃっ」

食堂に現れたルルを抱き上げ、くるくるとその場で回る。

驚いた様子のルルだったが、やがて嬉しそうに笑った。うん。ルルには笑顔が似合う。

「おめでとう、ルル。もう八歳か。兄上、そろそろ下ろしてあげて」

「ええ〜、もっと堪能したい」

「わたし、今日はお父さまと叔父さまの隣で朝ご飯をいただきたいです」

「もちろん」

「僕もいいよ」

今日はルルがどんなわがままを言っても良い日、となっている。

もちろんルルはわがままの度合いをちゃんと理解しているので、可愛《かわい》らしいものばかりだ。

あ、ちなみに行き過ぎだと思われるわがままについてはちゃんと叶えられない理由を説明して諦めてもらう形だ。今のところ、そういうのはないけれど。

ルルの願いにマルクスが使用人たちへ視線を向ければ、心得たとばかりにサササッと食器や椅子の配置が変わる。

普段であれば、テーブル短辺部分の一人席（まあお誕生日席だな）にマルクスが座り、その右側長辺に俺、俺の向かいにルルが座っている。ルルの願いでルルの席がテーブル長辺部分のやや中央に動かされ、その両隣が俺とマルクスの席になった。

席について、神々に祈りを捧《ささ》げて朝食を食べる。

今日はルルが好きなものばかりだ。キラキラとルルは目を輝かせて、美味《おい》しそうに頬張《ほおば》っている。

「旦那様」

「ハンス」

ハンスもルルの誕生日を祝うために、ゾンター伯爵領邸の代表としてこちらに来ていた。

ちなみに先日のあの婚約事件は人一倍憤慨しており、自身の得物である剣を持ち出して王宮に乗り込まんとしたほどだ。痛いほど分かるぞハンス。実際に俺は乗り込んだし。

「お嬢様へのプレゼントが届いております」

「分かった。食後にチェックするか」

「現時点での贈り主と品目は控えております。返礼品をリストアップしますか？」

「頼んだ。ああ、でもリストはレナが来たら渡してくれ。彼女の意見も聞きたい」

「承知いたしました」

我が家は他所《よそ》様を招待して大々的に誕生日パーティーをすることはない。これは父である前レーマン公爵からそうだった。どちらかというと父は、大勢の人と共にいるのが苦手そうだったとフィッシャー卿が言っていたから恐らくそうなのだろう。親戚共との確執のせいかもしれないが。

今までも身内だけでこじんまりとやっていたし、これからもそのつもりだ。ルルがお友達を呼んでみたいというのであれば考えるけど。

だから普段、ルルの誕生日プレゼントは関わりがあるところぐらいしか来なかったんだが。

「……やっべぇな、これ」

エントランスホールの一角に山のように積まれているプレゼント。

小さな山と大きな山があり、小さな山の方はルルと交流がある家々からのものだ。

大きな山の方は関わったことがない家々から。まあ、仮にも第一王子なあいつの婚約者ともなれば媚《こび》を売っておきたいってのもあるんだろうが。

ハンスを筆頭に、レーマン公爵家の使用人たちもバタバタと次々と届く贈り物の内容を確認したり、仕分けしたりと忙しい。ぽかんとしているルルを見て、マルクスに視線を向ける。マルクスは心得たと言わんばかりに頷いた。

「ルル、サンルームでプレゼント開けてみようか」

「サンルームで、ですか？」

「うん。あそこもそこそこ広いしね。兄上、ルルと一緒に確認してきますね」

「頼んだ。また後でな、ルル」

「はい！」

マルクスとルル、ドロテーアがサンルームに向かっていくのと同時に、使用人たちが小さい山の方を手際よく、丁寧に台車に載せていく。

俺はそれを見送りながら、大きな山の方の隅にある花束に視線を向けた。

……まあ、バラを贈ってこなかっただけマシといえばマシか。イエローとオレンジで品良くまとめられた花束は中央にオレンジ色のガーベラが六本配置されており、大きさもそこまでデカすぎずルルが普通に抱えられるほどの大きさだ。

メッセージカードが挟まれており、それに手を伸ばして——引っ込めた。そういえばレナに「かの家から届いたものを確認する際は必ずわたくし、もしくはグラーフ様と一緒に」と言われていたんだった。

「旦那様、グリーベル伯爵家から贈り物が届いています」

「熨斗《のし》つけて送り返せ」

「のし？」

「あー。何も手を加えず、送り返せ」

グリーベル伯爵家はカティの実家だ。今までさんざんルルのことを無視してきたくせに、王族の婚約者になった途端手のひら返しか。よくもまあ、手紙ならまだしも物を送りつけてきたものだ。

一度だけ、ルルに話したことがある。カティの実家に祖父母がいるのだと。会いたいか、と。

だがルルは首を横に振った。カティの葬式に来ていない、という話をどこからか聞いていたらしい。

最近では「フィッシャー侯爵様と、フィッシャー夫人がわたしのおじいさまとおばあさまです」と言っておふたりを喜ばせていた。本当、いい人らだよ、義父《ちち》上と義母《はは》上は。

「旦那様、レナ様がいらっしゃいましたのでお通ししました」

「ああ、ありがとう」

「ヴォルフェール様、おまたせいたしました」

「今しがた確認を始めたばかりだから大丈夫だ。わざわざありがとう」

「いいえ。わたくしもルル様を直接お祝いできるのはとても嬉しいです」

そう微笑《ほほえ》むレナに俺も微笑み返した。いや本当、フィッシャー家はいい人ばっかりだな。

昼はプレゼントの整理、返礼リストの作成、ルルのプレゼント開封に付き合うなどで時間が過ぎて、早いもので夕方になっていた。

身内だけの小さなパーティーなので、来訪者は少ない。

「え、ちょっ、待ってくださいペーター様！」

「やあやあヴォルター！　お邪魔するよ！　そしてこっちが私の番《つがい》のグレタ嬢だ！」

バァンと食堂のドアを押し開けたペベル。顔色を悪くしてペベルを止めようとしていたヴィンタース嬢と案内してきたであろう侍女。突然開かれたドアと声音に驚いた使用人一同。ガチャン！と音が鳴ったけど大丈夫か。

レナと食堂で最終チェックをしていた俺は、思わず苦笑いを浮かべた。

「よぉ、ペベル。もう少し落ち着いてドア開けろよ。うちの連中がビビったぞ」

「おや、それは申し訳ない」

「それからヴィンタース嬢、は正式に挨拶を交わすのは今日が初めてですね。はじめまして、ヴォルフガング・ゾンターです。先日はご挨拶もままならず申し訳ありません」

「いいえ、あのようなことが起きたのですから仕方ありません。改めまして、ペーター様の番となりますグレタ・ヴィンタースと申します。どうぞよろしくお願いいたします」

ピンと立った犬型の耳にふさふさの尻尾《しっぽ》がゆらりと揺れる。狼《おおかみ》獣人の彼女はグレーの髪を持っており、耳も尻尾も同色だ。なんか前世のハイイロオオカミを思い出した。カッコいいよな、狼。

「いやあ、君から個人的な催しの招待状をもらえるなんて初めてだから嬉しくてね！」

「おっ、まえはいちいち！　……まあ、しばらくは大人しくイジられてやるけど」

「あはは」

いや、本当にニコニコと嬉しそうに笑うペベルに毒気が抜かれる。俺がペベルを友人認定してからは、今まではどこか作った表情だったんだなと分かるぐらいに喜怒哀楽がはっきりするようになった。

そういや、ヴィンタース嬢には俺のこと話してるんだろうか、とちらと彼女を見れば、彼女はにこりと微笑んだ。俺も思わず微笑み返す。

と、ガシッと肩を組まれた。隣を見ればペベルが細い目をさらに細めてこちらを見ている。

「君の事情は知ってるよ。ちゃんと話してる」

「そうか。接触訓練の方も順調か？」

「……」

「……ま、頑張れ」

あからさまに逸《そ》らされた視線に苦笑いを浮かべながらポンポンとペベルの背を叩いた。ペベルの腕が肩から離れていく。ハンスがここまで案内してきた侍女に、ペベルとヴィンタース嬢を席に案内するよう指示を出した。

一応、ペベルがエスコートをしようとしたのだろうが、ギギギといった音が聞こえてきそうな動きを見せた。しかし、ヴィンタース嬢は理解していたのだろう。ペベルの服の裾を少しつまんだだけにして、ペベルと一緒に案内された席につく。

それを目で追っていたレナは、声を落としてぼそっと呟いた。

「牽制《けんせい》されていましたね」

「やっぱりそう思うか？」

たぶん無意識だったんだろうが、肩を組んできたときにやや力が入っていた。本能的なものかどうかは分からないが、まあでも彼女を大事にしようとしているみたいだから頑張れと心の中で旗振って応援する。

と、次に開け放たれたドアから使用人が顔を出した。

「旦那様、フィッシャー侯爵ご夫妻とご息女のエマ・フィッシャー様が到着されました」

「通してくれ」

「はい」

懐から懐中時計を取り出し、時間を確認する。うん、時間通りだな。

「そろそろだな」

「ええ。ルル様もお喜びになるでしょうね」

晩餐《ばんさん》はルルの誕生日パーティーだ。

身内だけのはずだったんだが、ルルのリクエストでペベルたちも呼ばれた。なんでと首を傾《かし》げたがルルいわく「だってお父さま、自分の誕生日パーティー絶対しないんだもの。だからわたしのときに呼ぶの」らしい。やだ俺の娘ってば天使。

まあ、ペベルも前々からルルのことは気にかけてくれていたから、ルルもペベルには比較的懐いているんだよな。

そうしてやってきた晩餐の時間。俺とレナはルルの部屋へ向かっていた。もちろん、ルルを迎えに行くためだ。

準礼装《セミフォーマル》と呼ばれる格好なので俺もそれなりにかっちり着込んでるし、レナも品の良いドレスを身に纏《まと》っている。

部屋の前で控えていたカールが俺たちに気づいて、一礼した。それからカールがルルの部屋をノックする。

「お嬢様。旦那様とレナ様がいらっしゃいました」

「はい」

部屋の中から声が聞こえてきて、ドアがゆっくりと開けられる。中から出てきたのは——まごうことなき天使。可愛い、めっちゃ可愛い。

ふわふわカールにしたマロンブラウンの髪に、薄く化粧が施されていて俺と同じオレンジの目がぱっちりとしている。グリーン系のドレスはこの年代の娘らしい、フリルがあしらわれた可愛らしいものだ。

そしてドレスには琥珀《こはく》でできた鳥型のブローチがつけられている。これはカティが遺《のこ》したもののひとつで、カティが気に入っててよくつけていたものだった。

実は、このブローチをつける案はレナから提案されたものだ。カティが遺した装飾品があるのであればそれをつけるのが良いだろうと。きっとカティも一緒に誕生日を祝いたいだろうから、と。

もともと、ルルが淑女教育を真面目《まじめ》に受けていれば渡すものだったひとつだから、渡す分には問題ない。実際、講師からもレナからもルルはこの年頃での合格点をもらってる。本当、レナには頭が下がるばかりだ。

「似合うよ、ルル」

「ありがとうございます！　ドロテーアがくるくるにしてくれたんです、エマ様とおそろいです！」

「もともと、ルル様の髪も少しカールされてましたからね。しっかり巻くとまた印象が変わって大人っぽく見えますわ」

「本当ですか？　じゃあ、真名をいただくときもこの髪型にしようかな」

えへへ、と笑うルルが可愛すぎて思わず口をきゅっとした。カティどうしよう。俺ルルを嫁にやりたくないってか嫁にやるにしてもあのクソガキは嫌だ。

少し気持ちを落ち着かせて、ルルに手を差し出す。

「行こうか」

「はい！　あ、レナ様とも手をつないでもいいですか？」

「はい、もちろんです」

少し目を丸くしたレナだったが、やがて花が綻んだように笑ってルルと手を繋《つな》いだ。

視界の端で見えたドロテーアとカールが「この世の尊いものを見た」みたいな表情を浮かべてる。分かる。っていうかドロテーアもそんな表情するんだな。

三人仲良く手を繋いで食堂に向かう。食堂のドア前で控えていたクリストフとハンスが俺らを見て目を丸くして、それからクリストフはにっこり微笑んだ。ハンスは顔を両手で覆ってプルプルしてる。そうだよな、ルルの天使っぷり最高だよな！

ドアを開けると、普段質素な食堂には装飾が施され、カラフルなガーランドが壁に取り付けられているのが視界に入る。

食卓である長テーブルの上には所狭しと料理が並び、中央には大きないちごのチョコレートデコレーションクーヘン。ルルはいちごが大好きだからなぁ。そして長テーブルの長辺部分には招待客が並びマルクスがクラッカーの紐《ひも》を引っ張って、パン！　と音が鳴る。続けてペベルやフィッシャー卿たちも料理にかからないように気をつけながら、クラッカーの紐を引くと、パンパン！　と賑やかな音が鳴った。

「「お誕生日おめでとう、ルイーゼ《Alles gute zum Gerburtstag,Luise》!!」」

この場にいる全員から、声を揃えて言われた祝いの言葉。ルルの瞳は大きく見開かれ、頬が紅潮して喜びを抑えきれないようだった。

それでも、幼い頃は飛んだり跳ねたりと全身で喜びを表していたルルが、きちんと皆にカーテシーをしてから、お礼を述べる。

「ありがとうございます！　とても嬉しいです！」

「さあ、おいでルル」

ルルの手を引いて、いつもであればマルクスが座るテーブルの短辺部分に置かれた椅子に座ってもらう。椅子を引いて、ルルが座るのを見てそっと位置を合わせたのはマルクスだ。

そうして、レナがドロテーアからそっと花冠を受け取り、ルルの頭に載せる。丁寧に編み込まれた花冠はレナが作ったそうで、売り物と見間違えるほどの完成度だった。

ちなみに、たぶんこの祝い方は俺のところだけだ。両親が生きていた頃はやっていなかったが、俺とマルクスだけの誕生日もなんか虚《むな》しいと思ってクリストフたちに協力してもらって、前世のパ

ーティーっぽいのを再現してもらった。クラッカーもそのひとつ。最初に話を通したときのペベルやフィッシャー卿、レナのびっくりしたような表情は記憶に新しい。

そこからは、もう無礼講のようなものだ。料理を食べながら、各々ルルに誕生日プレゼントを手渡して、その場でルルが開封。

ペベルとヴィンタース嬢は、ルルが俺と一緒に絵を描くと聞いたらしく水彩画の画材セットだった。うわちょっと待てその画材どこで買ったお前。めっちゃ品質良くてしかも値段相応のとこのじゃねぇか！　俺ですら手を出すのを諦めたやつ！　まだルルは色鉛筆でしか描いてないが、そろそろ水彩画にチャレンジすることも考えてたからまあ、タイミングとしてはいいかもしれない。

フィッシャー卿らから贈られたのは裁縫セットで、最近ルルが裁縫の授業に励んでいることを知ったフィッシャー夫人が吟味した針や色々な糸、手本となる刺繍《ししゅう》が施されたハンカチをいくつか用意したそうだ。もちろん、貴族御用達《ごようたし》の道具店からの取り寄せだ。しかも手本のハンカチはフィッシャー夫人お手製。パッと見ただけでも門外漢の俺でも「え、売り物？」と思うほどに繊細で、丁寧な刺繍。まずは簡単な図柄から、とのことだったがレベルが高い。

エマ嬢からはリボンだった。よく見れば、リボンの裾に施されている文様は刺繍で、ちょっと縫い目がガタついている。恐らくエマ嬢お手製なんだろう。同じリボンがエマ嬢の髪に結ばれており、ルルは「おそろい！」と喜んでいた。

レナ嬢からは日傘。子どもは日傘じゃなくて帽子だからなぁ。ある意味大人の象徴でもあるので、ルルは嬉しそうだ。日傘はレース部分が細かく、デザインはバラだろうか。持ち手部分にも装飾が施されているが、持つのに邪魔にならない程度にしてある。持ち手部分は装飾別にいらないんじゃ、と思うだろうが、意外とこういうところをレディたちは見るらしい。

マルクスからはブローチ型の魔道具だった。一体何のかと思えば、魔石の魔力が続く限り何度でも繰り返し録音・再生できる、かなり高いやつ。あれは記録を維持する魔石部分が結構デカいはずなんだが、カールに小型化を頼んだらしい。やべぇ、これ商売になりそう。……あれ、これ一回限りでも結構需要あるよな？　むしろ世間一般で出回ってるのは一回限りのやつだし。

となると、カールみたいに物を小型化できる混じり属性《コンピテュープル》の人材を探すのがいいかもしれん。カールひとりに頼るより、今後も継続できれば色々できることが増えそうだな。であれば、まずは……。

「ヴォルフェール様？」

もろもろ考え込んでたところで聞こえてきたレナからの呼びかけに反応してレナを見たところ、にっこり微笑まれてた。あ、これ色々考えてたのバレてるわ。

「……オットーを交えて相談しよう、明日以降」

「はい」

よし、今度は俺の番だな。ルルはわくわくとした表情で俺を見ている。うわ、すっげープレッシャーだわ。正直国王陛下から褒賞もらったときよりも緊張してるかもしれん。ハンスに合図を出して、使用人たちに持ってきてもらった。

イーゼルが出されて、その上に布がかかったキャンバスが置かれる。大きさは大体長辺五十センチぐらいか。イーゼル込みだとルルよりも大きく見えるだろう。

「めくってごらん」

そう促せば、ルルは緊張した面持ちで布を摑《つか》み、優しく引っ張った。布の下にあった絵画を見て、ルルの瞳が丸く、大きく見開かれる。

俺と、ルルと、レナが描かれた油絵だ。日常の風景を切り取ったようになっていて、公爵邸の庭にある東屋《あずまや》で三人で穏やかにお茶をしている様子。俺の顔もちゃんと描けてる……はず。

これを描くために、前世で言う写真が一回だけ撮れる写影魔道具《カメラ》を買った。痛い出費だった。レーマン公爵家時代だったらまあまあ買える値段だけど、ゾンター伯爵家はなぁ、カツカツなんです。

こっそりマルクスに撮ってもらった映像を見ながら描いたもんだからたぶん大丈夫だと思う。

あれ、写影魔道具《カメラ》の方が高かったたか、もしかして。

「へぇ、君の絵は初めて見るけど、すごいじゃないか。売り出せるだろ」

「素人《しろうと》もド素人だ、プロには負ける」

「そうかなぁ。私も色々と絵画を鑑賞してきたけど、お世辞抜きで称賛できるレベルだよ」

俺はいかに公爵家を維持するかに必死で美術品なんて目もくれずにいたから良く分からん。

ルルはじっと、絵を眺めている。どうしよう、反応がないとちょっと不安なんだが。

「あー、ルル？」

思わず声をかければ、バッと勢いよくこっちにルルが振り向いた。それに驚いて体を震わせた瞬間、ルルが間髪入れずに俺に抱きついてきた。思った以上の衝撃が来て「ぐぇ」と声が漏れたのは許してほしい。ちょうどルルの頭が俺の腹辺りなんだ。倒れなくて良かったと思う。

ぱ、とルルの顔が上がった。

「嬉しい！　ありがとう、お父さま!!」

満面の笑みで、本当に嬉しそうで。俺も思わず笑った。睡眠時間を削ってでも、描いて良かったと思う。事情を知ってるマルクスにはだいぶ苦言されたけど、ちゃんと最低限の睡眠時間は確保してたし。

マルクスもルルの様子に「仕方ない」といった表情を浮かべていた。

――ああ、ちなみに。
あのオレンジ系統でまとめられた花束は、たぶん察してると思うが、ハインリヒ王子名義で届いたものだ。メッセージカードもそう。形式上は婚約成立していて、婚約者となっているから贈られてきたのだろう。日がなくて、花束になったんだろうが、こちらとしてはそれがいい。
メッセージカードについては、レナが我が家に到着した直後に目を通してくれた。すると苦笑いを浮かべながら「燃やさないでくださいね。メッセージカードの筆跡がどこかで見覚えがあるので、何らかの証拠になるかもしれません」と言われながら、俺もそれに目を通した。
《誕生日だと聞いて、王宮庭園から私が選んでみた。君の瞳のオレンジに合わせたのだが、どうだろうか？　君のために作ったんだ、今度会うときに感想を聞かせてほしい》
ここまでは普通だな。やけに文字が綺麗《きれい》な気がするけど、と思いながら最後まで目を通す。
《気に入らぬ場合は教えてほしい。私がなぜ君のためにこの花を選んだのか、今度会ったときに教えよう――お前が愛するハインリヒより》
すー、と息を吸って、メッセージカードを閉じる。

「――っざけんじゃねぇぞあのクソガキィいい!!」

俺の叫びは、サンルームにいたルルたちには聞こえなかったらしい。

花に罪はないので、ルルには「ハインリヒ王子殿下から誕生日プレゼントとして花束をもらったよ」とだけ告げてメッセージカードの存在は伏せた。現在は、玄関先にひっそりと花瓶に飾られている。

エピローグ

もうここにどのぐらいいるだろうか。


中央大神殿。この神殿の最奥に、許可された者以外は立ち入りが許されない神域がある。

それは一見、図書館に見えるだろう。膨大な数の蔵書が本棚に並び、広さは果てしない。

天を見上げれば目も眩《くら》むほどの高さまで階層があり、下を覗《のぞ》けば地下の明かりがぼんやりと見えるほど深いところにまで階層がある。その全ての壁に本が収納されていた。

上から落ちれば即死だろうな、と思うぐらいには、底は深い。


この図書館は、たった一柱の神が、自身の退屈を紛らわせるために作ったものだった。

蔵書は年間で数十万単位で増えていく。そのせいで、この館内を散策するだけでも一日どころか一週間でも回りきれないほどの広さを持っているし、なんなら今でも拡張を続けている。

そんな芸当ができるのは、本当にここが神域だからだろう。ここは人々や動植物が暮らす世界ではない。

しかしなぜ、そんなペースで増えているのか。それはこの世界で死んだ四大種族の魂が、ここで己の人生を書き上げて本にしてから新たな生に出発する、輪廻《りんね》の入り口だからだ。

要するに、この世界で年数十万単位で人が死んでいるということになる。だがその代わりに、年数十万単位で世界に新しい命が生まれている。

そんな広大な図書館内にいるのは、この図書館を作り上げた神と、たったひとりの神官である人族の私、それから生を終えた魂たちだけだ。


「エイダ、エイダ！」

作業中だった手を止めて、呼ばれた声の下へ足早に向かう。私を真名《エイダ》で呼ぶのは、かの方だけだ。

書架のスペースを抜けると、数多《あまた》の魂がふわふわと浮かびながら本に生き様を書き込んでいく作業をするエリアに入る。すると向こうから、その方が現れた。

絹のような白銀の長い髪を揺らし、慌てた表情でこちらに歩いてくる方。面立ちはどちらかというとはっきりしない、髪の色と長さを変えてしまえば群衆に紛れられるほど平凡な方。

だがこのお方こそ、この世界を作り上げた創世神エレヴェド様なのである。

「いかがなされましたか、エレヴェド様」

「ミネアがいない」

「え？」

「マレウスの今生の前妻だ。蒼乙女《あおおとめ》の幻想曲《ファンタジア》の悪役令嬢の母親」

「……ああ。ベルナールト王国の。その方が、何か？」

「ミネアが、俺の下に来ていない。あと、他にもいくつか同じように来ていない子らがいる」

告げられた内容に、絶句した。

四大種族の者たちが死んだとき、魂はこの大図書館に導かれて、次の生まれ変わりのために自身の人生を綴《つづ》った本を書き上げる。だから魂だけになった存在がここに来ることは絶対だ。

「迷子になっただけでは？　以前も数例あったでしょう」

「迷子になったとしても、ミネアは十年も行方《ゆくえ》不明なのはおかしい。それに皆、精霊たちに全世界を対象に捜させているが見つからないんだ。消滅するほど摩耗した魂ではないことは確かだし、何より魂が消滅すれば俺にも分かる」

先ほども言った通り、過去にも迷子になった例はあった。けれど、精霊たちが捜しているのに見つからないのはおかしい。

「精霊が近寄れない魔塔のフォンセルドのところに迷い込んだかと思って捜させたが、見当たらない。こうなると何者かに囚《とら》われた可能性が高い」

そういった前例はない。が、精霊除《よ》けというものもあるぐらいだから、恐らくはそういったものに囲まれている可能性もあるのはたしかに頷《うなず》けた。

「こういう展開は、ゲームにありましたか？」

「ない。そもそも、魂が俺のところで本を書き上げるのは俺が考えたことだから。ミネアの登場は、設定資料集内の生前の様子だけで本編やスピンオフには一切関係ないし。他の迷子の魂たちの説明もつかない」

「ふむ。となると、やはり我々が生きている世界は『物語であるようで、物語ではない』ということでしょうね」

「……お前、前は『どうせ自分たちは物語のキャラクターだ』なんて悲観していなかったか？」

「いやですねぇ、若気の至りですよ」

クスクスと笑えば、エレヴェド様も呆《あき》れたように笑われた。そう、本当に若気の至りだ。今はエレヴェド様がこの世界を創られたときに参考になされた物語とは全く異なる世界であることは、理解している。

世界観を参考にしたとはいえ、物語の登場人物や舞台がポコポコと自然発生したのは驚いた、とかつてエレヴェド様は仰《おっしゃ》っていた。

けれど、まあ。恐らく大きな乖離《かいり》が発生したのは、約百年前のプレヴェド王国での騒動だと思うけれど。

「――私が捜しに行きましょうか。場合によっては長くお傍《そば》を離れてしまうことになりますが」

「そうだな。すまないが、捜してきてくれないか。いくらか加護をつけてあげよう」

「もう十分頂いていますが？」

「ばかを言うんじゃない」

エレヴェド様の手が伸びてきたのでそのまま跪《ひざまず》く。かの方は身をかがめ、私の額に口づけを落とした。すると次の瞬間、皺《しわ》があった手の甲がつるりとして、最近は見えにくかった目も見えるようになった。思わずため息がこぼれる。

「ああ、また若返りなんてかけて。私、意外と気に入ってたんですよあの年齢」

「何があるか分からないだろ。若い方が対処しやすいし、あれの息子だとも思われないだろう」

「生物学上の父を含めた血縁者はすでに三百年近く前に皆死んでます。当時赤ん坊だった竜人族だって生きていませんよ」

姿勢を正し、真正面にいるエレヴェド様を見上げる。

「それでは。祭司長ハーシェス、行ってまいります」

「行っておいで、エイダ。気をつけて」

番外編　約束のピクニック

これは、俺とレナ嬢の婚約式が執り行われる少し前の話だ。

風が執務室の窓からふわりと入り込む。花の匂いがほんのりと感じられたその風にふと手を止めた。ああ、もう春《フリューリング》の季節か。

そんな俺の様子に気づいたのか、オットーも顔を上げて「旦那様？」と首を傾《かし》げた。

「……いや。もう春《フリューリング》かと思って」

「レナ嬢との婚約式ももうすぐですしね」

「そうだな」

「こう、良い天気が続いてる中で部屋の中に籠《こも》ってると鬱々とした気分になりやすいですよねぇ」

「なんだ。サボりたいのか」

「いやサボりじゃなくて、気分転換ですよ。ほら、今日とかピクニックとかにちょうど良さそうな天気じゃないですか」

「それはお前がやりた――ピクニック？」

ぴたり、と動きが止まった。たらりと冷や汗が額から流れる。俺の様子に気づいたオットーが怪訝《けげん》そうな表情を浮かべているがそれどころじゃない。

俺、ルルと一緒にピクニックに行くって約束してて まだ行けてない。

バンッと両手を机について立ち上がった。驚いたオットーには申し訳ないが、これは一大事だ。たしか今マルクスも執務室にいたよな？　来客もなかったはず。クリストフにも急ぎ相談しなければ。

「マルクスのところに行ってくる」

「え、あ、はい」

ぽかんとするオットーを置いて、急ぎ足で執務室から飛び出した。本当は廊下を走りたいが、そんなことをしたらクリストフから大目玉を食らうのは目に見えている。競歩かとも思えるスピードで廊下を歩き抜き、通りすがりの使用人たちが目を丸くするのを横目にマルクスの執務室前まで辿《たど》り着《つ》く。

ドアをノックして「ヴォルフガングだ」と言えば、中から「どうぞ」と応えがあった。

ドアを開けると、執務机で書類仕事をしていたマルクスと側近の男性が目に入る。マルクスはきょとんとした表情を浮かべていた。

「どうかされましたか？」

「マルクス、助けてくれ」

「はい！　なんでしょう兄上！　僕にできることならなんでも！」

「……いやなんでもは言うな。言ってくれるのはありがたいけど」

「何を仰《おっしゃ》ってるんですが。兄上のためならなんでもしますよ。なんなら、情報ギルドでも買い上げましょうか？」

「やめろ。お前が言うと冗談ですまなそうで困る」

時々、俺限定で猪突猛進《ちょとつもうしん》になるのはやめてくれ。ほら見ろ、側近殿もギョッとしてるじゃないか。

「ルルとのピクニックを計画するのを忘れてた」

「……え？」

「レナ嬢との婚約式後もそれはそれで忙しいのが目に見えてるから、そのまま夏《ソンマー》に入っちまう！　そうなるとピクニック日和《びより》じゃなくなる！　…………というわけで本当に急ですまないが、近日中で予定調整してくれないか」

「……あ、はい。それは構いませんが」

何度も目を瞬かせたマルクスの反応に、首を傾げる。なんでそんな意外そうな表情を浮かべているんだ？

マルクスは、恐る恐るといった様子で口を開いた。

「僕も、一緒に行って良いのですか？　婚約前最後の父娘《おやこ》水入らずの機会じゃないですか」

「は？　なに言ってんだ。お前が嫌じゃなければ一緒に決まってるだろう。お前は俺とルルの家族なんだから」

ピクニックは家族と一緒に行くものだろう。当然、マルクスは家族なんだから一緒に行けるのなら一緒に行くって考えるのは普通じゃないか？　今度は俺が目を瞬かせる番だった。それにルルも『叔父《おじ》さまと一緒がいい』って望んでるし、お前がいないとルルが拗《す》ねるぞたぶん。

マルクスは「家族」と呟《つぶや》いてから、やがてじわじわと頬が赤くなる。そうして口元がもにょりと動いて、笑みを浮かべるのを堪《こら》えているようだった。

「調整、します。近日中に必ず」

「ああ。すまないが、頼んだ」

よし、次はクリストフだ。我が家、というかレーマン公爵家を支える執事長である彼にも了承を得なければ。

そうだ。オットーだったらピクニックに最適な場所なんか知ってるだろうか。庭でピクニックするのもいいが、少し遠出してもいい。マルクスとルルとだったら、馬車に乗ってちょっと遠いところに行くだけでも楽しいだろう。厨房《ちゅうぼう》のコックたちにも弁当を依頼しないとな。いやそれは日程が決まってからで良いか。

マルクスに「邪魔をしたな」と声をかけて退出して、クリストフを探しに歩き出した。


結局、仕事だ婚約関係の打ち合わせだ天気だなんだで、ピクニックが実現したのは婚約式の一週間前。一度、天気が悪くおじゃんになったときのルルが、ギュッと口をきつく結んで泣きそうだったのには焦った。マルクスと一緒になってワタワタして、その日は屋内でできることでルルと過ごしたのは記憶に新しい。

「お父さま、叔父さま！　見てください、お花がいっぱいです！」

オットーから聞き出したのは、王都にある植物園だった。最近できたばかりの場所で、季節によって開く温室や庭園の場所が変わるらしい。春先の今は春の花をメインとした温室と庭園エリアが公開されている。

庭園エリアでは芝生が広がっている場所があり、そこで敷物を敷いて飲食ができるとのことだった。ちゃんと庶民と貴族が入る区画が分かれている辺り、結構大規模な植物園だな。こんなの造営していたとは知らなかった。

温室内に咲き乱れている花々を見てはしゃぐルルが、俺とマルクスの手を引く。俺とマルクスの間で嬉《うれ》しそうに笑うルルを見て、自然と頰が緩んだ。繫《つな》いだ手をしっかりと握る。ああ、あんなに小さかった手がこんなに大きくなってるなんて。

「お父さま、あのお花はクロクッセですね。あちらの可愛《かわい》らしい形の花はなんでしょうか？」

「トルペだな。たしかチェンドル王国で盛んに栽培されている」

「へぇ、実物は初めて見ました。赤、黄、白……色混じりもあるし色々な花弁の形があって面白いですね」

「クロクッセ同様、球根から育てるものだな。種類も豊富で、花弁が異なることもあるらしい。チェンドル王国では食用にする品種もある……と書いてあるな。これは初耳だ」

トルペの前にあった説明書きの看板を眺めながら、その花を見る。どこからどう見てもチューリップだなこれ。

チェンドル王国のことを学んでいたときに、名産品のひとつに数えられていたのには驚いた覚えがある。まあ、同じ世界かどうかは分からんが元は日本で開発されたゲームだからな。見覚えがある花が多いのは当然かもしれない。

「庭園エリアの方も見頃のようですね」

「お父さま、叔父さま早く行きましょう！」

「そんな急がなくても庭園は逃げないよルル」

高揚を抑えきれないルルを微笑《ほほえ》ましく思いながら、ルルに引っ張られるまま俺とマルクスは庭園エリアの方へ足を向ける。

——温室から庭園エリアに抜けたときに見えた光景にハッとした。

ピンク色に染まった木々。五枚の花弁がたくさん集まって咲いているその木々は、風に揺られてほんの少し花弁を散らしている。

「……さくら」

「お父さま？」

「あ、いや。綺麗《きれい》だなと思って」

「たしかキルシェブリューテっていう名前でしたっけ？　山間部にだけ咲いているという。こんなに集まっていると圧倒されますね」

桜。桜だ。前世では毎年春に、当たり前のように咲いていた馴染《なじ》みのある花。日本の国花のひとつ。

桜の木の下は、木の根を保護するためかぐるりとロープで囲いがされており真下から眺めることはできない。けれど道にせり出すほどに伸ばされた枝にも満開の花がついていて、その懐かしさに思わず目を細める。

マルクスの言う通り、この国では桜は山間部に咲いている。平野である王都の植物園に移植するのも大変だっただろう。けれど山間部の桜はなかなか見る機会のない、珍しいものだった。だからだろう、俺たち以外にも桜の周りで足を止める貴人たちはそれなりにいた。

カティにも、見せたかったな。きっとカティがこの光景を見たらルルみたいにはしゃいだだろう。

散る花弁を追いかけて、つかまえて、ほら見てと嬉しそうに笑いながら。

「お父さま、見てください！　落ちてくるところをつかまえました！」

ルルが俺の前で両手を広げて見せる。ルルの手のひらには小さな花弁がひとつ。

……ああ。ルルはやっぱりカティの娘だ。そっくりだな。

「綺麗だな。押し花にして、しおりにしようか」

「はい！　もう少し集めてきます！　預かっていてください！」

「いいよ」

ルルから花びらを受け取ると、彼女はまた花びらを追いかけ始めた。ひらり、ひらりと不規則に揺れる花びらをつかまえようとルルの体もゆらゆらと動く。

風であおられて手のひらの中の花びらが飛ばされないよう、形が崩れないよう緩く握りしめた。

「ああいう、子どもらしいところが見えると安心しますね」

「ああ、そうだな。お前はあの年頃のときはもう自立しようとしてたから寂しかったなぁ」

「何言ってるんですか。……あのときは兄上が公爵代理として立っていかなければいけない大事な時期でしたから」

「だからといって、お前を放っておいて良いということじゃなかったよ」

両親が亡くなって二年も経《た》てばそこそこ余裕はできていたと思う。けれど、俺自身が両親に愛されていた弟を見るのがなんとなく居心地が悪く仕事を理由に避けていた時期でもあった。

それはダメだと叱ってくれたのはカティだ。たったひとりの肉親なのだからと、俺とマルクスの間に立って交流を進めてくれた。そのお陰で今があると俺は思っている。

「マルクス」

「はい」

「ありがとう、ルルを愛してくれて」

マルクスにとってルルは姪《めい》だ。幼い頃のルルはマルクスにとてもよく懐いていた。マルクスもルルを構ってくれた。カティがいない今、ルルにとって父親である俺以外にも全幅の信頼を置ける人物がいるのは安心できる。

……俺に、何かあったときに頼れる人物がいるのは、良いことだ。

マルクスは何度か目を瞬かせた後、ふにゃりと柔らかい笑みを浮かべて「当然ですよ」と答えた。


ひととおり花びらを集め終えたルルと一緒に、目的のひとつでもある庭園の芝生へ。

時間は昼時ということもあって、すでにちらほらと敷物を敷いて弁当を食べている貴族カップルや家族がいた。

場所取りはすでにうちの従者たちがやってくれたので、俺たちはそこに座るだけだ。

持ち込んだ弁当はレーマン公爵家お抱えのシェフが用意してくれたもの。色とりどりのおかずに、食べやすさを重視したサンドイッチ。果物のデザートまでついてる。

従者や侍女が準備したお茶を飲みながら、マルクスとルルと弁当を堪能した。めっちゃ美味《うま》い。

シェフにわがまま言って作ってもらった唐揚げうめぇ。

「美味《おい》しいですね、この肉料理」

「冷めてるのにおいしい！」

「揚げたてだとたぶんもっと美味ぃ」

「じゃあ今度出してもらいましょうか」

「わたしも食べたい！」

「ビールが欲しい」

「兄上って、普段貴族と僕《ら》同じ食事してるはずなのに庶民向けの料理とか飲み物が好きですよね。一体いつ口にされたんですか？」

前世の影響だな、とは口が裂けても言えない。

いや、今の貴族階級で出されてる料理も美味いよ？　でもなんか、庶民向けのがホッとするっていうか。

「昔、カティと庶民街にお忍びで遊びに行ったときかな」

「……え？　兄上、義姉《あね》上とお出かけになられたんですか……？」

「ああ。カティからああでもないこうでもない、と色々変装させられてな。結構オマケをもらった記憶がある」

「それは……まあ、兄上ならもらうでしょうね」

ふたり、屋台に初めて並んでクレープを食べた。そのとき屋台のおばちゃんから「おふたりさん美男美女だね！　サービスするよ！」ってアイスをサービスで載っけてもらったなぁ。

まだいるかな、あのおばちゃん。ルルを連れてまた行きたい。

弁当を平らげると、ルルとマルクスは庭園の隅にある持ち帰り用の花屋が気になるから行ってくると言ってその店に向かった。この植物園で栽培した花々が売られているらしい。

俺も一緒に行こうとしたんだが、ルルから「お父さまは待ってて！」と言われたので泣く泣くここで留守番。

スケッチしようかとも思ったけれど、今日の天気が心地よいのと、腹が満たされたからか程よい眠気が襲ってきた。

「あー……ルルたちが戻ってきたら、起こしてくれ」

「承知いたしました」

控えている従者にそう声をかけ、ごろりと敷物の上で寝転がる。お世辞にも寝心地はいいとは言えないが、春の陽気には勝てない。

ゆるゆると下がっていく瞼《まぶた》に逆らわず、そのまま俺はすとんと眠りに落ちた。

――ふふっと誰かが笑っている。

楽しそうな声。ふわりと誰かに頭を撫《な》でられた。誰だろう、とゆっくり瞼を開けた。

マロンブラウンの柔らかな髪。カティ、と言いかけてその瞳が俺と同じオレンジであることに気づいて、ああ、ルルだと認識する。

「……ルル？　ああ、すまん。俺寝て――」

体を起こしたら、ポトポトと膝の上に花々が落ちてきた。え？　どこから？

思わずルルの方を見れば、ルルはニコニコと笑っているし、マルクスは悪戯《いたずら》が成功したときのような笑みを浮かべている。従者たちも微笑ましく俺を見ていた。

ぽとり、と顔の横から花が落ちてきたのに気づいて、髪に手をかざす。触れたそれをそっと引き抜けば、クロクッセだった。俺の周りに落ちている花々は、どうやら俺の髪に差し込まれていたらしい。

「お父さま、かわいらしかったですよ」

「写影魔道具《カメラ》を持ってくればよかったです」

「はは、さすがに勘弁してくれ」

可愛らしいルルの悪戯に、俺は笑った。

まあでも、どうせならルルには「可愛い」じゃなくて「カッコいい」と言ってもらいたいな。

そうありたい。

俺の愛娘《まなむすめ》は

My Darling Daughter is the Villainess

悪役令嬢

MFブックス

俺《おれ》の愛《まな》娘《むすめ》は悪《あく》役《やく》令《れい》嬢《じょう》 1

2025年1月25日　初版発行

著者　かわもりかぐら
発行者　山下直久
発行　株式会社KADOKAWA
〒102-8177　東京都千代田区富士見2-13-3
0570-002-301（ナビダイヤル）
印刷　株式会社広済堂ネクスト
製本　株式会社広済堂ネクスト
ISBN 978-4-04-684459-0 C0093　Printed in JAPAN

担当編集　森谷行海
ブックデザイン　モンマ蚕＋タドコロユイ（ムシカゴグラフィクス）
デザインフォーマット　AFTERGLOW
イラスト　縞

本書は、「カクヨム」に掲載された「俺の愛娘（悪役令嬢）を陥れる者共に制裁を！」を加筆修正したものです。

この作品はフィクションです。実在の人物・団体・事件・地名・名称等とは一切関係ありません。

王都の行き止まりカフェ『隠れ家』
守雨
イラスト：染平かつ
～うっかり魔法使いになった私の店に筆頭文官様がくつろぎに来ます～
Story
マイは病気で己の人生を終える直前に、祖母から魔法の知識と魔力を与えられ、異世界へ送り出された。
そうして転移した彼女は王都にカフェ『隠れ家』を開き、美味しい料理と魔法の力で誰かを幸せにしようと決意する。
MFブックス
MFブックス新シリーズ発売中!!